祈り

ヒラリー・ウォー

1953年5月3日，コネチカット州ピッツフィールドの爽やかに晴れた朝。テニスを楽しむ少年たちが見つけたのは，若い女性の死体だった。砕かれた顔。切り裂かれた胴体。老練なダナハー警部と若いマロイ刑事は，被害者の身元を知るため，修復した頭蓋骨から，生前の容貌の復元を試みる。復元された顔が導き出したのは，夢を抱いて故郷を出た少女が，何者かに惨殺されるまでの，5年間の空白だった。彼女を殺したのは誰か？　5年のあいだに，彼女に何があったのか？　ダナハーとマロイは，空白を埋めるべく捜査を進める。ニューヨークへ，そしてニュージャージーへ……。警察小説の巨匠の，『失踪当時の服装は』と並ぶ初期傑作。

登場人物

マイク・ダナハー……………ピッツフィールド署の警部
ダン・マロイ…………………同署の刑事。ダナハーの部下
ゴードン・マクギニス………同署の署長
ラングリー・スポルディング……ピッツフィールド市長
ミルドレッド・ハリス………殺人事件の被害者
コルトナー夫妻………………ミルドレッドの両親。父親は継父
リチャード・カーンズ………ミルドレッドの幼なじみ
ウォルター・ミーカー………芸能エージェント
ハーマン・レイン……………グリーン・ルームのマネージャー
アイリーン・ライト…………元コーラス・ガール
ニック・アポロ………………アリゲーター・クラブのオーナー
フランク・シャピロ…………弁護士

愚か者の祈り

ヒラリー・ウォー
沢万里子 訳

創元推理文庫

A RAG AND A BONE

by

Hillary Waugh

1954

愚か者の祈り

1

一九五三年五月三日、日曜日

　もしピーター・スタントンのテニスの腕が熱意に負けないほど上がっていたら、一九五三年五月三日、日曜日に、コネチカット州ピッツフィールド市を揺さぶったパニックはずっとあとにのばされていただろう。あいにく、その日の朝八時半に隣の友人ハロルド・アルパートとコートに立ったとき、彼の腕前は一定のレベルにまだ達していなかった。風が強く、よく晴れた涼しい日で、五分もしないうちにすりきれたテニスボールはフェンスを越え、コルビー公園の芝生に転がって止まったが、少年たちは残っているふたつのボールでラリーをつづけた。

　九時十分ほど前、ピーターは狙いを定め、高く弾んだ球を強烈なドライブで打ち返したが、コートの隅には決まらずに、球は大きくはずれた。フェンスをすれすれに越え、風に乗って飛んでいったボールは、ゆうに百フィート先で地面に落ち、そこで弾んで、通りを見下ろす公園のへりの茂みに向かって芝生の上を転がっていった。

ふたつ目のボールをなくして打ち合いは一時中断になり、ピーターはいまいましげにゲートから黄緑色のまばらな芝生に出ていった。最初のボールを拾い、そしてふたつ目が転がっていったあたりに目をやったまま捜しにいった。それはなんなく見つけたが、ほかのものも見つけた。ボールを拾うときに、茂みに半ば隠れ、ストッキングがよれた女の脚らしきものが目に入った。ぎょっとして、さらに近づいた。まさしく女の脚だった。おそるおそる前に進み出た。足元の地面にできた黒ずんだ茶色いしみには気づかなかった。また別の茂みのそばに落ちた靴も見なかった。ただ脚しか目に入らず、そして少し回り込んで角度をつけて見たときに、もう一方の脚が見えた。茂みをさらに回り込むと、ほかの部分が全部見えた。そこで悲鳴をあげた。

ピーター・スタントンがよろめきながら戻ってくるのを見て、ハロルド・アルパートは駆け出していった。ピーターの手からテニスボールはなくなっており、顔面蒼白で、喉が詰まったように嗚咽が漏れていた。途中でピーターは膝をついて倒れこんだ。ハロルドがそばまで来ると、片手をつき、もう一方で彼の手首をしっかりつかんで、上体を起こした。胃が激しくむかついた。

ハロルドは脇の下で彼を支え、どうしたのか訊いた。ピーターが話せるようになるまでしばらくかかった。それでも「女が死んでる——茂みで」としか言えず、そして体を震わせ、喉をげえげえさせた。ハロルドは支えていた手を放し、芝生を駆け出していった。気をとりなおしたピーターが、だめだ、見るな、と叫んだが、ハロルドは進みつづけ、すぐに真っ青な顔で戻ってきた。

公園管理人のランズデールおやじがゲート脇の小屋から急ぎ足でやって来た。彼はしなびた小男で、分厚いレンズの眼鏡をかけ、気むずかしそうな顔をしていた。「テニスをするより朝めしをしっかり食っちゃどうなんだ?」と地面に突っ伏すピーターに苛立たしげに言った。

ハロルドがすかさず言った。「茂みに死体が。女の」

ランズデールは口を真一文字に結んで、彼をひたと見据えた。そうしてから何者かが無断で立ち入っているとでも思ったか、きっぱりとした足取りで離れていった。茂みに行き、レンズ越しにしょぼついた涙目で下に横たわっているものをのぞき込み、しばらく見つめてから、六フィートの急勾配を下りて、ブレイク通りを渡り、もっとも近い家のポーチに向かった。玄関ドアがあくと、なかに入っていき、警察に電話した。

ランズデールが電話を切ってから十分後、三台のパトカーがけたたましくサイレンを鳴らしながらウィルソン通りからやってきて、縁石に斜めに突っ込んだ。が、電話より口コミのほうが早かった。警察が到着したとき通りには二十人ほど人が集まり、その数はさらにふえていた。斜面を上がって死体のそばに立つランズデールは、なんとか近寄ろうとする野次馬を大声で制した。

最初のパトカーから三分署の警部補が降り、残る二台から五名の巡査が出てきた。警部補は血色のいい顔に金縁眼鏡をかけたどっしりした男で、やわらかな芝生に足を沈み込ませながら、斜面をあえぎあえぎ上がった。「ここです」とランズデールは言い、茂みを指差した。警部補は近寄り、葉をかきわけた。「なんてこった!」

しばらくしてから葉を押さえていた手を放した。きっとした顔になってくるりと振り向き、巡査のひとりを選んだ。「本署に連絡だ」と命じた。「刑事課のダナハー警部を呼んで、署長に伝えてもらってくれ。殺しの被害者がここにいると話すんだ」ほかの四人に向かって声を張り上げた。「あの群衆を遠ざけておくんだ。もっと遠くに」公園管理人に向いた。「あんたもだ。全員ここから離れてほしい。そこのふたり、ここでなにをしてる？　ラケットをもって、出ていくんだ」

ランズデールは追い出されるように斜面を下りた。「彼らが死体を見つけたんですよ、刑事さん」と不機嫌そうに言った。

「そうか？　おい、きみたち。パトカーのなかで待っているんだ。あとで話を聞きたい」警部補はひとりの巡査を指差した。「サリバン、警部を呼んでくれ」

九時四十五分、さらに三台のパトカーが到着し、そのときには集まった群衆は百人ほどになり、通りの角にはそれぞれ巡査が立ち、車を迂回させていた。新たな車列が人込みをかきわけながら進んできて、通りの真ん中で止まった。カールした茶色い髪に、胸板の厚いがっしりした男に率いられて、私服の男たちが五、六人出てきた。リーダー格の男は三分署の警部補がすべてを見渡して立つ崖に上がっていき、そして言った。「刑事課のスミス警部補です。なにを見つけたって？」

「ま、見てください、警部補」三分署の警部補は彼を先導し、茂みをかきわけた。

スミス警部補は見た。口笛を吹き、膝を落とし、そしてもう一度見た。立ち上がったときの声は沈着冷静とはいえなかった。「ピッツフィールドはこれまで、こんなものとはいっさい無縁だった」

三分署の警部補は葉を押さえていた手を放し、うなずいた。「まったくだ。こんなひどい仕打ちは聞いたことがない」

「だれかなにかにさわったか」

「わたしがここに来てからはだれも。全員、遠ざけている」

サイレンの低い音が下の群衆に注意を促し、車がもう一台やって来た。こんどは黒のポンティアクだった。制服の警部が出てきて、男たちのところにいった。部下に短く言葉をかけ、そして刑事課のスミス警部補に向いた。「三分署のリーガン警部だ。この騒ぎはいったんなんなんだ」

スミスは彼に死体を見せた。「なににもさわらないように注意してください、警部」

「釣り竿でだってふれるものか」と警部は言った。「身元は？」

「まだわかりません」

「ダナハー警部はどこに？」

「きょうは非番です。自宅に電話しました。こっちに向かってます」

「マクギニス署長も？」

「来ます。こんどの件では全員来ます」

リーガン警部は体を戻し、群衆に向いた。「このなかでだれか、この件についてなにか知ってるか。この娘がだれか知ってるか」

ざわめきがあり、首が横に振られ、そして声が飛んだ。「外見はどんなだ?」

「染めたブロンド、背丈はざっと五フィート半、黄褐色のギャバジンのスーツを着て、コートはなし」

さらに首が振られ、人々は互いに言葉を交わした。リーガンは彼らを見て、苦々しげにスミスに言った。「あのサディストの連中を見ろ。それも大半は女だ。乳母車を押した女までいるとは!」

五十八歳の刑事課警部、マイク・ダナハーは十時十五分に到着し、そして彼とともに、四十二歳の黒髪の若々しい男、ゴードン・マクギニス署長もやって来た。彼らは死体を検分するため斜面を上がっていき、署長は周りの警察官全員から敬礼を受けた。彼はそのあいさつをいつものこととして受け入れ、男たちを無視するようにそれを完全に受け流した。第一声はダナハーに向けられ、その口振りはきびしいものだった。「われわれはこのヤマを解決しなければならないようだな、マイク」

「そうですね。ただし、わたしが、ということでしょ」ダナハーは言った。彼は背が低く痩せこけた小男で、O脚で内股に歩く。顔にしわが刻みこまれ、皮膚は革のように硬く、いま後ろにいる男たちのあいだで通用している〝サル〟のニックネームが容易に理解できるほどよく似ていた。笑うとひび割れてしまいそうな、しわだらけの顔だった。

部下の警部補にぐるりと向きを変え、どなりつけた。「スミス、やることはやったのか」鼻にかかった鋭い声は甲高く、耳障りだった。

スミスは気をつけの姿勢になった。「まだなにもしていません、警部。あなたが彼女を見るまでなににもふれたくなかったので」

「どうすることになってるんだ、彼女を生き返らせる？　もたもたするな」

「だれか彼女を知らないか群衆に訊いてみました、警部」

「じゃ、おれはなにをすればいいんだ、おい？　しみができた土のサンプルはとったのか。それともそこまで求めるのは望みすぎか」

「まだとってません、警部」

「だったら、そうしろ。あの茂みのそばに靴がある。もう片方を見つけるんだ。ピッツフィールドの全住民が歩き回る前にこの区域を徹底的に調べろ。写真は撮ったのか」

スミスは情けなさそうにかぶりを振った。

「だったら、カメラマンをここに呼べ。なんのためにやつはここにいると思ってるんだ？」

カメラマンがライカとフィルムとフラッシュ・バルブをもって上がってくると、ダナハーは彼に指示を与えた。「あらゆる角度で撮ってくれ、コリー。うまく撮ってくれよ。最近のいいかげんな仕事ぶりはごめんだ。爪に食い込んだ土も見たい。ぼやけたやつではなく、土だとはっきりわかるようにな」ほかの者たちを下がらせた。「署長以外は全員、通りに下りろ。足跡を見つけても、警官のだったら困るんだ。スミス、刑事課の連中は何人呼んだ？」

現場検証を指揮していたスミスはあわてて来た。「ドランをのぞいて、本署にいた刑事全員。

そのほかの者たちも呼んでます」

「人数を訊いたんだ」

「十名です、警部」

「彼らにしっかり仕事をさせろ」

『ピッツフィールド・スター』のベテラン記者というより浮浪者に見えるベニー・ペロジーニがつぎに到着した。彼は人だかりをかきわけて進み、巡査のひとりふたりに話しかけた。そうしてから署長とダナハーのところに行った。彼らはちょうどカメラマンといっしょに下りてきたところだった。

「よお、署長、なんなんだい？　殺人か、はあ？」

マクギニスは言った。「やあ、ベニー。そうなんだ、大事件だ」

「身元は？」

「まだわからない。このあたりからはだれもいなくなっていない」署長は近づいてくる救急車を出迎えにいった。

「どんな娘なんだ、警部？」ベニーはダナハーに訊いた。

「死んでる」

「美人かってことさ？　どんな顔してる？」

「脳みそとぐちゃぐちゃの顔と髪」

「ほう？」ベニーは信じられずに言った。「ちょっと見せてもらえないか」

「だめだな。ちょっと見たがるハゲタカどもから拝観料をとれば、おれたちは楽に引退できるんだが」

ダナハーはさっさとその場を離れ、救急車につかつかと進んで、検死医のドクタ・ウォルターズを出迎えた。彼ら三人はふたたび死体に戻り、そこで検死医は片膝をついて、ぶつぶつ口ごもり、そして言った。「病院に運ばなければなにもできない」検視官が見るまで死体を動かしたくないとマクギニスが説明しながら、彼らは救急車に引き返した。さらにまた車が少しずつ近づいてくるのを見て、署長は言った。「当の検視官の到着だ」

検視官はケリガンという名の、背の低いきゃしゃなアイルランド系で、赤ら顔に直毛の灰色の髪だった。黄褐色のトップコートを着て、黒のダービーハットをかぶり、いつでもさっと笑みがこぼれる。マクギニスとダナハーは死体を検分してもらうため彼を案内し、途中ケリガンは前日のゴルフ試合の結果をざっと聞かせた。死体をひととおり見て、彼は言った。「ひどいもんだ」

「まったくです」マクギニスは認めた。

「身元はわかっているのか」

「まだです」

「よし、病院に運んでいいぞ。ウォルターズが死因を教えてくれる。レイプされたのは間違いなさそうだ」ケリガンは体を回して、鋭く口笛を吹き、救急車に手を振って合図した。

ウォルターズが担架係ふたりを連れて戻ると、群衆からざわめきが起こった。ケリガンは通りに集まった人だかりを見渡してその数の見当をつけ、言った。「きっとコーキー・ベノイトならこの群衆をホッケー試合の会場に引き込みたいだろう」

ダナハーは検死医に言った。「衣服の切れ端もとっておいてください、ドクタ・ウォルターズ。それから、彼女を切り刻んだやつに解剖学の知識があったのかどうか教えてもらえれば」

ケリガンが振り向いた。「医学生か医師がやったというのか」

「たんに残虐なやつ《ブッチャー・ボーイ》だろう」

ケリガンが声をあげて笑った。「もしかしたら聖歌隊の少年《クワイア・ボーイ》で、喉から股間そして脇から脇にかけて切りつけているのは十字架ということかな」

「それから指輪」ダナハーは頑として言った。「指輪ももらいたい」

「いまとっていいぞ。質に入れないと約束するならな」そう言ってケリガンは署長にウィンクしてみせた。

ダナハーはケリガンの愚弄とウィンクを無視した。担架係を腕で制止し、部下のひとりに合図した。「マロイ! 来てくれ」

長身、黒髪、細面に輝く目をした男前の若者、ダン・マロイが斜面を駆け上がってきた。

「なんでしょうか」

「死体を運ぶ前に周りを見てくれ。なにかないか確かめるんだ」

「わかりました」マロイは前に進み出て、目をしばたたき、そしてかすかに身震いした。「むごい」

「取り乱すな。刑事なんだぞ。女々しいまねするな」

冷静な顔になって、マロイは念入りに周囲を調べた。「なにもありません」

「彼女の指から指輪をはずして、渡してくれ」

マロイは硬直した冷たい指から指輪をはずし、それを上に差し出した。ダナハー警部は指輪をとって、いとおしそうになでつけ、そして言った。「いいぞ、運んでくれ——頭を落とさないようにな」脇に寄ると、マロイもいっしょに動いた。

「指輪に刻印がありますか」

「ああ」ダナハーは苦々しげに言った。「MHかHW。どっちか確かめてくれ。おれの目はおかしくなってる」

マロイはそれを調べた。「どっちともとれます。だいぶ年月が経っています」

死体は慎重に担架に乗せられ、毛布で覆われた。担架係が斜面を下りはじめると、群衆が騒ぎだし、巡査は彼らを押しとどめなければならなかった。ウォルターズは雛を見守る雌の親鳥のように、彼らが担架を車輪つきの台に乗せて救急車の後ろにすべり込ませるのを見ていた。

ケリガンが言った。「スポルディングはこの場にいるべきだな。彼が市政について滔々と弁じるのを聞く人間がこんなにも大勢いるんだから、再選は間違いなしだろうに」

マクギニスは弁解がましく言った。「電話はしました。自宅に伝言を残しました」

「たぶん眠って酔いをさましているんだろう。きょうの午後ゴルフ場で会うから、それまで待とう。ところで、審問は明日十時にわたしのオフィスでどうかな？」署長がうなずくと、ケリガンは下の救急車に呼びかけた。「よお、ウォルターズ！　審問は明日十時。きょうは日曜、ゆっくり休んでくれ！」署長に向き直った。「きみもだ、ゴードン。それじゃ、また」別れのあいさつにダービーハットに指を軽く当て、離れはじめた。

救急車が出発して、野次馬の数は減りはじめたが、捜査は緒についたばかりだった。呼び出せる刑事全員が現場に到着し、綿密な現場検証がなされていた。ひとりの刑事がダナハーのところにやってきて、テニスボールふたつを差し出した。

「草むらにこれを見つけました」彼は言った。

「たぶん凶器だろう」警部はうなるように言った。

「それとフェンスの向こうで、だれかがやたら吐いてます」

「どのくらい前のだ？」

「最近のにおいがします」

「鼻をつくなら、いましがただ。おい、スミス！　何人かに近所の家一軒残らず訊いて回らせろ。ゆうべなにか聞いたか知りたい」

コルビー公園一帯は午後二時まで刑事がやたら目についたが、成果は乏しかった。被害者のもう片方の靴は別の茂みの下で発見され、地面にしみが三ヵ所でき、土のサンプルが別々の封筒に入れられて、ラベルをつけられた。凶器発見の期待は空振りに終わり、ハンドバッグやコートの痕跡さえ発見されなかった。

「実際」その晩マロイ刑事は妻に話した。「たいしたことは発見されなかった。サルはチャーリー・ブラウンとぼくに近所の聞き込みにあたらせ、だれひとりとして悲鳴や彼女の死と結びつきそうな不審な物音を聞いていなかった。彼女は叫ばなかったか、あるいは叫んだけれどみんな寝ていたか。どっちにしても、老いぼれサルの思いどおりにはいかない」

キャスリーンはかぶりを振って、言った。「恐ろしいわ。そういったことがまさにここピッツフィールドで起きたなんて」

「本当に恐ろしいのは、また起きるかもしれないということだよ」ダンは彼女に話した。「暗くなってからはこの家から一歩も出てはいけない——犯人を挙げるまでは。この町のどこかに狂人がいて、なにが起きてもおかしくないんだ！」

2

五月四日、月曜日

月曜日の朝『スター』のライバル紙、『ピッツフィールド・クーリエ』は、第一面の最上段に、三インチの黒々した見出しを掲げた。〈コルビー公園で若い女性殺害〉。被害者は土曜日の夜に襲われ、殺害され、そして無惨に切断されたと報じていた。彼女は黄褐色のギャバジン・スーツ、白いブラウス、そして茶と白のパンプスという恰好をしていた。被害者の特徴でわかっていることが伝えられ、さらに死体発見の詳しい状況と警察の捜査活動が述べられていた。三段にわたる見出しの下に、指輪のぼやけた引伸ばし写真があった。写真には〈この指輪に見覚えがありませんか〉のキャプションがついていた。下側に説明があった。〝殺された女性の左手薬指にはめられていた指輪です。すっかりすり減ったガーネットの安価な指輪で、金のバンドに、MHまたはHWのイニシャルが刻まれています。お心あたりの方は警察に連絡してください〟

八時までに三本の電話が入ったが、指輪に関してではなかった。それらは、犯人は捕まったかやきもきする市民からのものだった。午前が経過していくうちに、その数はふくれ上がっていった。パニックが広がりつつあった。

　ケリガン検視官の審問は裁判所内の彼のオフィスで十時に開始された。何人もの証人が呼ばれ、取材する記者の数も多く、そして入場を求める物見高い傍聴人が大勢いたので、急いで協議した結果、ひと回り大きな部屋に場所が移された。そこにはデスクと証人台、いくつかのテーブル、そして百を超える傍聴席があった。部屋が満席になり、立ち見の傍聴人が入りはじめると、防火責任者はドアを閉めた。きびきびして厳粛な面持ちのケリガンが主導権を握った。人いきれを和らげるために窓があけられ、傍聴人はコートを脱いだ。

　最初に呼ばれたのは、下手なテニスが死体発見につながったふたりの少年だった。彼らはその日の出来事を述べ、公園管理人のおやじランズデールが彼らの話を裏付け、そしてどのように警察に通報したか話した。そのあとに死体の写真が提出され、指輪の引伸ばし写真、そして当の指輪とつづいた。

　ドクタ・ウォルターズが証人台に立ち、体にいくつも傷ができているが直接の死因となったのは頭への一撃だろう、と私見を述べた。「出血の度合いから判断すると」と彼は言った。「喉は顔をつぶされたあとで切られ、そのあとで体にさまざまな傷がつけられた」

「死亡時刻はどうみます？」

「正確には絞りこめない。深夜十二時から夜明けまでのあいだ。最後に食事をとってから七時間ほど経っているので、七時に夕食をとったとして、午前二時ということに」

　強姦されたかどうか訊かれて、慎重に答えた。「強姦は力ずくで犯すことを意味し、そのときの状況がわからないので、それが強姦だったか確かなことは言えない。が、暴行は受けている。検死解剖報告でわかるのはそれだけだ」

「犯人に解剖学の知識があったかどうか、あなたの見解は？」

「断じてなかった。もしあったら、ポケットナイフで乳房を切りとろうとはしなかっただろう」

ダナハー警部が証人台に立ち、これまでの捜査状況を報告した。死体から指紋を採取し、それをワシントンに送った。衣服にクリーニング屋のしるしはついていなかったが、それらを写真に撮り、どこで購入したか突き止めようと、刑事たちが衣料品店と靴屋をしらみつぶしに訊いて回っていた。見つかった三ヵ所のしみからとった土のサンプルは町の農業試験所に送られ、その報告によると、O型の血液が検出され、それは被害者の血液型と一致した。

ケリガンは言った。「それじゃ公判は維持できない、警部。利口な弁護士は試験所のだれかを証人台に立たせ、血液型に詳しいのか訊く。それだけでやつはしどろもどろだ」

ダナハーはぴしゃりと言った。「自分の仕事はわかってます。サンプルをワシントンに送ったので、彼らがそれを裏付けてくれますよ。試験所のおかげで一日助かりました。そこに頼まなかったら、けさ報告書を受け取ることはできなかったでしょう」

ケリガンはつづけた。「犯行現場ではふたつのテニスボール以外なにも見つからなかったということだな。で、それは少年たちのものだ」

「ゲロがありました。それも少年たちのものでした」

ケリガンは如才なく咳払いをして、傍聴人を見回した。「そうだったな。わたしが訊きたいのは、警部、凶器につながるものはなかったか、ということだ」

「凶器はなし、女性のコートもなし、ハンドバッグもなし」

「近所ではだれも不審な物音を聞いていないのか」

「部下の話によればですが」

その部下、ダン・マロイとチャーリー・ブラウンが呼ばれ、警部の陳述を立証した。車が走る音、操車場から風に乗って流れてくるエンジン音と、その夜はさまざまな人がさまざまな時間に音を聞いていたが、通り向かいの公園からと思われる音はなにも聞いていなかった。彼らが話を聞いたうちでだれひとり殺された娘を知らなかった。

ひとり意外な証人がいて、法廷内をざわつかせた。彼は三分署のパトロール警官で、顔をしかめて証人台に立った。「ある夜、先週のことですが」と彼は言った。「パトロールで車を走らせているときに、公園のへりの近くでそいつを見ました。夜遅く、午前三時ごろじゃなかったかと思います。やつはたしかブレイク通りとコルビー通りの角あたり、殺人が起きた場所から半ブロックほどのところで、ぶらついていました。車を寄せて、なにをしているのか訊くと、ちょっと散歩にと言うんで、とっとと失せろと言ってやりました」パトロール警官は部屋を見回し、もう一度顔をしかめたいのをこらえた。

「とっとと失せたのか」ケリガンは訊いた。

「はい。離れていきました」

「どの方向に？」

「コルビーを北に、ブレイクを通り過ぎて町のほうに」

「どこに行ったか確かめたか」

「いいえ。歩きだしたのを見て、パトロールに戻りました。ブロックをひと回りして戻ると、いなくなっていました」

「いつの夜だったかわからないか」

「あいにくと。憶えてません。ですが、殺人の一週間以上前ではなかったと思います」

「どんな男だった？」

「はっきりとはわかりません。暗かったので」

ケリガンは小冊子を見て、言った。「四月二十八日は満月だった。その週はそんなに暗くはなかったはずだ」

「暗かったんですよ。このところどんな天気だったかお忘れのようですね」

例年になくぐずついた四月に傍聴人から苦笑が漏れた。ケリガンは冷静に部屋を見回してから、証人に向き直った。「その夜は雨が降っていた？」

「いいえ、降ってはいませんでしたが、そんなようなもので。そいつはレインコートと帽子姿でした」

「どんなレインコートと帽子だった？」

「さあ、よくあるリバーシブルのかそんなものだったんでは。合羽ではありません。帽子はよ

す」

「若いとか、年寄りとかはどうなんだ？」

「若いほう、だったんじゃないでしょうか。二十代か三十代初めで、すらりとしているほうで

「散歩するには妙な時間、ではないかね？」

「まったくです。実際、わたしが見たときはただ立っていて、こっちとしてはどうすることもできませんでした。なにも悪いことはしていなかったので」

そのパトロール警官が最後の証人で、五分間の休憩のあとケリガン検視官は席に戻り、小槌を打ちつけ、そして言った。「今回の審問で以下の事実認定がなされた。五月三日日曜日午前十二時から六時のあいだに、コルビー公園のへりで単独または複数の人間によって身元不明の女性に対して殺人がなされた。以上、審問終わり」

傍聴人が一列に出ていき、検視官やダナハー警部や彼の部下の周りに群がった記者の話を立ち聞きしようとして廊下をふさいだ。ケリガンは、なにも話すことはないと声明を出して、彼らをそっけなく拒絶しつづけ、ダナハーが彼らの恰好の標的になった。あなたはどう考えてますか、が彼らの一番の問いだった。それに対して、ダナハーはそっけなく言った。「土曜の夜ある女性が乱暴され、殺された。以上」

「性的異常者ですかかね？」

「おれは精神科医じゃない」

「彼女の身元はいつわかると思います？」

「彼女が行方不明になっていると届けられたときに」

ダナハーは人だかりをかきわけて進み、マロイとブラウンがすぐ後ろについた。彼らはなんとか外に出て、くさび形の中央緑地を横切ってコッター通りまで来ると、ブロックのなかほどにある煉瓦の建物まで歩いた。正面階段のそばには緑と白の街灯があった。

建物のなかに入ると、さらに二名の記者が受付デスクのそばで近寄って話しかけてきた。

「あんたらの仲間とは裁判所で会った。なにも話すことはない」そう言ってダナハーは、階段で二階に上がっていった。

階段を上がりきった右手のドアは〈刑事課〉と記され、それを押して控え室に入った。そこにはデスクがひとつあり、署で最年長のドランがその後ろについていた。彼は言った。「戻ってくれましたか、警部！　午前中ずっと電話が鳴りっぱなしです。住民はすっかりびくついてます」ドアのほうを見てうなずき、付け加えた。「記者連中を下にやりました。そこらじゅうに踏み込んでくるもので」電話が鳴り、受話器をとって、言った。「刑事課のドランです」しばらく耳を傾けてから、送話口を手でふさいだ。「女です。ブリッジ・パーティーをキャンセルすべきか、暗くなってからの外出は安全かどうか知りたがってます。なんと言ってやりますかね？」

「持ち場のキッチンに留まっていろと言ってやれ」と言ってダナハーは、後ろ手でドアをあけた。そこが大部屋で、建物の正面に向かって長くのび、右手に並行する記録室とは高さ七フィートの衝立で仕切られていた。タイプライターが載るデスクが六つ、ふたつ一組で配置され、そして七つ目のデスクが正面にあった。三人の刑事が報告書を作成していた。ダナハーはひと言も発することなく右手の記録室を通って正面に向かい、隅にある事務官のデスクを回り込んで、通りを見下ろす自分のオフィスに入った。

大部屋にそのまま留まったマロイとブラウンに、三人の刑事のうちのひとりが訊いた。「審問でのサルはどうだった？」

「おれたちが見つけたのはゲロだけと傍聴席に話した」

「サルのお出ましだぞ」

ダナハーがふたたび大部屋に出てくると、全員その場に凍りついた。

「着衣のほうはなにかわかったか」彼はタイプライターを打つ三人に訊いた。

三人は声を合わせて言った。「なにもわかりません、警部。エベリットとグリーンバーグがまだ外に出ています。彼らがなにかつかんでいるかもしれません」

「靴も同じか」

「はい」

「一時に会議だから刑事全員ここに集めるようドランに言ってくれ」

「わかりました」

一時きっかりにダナハーが出てきたとき、大部屋には昼食をすませた刑事十五名が集まっていた。ダナハーは手にしていた書類を正面のデスクに投げ出した。そうしてから紙つぶてを投げた生徒を捜す教師のように一同を見渡した。

「こういうことだ」力のない耳障りな声だった。「これまでのところ、だれもなにもしていない。事実上、五万軒の家の目があるなかで女が殺されてしまった。サハラ砂漠で殺されたも同然だ。市民はやつに協力し、そして警察もやつに協力している。みんなが逃げきろうとしている人でなしを助けている。いまこそ、だらけたこの課を引き締めるときだ。おまえたちは酔っ払いや交通違反が最悪の事件の分署にいるんじゃない。重大な事件がやって来る刑事課にいるんだ。おまえたちの大半はＦＢＩ学校を出ているんだから、なにをするかわかっているはずだ。おまえたちは優秀なことになっている。こんどのヤマはちっぽけな強盗じゃないんだから、そろそろ本領を発揮するときだ。ちっぽけな殺人でもない。これから先もお目にかかれないどでかい殺人だ。そう思わないなら、話を聞き出そうとつきまとう記者の大群を見てみろ。サンフランシスコの新聞を見てみろ。まさに第一面に載っている。

「そこでだ、こっちも組織として団結してあたらなければならない。ことは殺人なのだ。写真を見たんなら、決して忘れられない殺人だってことはわかるだろ。それをかいつまんでまとめてみる。想像しうるかぎりでは、こういうことだと思う。女は二十代前半で、髪をブロンドに染めている。身長五フィート六インチ、体重百二十五ポンド、ただひとつ身元につながる手がかりは背中の小さなほくろ。日曜の午前十二時から六時、おそらく二時から三時のあいだに、コルビー公園に歩いていったか、連れ込まれたか。地面の状態からすると、引きずられてはいない。彼女が強姦された場所はわからないが、まさしく殺された場所とみていいだろう。人目をさえぎるものがない場所だ。地面にぴたりと伏せたとしても、通り向かいの家の二階の窓が見える。われわれの知るかぎり、彼女は叫び声をあげなかった。つまり、もし彼女が歩いていったなら、彼女はそれを望んでいて、おそらくは相手の男を知っていたということになる。彼女になにが起きたか、そして三分署のまぬけな警官の話でははっきりしない徘徊者のことを考えると、彼女は意識を失って連れ込まれたとみる。

「もしかしたらレイプされたときに死んだか、でなければ女のこととなると見境がなくなって、レイプのあとでもっていた凶器で顔を打ちつけたか。殴られたのは顔だけだ。顔は血だらけで目鼻もわからなかったが、頭のてっぺんはきれいだった。そのあとでやつは小さなナイフ、おそらく折りたたみのポケットナイフを出し、喉をかっ切った。実際、頭はもう少しで切り落とされていた。そのあと胸を二度突き刺した」

ダナハーは一度、端まで往復してから、デスクに戻った。「忘れるな、この時点でパンティは下ろされ、スカートはめくり上げられている。そこで、血まみれのナイフでブラウスの前を切り裂き、残りの服を腰にそって切り裂き、スカートを切りつけて下半身をむきだしにした。それから、えぐろうとしていたのか、右胸の下に深い傷をつけた。えぐれなかったので、胸をさらに五、六度突き刺した。そのあとで喉から股間まで、そして腹を左右に切りつけた。それらの傷は深くはない。胸骨には達してなく、筋肉を裂いただけだ。脂肪の多い組織に半インチほど切り込んでいるにすぎない。

「地面についた血痕は、頭からの出血によるものとみる。ほかの傷からはそれほど出血してなく、すでに死んでいたことを示している。ことがすむと、やつは死体を茂みに引いていき、そのまま残した。そこが死体を発見した場所だ。

「以上。だいたいそんなところだ。もし彼女がコートを着て、バッグをもっていたら、やつが身元を隠すためにもって逃げ、これまでのところ、やつの思惑どおりになっている。町にある衣料品店と靴屋を全部あたってきたが、彼女が身につけていたものと同じものを買ったというブロンド女の情報はなにもつかんでいない。が、指輪を残しているので、そういつまでも身元不明のままではいられないだろう。だれかが指輪のことで電話してくる。

「彼女が車をもっていて呼び止められたとも考えられる。というのもやつがバッグとコートをもっていったとしても、いくら三分署のパトロール警官が頭に穴のあいた連中だとしても、それらをもって通りを歩き回ったりはしないだろう。となったら、まずは盗難車記録を洗いざらい調べる。つぎに公園をカバーする。今夜から、市内のすべての公園にパトロールをつかせる。また今夜から、婦人警官をおとりとしてコルビー公園を歩かせる。例の徘徊者が一度でもくさい頭を突き出したら、しょっぴく」

ダナハーの話が終わると、質疑応答となり、各自の考えが披露された。

マロイが言った。「傷は女の右胸の下なので、犯人は左利きということではないでしょうか」

そのようだ、とダナハーは言った。

「彼女をぶちのめすのにどんな凶器が使われたんでしょうか」また別の刑事が訊いた。

「金属の鈍器——傷口に痕跡は残ってないのでなにかはわからない。レンチか太いパイプか」

「だとしたら犯人は車に乗っていたということになりませんか」

「その機会を狙っていたなら車でなくてもいい。それを持ち歩いて、彼女の車で逃げることができた」

「公園周辺で夜遅く車に乗っている女をどうやって呼び止めるんでしょうか」

「そこだな。彼女は近所の住人ではない。だれも彼女を知らないし、そのあたりではだれもいなくなっていない。彼女がそのとき歩いていたというのは辻褄が合わない」

会合は二時で終了し、男たちはいま一度、捜査にかかった。前に見落としていたものはないか詳しく調べるため、捜査班がふたたび犯行現場に派遣された。近所の聞き込みは四方に一ブロック拡大され、盗難車リストが照合された。

その夜『ピッツフィールド・イブニング・スター』は、各紙が集中的に報道している見地を大いに書き立てた。〈殺人現場周辺で徘徊者目撃さる〉の見出しが、『スター』の最大の活字で第一面に掲げられた。謎の人物はトレンチコートを着てつぶれた帽子をかぶり、すらりとした長身で、歳のころは二十五から三十五のあいだとなっていた。新聞を読んだ一読者は、その人物が殺人のあった夜に目撃されたと思い込み、その衝撃は一般大衆に瞬く間に広まった。夜九時に捜査本部の電話が鳴りだした。かけてきたのは女たちで、彼女たちは代わる代わる頼み込み、そして要請していた。どの場合も主旨は同じだった。みな保護を求め、そしてパトカーはバス停留所から家へ、家から店へ、家から家へ女たちを護送するのに忙しい夜を過ごした。ピツツフィールドの女性はだれひとり暗くなってからひとりで外出したがらなかった。

火曜日の午前一時半、ひとりの女がひとりで外出した。彼女は薄い色の布コートに緑色のフエルト帽という恰好をして、コルビー公園の二ブロック手前で黒い車から降りた。コートの袖は手が隠れるほど長く、その手にブラックジャックが握られ、そしてもう一方の手首に巻きつけた鎖には警察の呼び子がついていた。バッグのなかに小型オートマチックと警察バッジを携帯していた。「公園を半周してみるわ」低い声でドライバーに言った。「デブリンとオーチャードの角で会いましょう」

彼女を人気のない通りにひとり残して、車はすっと離れていった。彼女はポケットに両手を入れ、コートの前をはだけ、コンクリートにハイヒールの靴音を響かせながら、肩で風を切って歩きはじめた。ブレイク通りの角に来るまでに二台の車が通り過ぎ、一台は速度を落としたが、停止しなかった。ブレイクで曲がり、女が殺された公園の暗がりから通りを隔てた家並みの前をぶらぶら歩いた。コルビー通りの角で不審者が目撃された側に渡り、公園に沿った寂しい未舗装路を進んで、街灯から離れた。右も左も見なかった。デブリン通りの交差点を示す街灯まで来ると、ふたたび通りを渡り、明かりの消えた家が両側に並ぶデブリン通りを一ブロック歩き、そしてオーチャード通りで右に曲がった。黒い警察車輛が待っていた。

「空振りよ」ドアをあけながら彼女は言った。

「刑事をだれか見かけたか」

「だれも」コートを脱いで帽子をとり、軽いツイードを着込んで、黒のベレーをかぶった。

「つぎの交差点に行きましょう。こんどはブレイク通りを歩いていって公園を通り過ぎ、バーネット通りに。パークとオークの角で会いましょう」

三度、公園周辺を歩き、三度とも報告することはなにもなかった。そうして車に乗り、自宅に送られた。

3

五月五日、火曜日

火曜の朝刊の特集記事は、精神医学でその名を広く知られたピッツフィールド在住カート・ブロックマン博士へのインタビューだった。〈コルビー公園の殺人鬼は性的倒錯〉の黒々した見出しの下にインタビュー記事が掲載され、ブロックマンは犯人をサド傾向のある性的倒錯者と分類した。体につけられたナイフの長い切り傷は十字架のつもりだったと解釈して、宗教的なひねりを加え、そして女は、さまざまな罪悪感にもだえ苦しむ男を引っ掛けてしまった、ありきたりの売春婦ではないかと推理した。

その記事を読んだダナハーは、新聞を丸めて、オフィスのくずかごに投げつけた。それを読んだマクギニス署長は、ダナハーを電話で呼びつけて話し合った。それを読んだ記者たちは捜査本部にどっと押し寄せた。

署長室から出ていくとき、ダナハーは彼らと口をきこうともしなかったが、マクギニスのほうは協力的だった。博士は核心をついているかもしれないと彼は認めた。盗難車からは被害者にたどれないので、彼女は男に拾われて現場まで乗せられ、相手にしてはいけない男だったと気づいたときには遅すぎた、と考えてもいい。見事な体と染めたブロンドの女は、その手合いとみていいかもしれない。そういうことなら、公園で目撃された男は手がかりにならない。

「もちろん、確かなことはわからない」マクギニスは言った。「実際、ダナハー警部は前科者や不審者、これまで性犯罪で挙げた者全員を引ったてるよう命令を出している。きっとそのなかにわれわれが追っている男がいる」

「女の身元についてなにか？」

「ふたつほど手応えがある。そのうちの一方がそうかもしれない。デンバーに住む男から、娘が三年前から行方不明になっていると連絡があった。娘の名前はヘレン・ウォルブリッジで、似たような指輪をもっていたという。彼はあしたやって来る」

「失踪人局のほうは？」

「具体的にはなにも。確認した」

午前中いっぱい捜査本部の電話は鳴りっぱなしだった。大半は殺人犯を見つけたか心配して問い合わせる市民からの電話だったが、なかにはそうでないものもあった。十時十分にドランが受けた匿名電話の主は、しわがれ声で言った。「コルビー公園で女を殺したやつがバス・ロード沿いのある納屋に隠れている。町から四マイル行ったところにある牛の放牧場の脇の、赤い納屋で、そのそばに白い岩がある。わかったか。赤い納屋、白い岩、牛の放牧場。四マイル」さっさと電話を切った。

ドランがその情報をダナハーのオフィスにもっていくと、警部はそれを聞いて顔をしかめた。

ドランに渋面を向けた。「逆探知したか」

「やってみました、警部。が、オペレーターは追跡できませんでした」

ダナハーはしかめっ面をして、ストーリー部長刑事を大声で呼びつけた。ストーリーが大部屋から急いでやって来ると、用件を伝え、指示を与えた。「四人連れてそこに行ってくれ。そのなかになにがあるかわからないが、バス・ロードという通りはある。気をつけるんだぞ。死者を出してほしくない」

ストーリーは敬礼をして、出ていった。ドランはなかなか出ていこうとしなかった。「精神科医の説をどう思います、警部?」

「やつがそんなに優秀なら」とダナハーはうなるように言った。「車をもった男が女を森かどこかに連れていったりしないで、五万軒の家の目がある真ん前で彼女を殺す。男にそうさせるのはどんなたぐいの性衝動そして狂気なのか、時間をかけて分析してもらいたいものだ」

十二時五分、アーチャー刑事が反抗的な態度の浮浪者風の人物を連れてきて、ダナハーのオフィスに隣接する取調室に入れた。一斉検挙がはじまっていた。

二分後、ドランが警部の前にふたたび姿をあらわした。「また電話によるたれ込みです、警部」

「匿名か」

「違います。あなたが直接話したほうがいいと思います」

「この電話に切り替えてくれ」ダナハーは命じ、ドランが出ていくのを見てから受話器をとった。接続音がするまで待ってから、言った。「刑事課、ダナハー警部です」

反対端の声は少し息を詰めているように聞こえた。「わたしの名前はロバート・シュグルーです、警部。確信はもてないんですが、犯人の車を見たんじゃないかと――土曜の夜に殺された女のことです」

「ほう?」

「マウンテン公園を通り抜け、コルビー通りの出口から出るとき、その車が五、六ブロック先、ちょうどブレイク通りとの角あたりだったと思いますが、縁石から発進したんです。それは一気に加速して、三ブロックほど進んで、信号で曲がりました。わたしとすれ違ったとき三十五マイルのスピードは出ていたと思いますね」

「時間は?」ダナハーは訊いた。鉛筆をとり、目の前のメモ用紙にいたずら書きで絞首台の単純な絵を描いた。

「できるだけ正確に言えば、午前二時十五分ごろ」

「どんな車でした?」

「型はわかりませんが、それを憶えていたのは幌を下げたクリーム色のコンバーティブルだったからです。ドライバーは急いでいるようでした」

「だれが運転していたかわかりますか。男、それとも女?」

「憶えてません。男、だと思います。とにかく急いでました」

「あなたのお名前と御住所を」ダナハーはメモ用紙の絞首台の下にそれを書き留めた。「ほかになにか憶えてますか」否定の返事にうなずき、口を真一文字に結び、そして言った。「わかりました。もしかしたら、こちらから電話をするかもしれません」電話を切り、住所の下に〝五／五／五三、一二：一〇に〟と書き、〝五／三／五三、二：一五AMにコルビーとブレイク（？）の角から発進するクリーム色のコンバーティブルを見た〟と書き加えた。立ち上がり、大部屋に出て、コート掛けに向かった。取調室に通じるドアは閉められた。

つぶれた茶色のフェルト帽とツイードのトップコートをとり、それを着ながら厳密な意味での捜査班部屋に戻った。そこにいるのはダン・マロイだけで、彼はタイプライターで文字をひとつずつ打っていた。

ダナハーは訊いた。「なにをしている、マロイ？」

マロイは振り向いた。「報告書を作成してます、警部」

「失踪人局のほうでなにかないか」

「なにもありません」

「だったら、きょうの午後はこうしてもらう。車輛課に出向いて、クリーム色のコンバーティブルの所有者全員の名前を調べだす。それからコルビーとブレイクの角に行き、近所に片っ端から聞き込みをして、だれがそうした車をもっているか、もっている人物を知らないか、もっている人物を知っている娘はいないか確かめるんだ」ダナハーは帽子をしっかりかぶり、昼食をとりに出ていった。

三時ごろまでには刑事の各オフィスは出入りする人であふれていた。アーチャー刑事の容疑者は一時間きびしく尋問されたあとで釈放されたが、ほかの者たちが彼のあとに代わった。ひとりがまた別の刑事と取調室に入っていて、もうひとりはその隣の、角部屋にあたる婦人警官のオフィスで尋問されていた。彼女のオフィスを出てすぐの、大部屋から離れたところで、さらに五人の男たちが留置場と呼ばれる小さな鉄格子の檻に入っていた。そのなかにはベンチがひとつ置かれ、鉄格子のドアは施錠されていた。彼らは若者から年寄りまで、ぼろをまとった者からりゅうとした身なりの者まで、物静かな者から大声でわめきちらす者までと、容貌も振る舞いもさまざまだった。毎度ながら、札つきのワルがふたり、二度も有罪になった変質者とナンバー賭博常習犯、そして公園の芝生で寝ていた飲んだくれが含まれていた。ナンバー賭博の男がもっとも上等ななりをして、頂が平らな緑色のフェルトの中折れ帽をかぶり、紺のピンストライプのスーツを着て、手描きのネクタイに真珠のピンを留めていた。彼はまたもっとも大きな声できたない言葉を吐いている男でもあり、さんざん悪態をつき、弁護士に電話する権利を要求していた。ただ一度、彼が黙ったのは、ダナハーがそばを通ったときだった。刑事課の警部といえば有名だった。

三時半、ストーリー部長刑事がオフィスに戻ってきた。「納屋を見つけましたが、殺人犯らしき姿はどこにもありません。まさしくその納屋です、警部。その点は間違いありません。ですが、だれかがそのなかに住んでいる形跡はまったくありません。がせネタだったんじゃないですかね」

「きっとやつはきれい好きなんだろ」ダナハーは言った。

「そんなことありません、警部。農夫に確かめました。彼の名前はフォリーで、納屋に隠れることなどできないと断言しています。一日に何度も出入りして、夜は南京錠をかけるとか」

ダナハーは言った。「フォリーがどういう男か調べ、納屋を見張ってくれ」ストーリーはうなずき、わかりましたと言って、出ていった。

国じゅうのいたるところで奇怪な殺人への関心は高まっていた。西はオレゴンまでの新聞の第一面にその事件は載り、犯人はコルビー公園の殺人鬼として広く知られるようになっていた。指輪の写真がサンフランシスコの夕刊各紙に出て、そして東部では探偵社四社が無料での協力を申し出た。

ピッツフィールドではその夜、警察は五十本の電話を受け、その大半は暗くなってからパトカーの護送を求める女からのものだった。いたずら電話が四本あり、そして匿名のたれ込みがあった。ホイーラン通り四〇のベンジャミン・ホワイトという男が犯人で、女の名前はヒルデガード・ウェイト、と密告者は言った。

その晩遅く、婦人警官のミス・オズボーンはコルビー公園周辺をさらに三度ひとりで歩いた。

4

五月六日、水曜日

水曜の朝、夜勤のウォーレン警部補は出勤したダナハーに簡単に報告した。匿名の電話があった以外、報告することはほとんどなかった。

「それを確かめました」ウォーレンは言った。「ホイーラン通り四〇にベン・ホワイトという人物が住んでます」

「で、なにをすればいいかわかるよな?」

「はい、わかります」

「だったら、とっかかるんだ。それとマロイを呼んでくれ」

愛想のいい顔できびきびとやって来たマロイは、調べはどうなっているか訊かれて、答えた。

「車輛課がゆうべ連絡してくれました。調べるのに午後いっぱいかかったとかで。六名の住民がクリーム色のコンバーティブルをもってます」一枚の紙をデスクに置いた。「これが名前と住所です」

「コルビー公園のほうはどうだった?」

「周辺のブロックに住む全員に訊いてみました。それを所有している者をだれも知りません」

「知っているとはだれも言わなかったということだろ」

「そういうことです」マロイはデスクに近寄って、声を落とした。「警部、女の身元を割り出したい、ですよね？」

ダナハーはこわい顔で彼をにらみつけた。「なんなんだ、そんな間の抜けたばかげた質問があるか」

「どうするか考えがあるんですよ」

「どうするんだ、水晶玉をのぞき込む？」

「ま、聞いてください」マロイはデスクにきゃしゃだが力強そうな両手をついて身を乗り出し、熱意のこもった顔が紅潮していた。「丘の中腹で発見された死後二年の白骨死体、それと近くの茂みに引っ掛かっていた毛髪のついた頭皮しか手がかりがなかったある保安官の話をかつて読みました。彼は頭蓋骨に蠟をつけて顔を復元し、身元を割り出して、犯人を突き止めました」

ダナハーは冷ややかな目でマロイ刑事を上から下まで見た。そうしてから訊いた。「いくつなんだ、マロイ？」

「二十八です」

「だったら、このさき二十八年もばかやってることになりそうだな」声が甲高くなった。「その鈍いおつむにちょっぴりでも脳みそが入ってるのか」

マロイは顔を赤くし、気色ばんで言った。「入ってますよ」

「だったら、たまにはそれを見せてくれ。いったい、どうしたらそんなに愚かになれるんだ？」

「お言葉ですが、警部、それがそんなに愚かなこととは思えません。その保安官はやったんです。彼がぼくたちよりずっと利口だったというわけではありません」

「その保安官は利口だったんじゃない、ツイていたんだ。うまくいくのは百万にひとつだった。頭蓋骨を見たことがあるか。どの頭蓋骨も似たようなものだ。彼は十ポンドの蠟で顔を再現したにすぎない。似ているといってもせいぜいその程度だ」

「ですが、頭蓋骨はどれも同じじゃありません、警部。骨に詳しい者なら頭蓋骨から性別がわかります。それだけでなく、人種も」

「まったく同じとは言わなかったぞ。たしかに性別と人種はわかるだろう。が、公園で発見された死体の性別と人種はわかっているし、それが身元を割り出すのに役立つわけではない。それだけでなく、そのラッキーな保安官はそもそも完全な頭蓋骨をもっていた。公園の女の頭は粉々になったかけらしか残されていない」ダナハーは椅子に背中を預け、マロイ刑事をじっくり見た。それから頭をぐいと引いた。「おまえさんにやってもらう仕事がある、マロイ。ジョシュア・ウォルブリッジという男が、女が自分の娘かどうか確かめるために、三時半の飛行機でデンバーからやって来る。彼を迎えにいって、死体を見せてやってくれ。もう一度、彼女の頭を見れば、ばかげた考えもすっ飛んでいくだろう。よし、行け」

十一時にワシントンから書留郵便があった。土のサンプルが返送され、被害者と同型の血液が含まれているという農業試験所の鑑定結果が支持された。指紋照合の報告もあった。被害者の指紋は記録されていなかった。

それに落胆し、指輪への関心も薄らいで、当初はそれほど気にかけなかった身元割り出しが最重要になってきた。ダナハーは言った。「くそっ、空から落ちてきたんじゃないんだ。どこからかやって来たはずなんだ。そのどこかを探り出さないと」まさにそのとおりだった。

マクギニス署長もそれを知りたがっていた。昼食後またも協議するため警部のオフィスに出向いたマクギニスの顔に、心配の色がありありと浮かんでいた。「マイク」と言って、デスクの前の椅子に座り込んだ。「できることはすべてやっているのか」

ダナハーは椅子を回転させ、窓の外の通りを見た。「なにが言いたいんです?」

「努力しているのはわかる。くそっ、それはわかってるんだ。しかし現状はどうだ？　われわれはどこに立ってる？　記者連中になんと言えばいい?」

「くたばっちまえと」

「記者にそんなことは言えないだろ」マクギニスはいさめた。「言ってはいけない」

「あなたはでしょ」ダナハーは訂正した。「連中をここに上げてください。わたしが言います」

「われわれには責任があるんだ、マイク。プレスの心証を悪くすることはできない。われわれは世間を相手にしなければならない。今回の世間はたんにピッツフィールドのことではない。国全体だ。最悪かつもっとも解決がむずかしい殺人事件で、国じゅうが経過を見守っているというわけだ。これまでのところ、うまくいっているようにみえない」

「FBIだったらもっとうまく進めているとでも？」

マクギニスは落ち着かなげに体を動かした。「それはどうかな、マイク。わたしにはわからない。要は、彼らは捜査に加わっていないということだ。これはわれわれのヤマで、記者たちはわれわれがなにをしているか訊き、捜査は順調に進展しているというおなじみの使い古した説明を鵜呑みにしない。順調にいっていないことは、彼らにもよくわかってるんだ。女が死んで四日になるのに、彼女がだれかもわからない」

「指輪の写真を国じゅうの新聞に載せました。彼女の特徴をできるだけ詳しく公表しています。わたしは魔術師じゃないんですよ」

「しかしあれこれやって、どんな成果があったんだ？」

「デンバーから男が名乗り出ました。そして四件の内報があります。ベン・ホワイトという男が彼女を殺したとか、犯人は納屋に隠れているとか、クリーム色のコンバーティブルを運転しているとか、先週コルビー公園のあたりをぶらついていたとか。それらを全部、徹底的に追ってます。ホワイトを調べています。納屋を捜査の対象に入れ、それを所有している男についても洗っています。市に登録されたクリーム色のコンバーティブルをすべて照合し、それでなにも出てこなければ州全域に範囲を広げます。目撃された男をおびき寄せようと、ミリー・オズボーンに夜、公園周辺を歩かせています。そのうえで、そういうことをしそうなやつを全員ひったてています。われわれがなにもしていないなど言ってほしくありません」

マクギニスはかぶりを振った。「そんなことは言ってない、マイク。わかるだろ。あれこれ訊きたがっているのは記者たちだ」

「だから教えたでしょうが、連中になんと言ってやるか」

ドアをノックする音がして、パーソンズ刑事が満面ににやにや笑いを浮かべて入ってきた。

「やりました、警部。ついに落としました」

マクギニスは椅子から腰を浮かしかけたが、ダナハーはでんと構えたまま「ほう?」と言っただけだった。数多くの事件を体験してきたので、何事も二重、三重に確認するまで受け入れられなかった。

「自白をとりました」パーソンズは言った。「いまタイプを打ってます」

「そいつはだれなんだ?」

「名前はベン・セラーズ。捜査網に引っ掛かりました」

「セラーズ?」ダナハーはしばらく考え込み、眉を曇らせた。「やつを知っているようだぞ」

「前にも挙げられています。浮浪罪、泥酔――」

ダナハーはきびしい顔つきになって、立ち上がった。「どこにいる?」と訊いて、取調室のほうに頭をぐいと向けた。「そこに?」

「そうです。女は車をもってました。彼女をバーで拾いました」

「ほう?」ダナハーはデスクの後ろのドアに進み、取調室に入った。マクギニスとパーソンズがあとにつづいた。

そこはダナハーのオフィスより大きな部屋だが、設備はそれほど整ってはいなかった。もっとも目につく備品は壁に押しつけられた大きなテーブルで、それをはさんで二脚の椅子が置かれていた。その上に三管の蛍光灯が吊り下げられていた。ほかにデスクと椅子、そして隅にもうひとつテーブルがあった。一方の壁に通りに面した窓、ほかの三方にそれぞれドアがあった。ひとつは警部のオフィスに、向かいのドアは婦人警官のオフィスに通じ、そして奥の壁のドアからは、遺失物を保管する縦長のロッカーの脇を通って大部屋に出る。

ヘンドリックス刑事が窓のそばに立ち、くたびれた茶色のスーツを着た三十五歳の影の薄い痩せた男、セラーズはテーブルについていた。髪は薄く、震える手で手巻煙草をもち、ぼんやりした生気のない目にはこそこそしたところがあった。彼は立ち上がり、警部に会えて心から喜んでいるようだった。

「警部」落ち着かなげに二本指を上げてはっきりしない敬礼をした。左右の足に体重を移し替えながら、まぬけ面して笑った。

「それで、なんなんだ、これは?」ダナハーはドアに手をかけながら言った。小柄な体がジブラルタルの岩山のように頼もしげに見えた。

セラーズはもう一度笑った。「あんたの部下たちにちょうど話してたところさ」と刑事たちのほうをぎこちなく示しながら言った。「おれがあんたらの捜してる男だ」

「彼女をなにで殺しただって?」

「えっ? わかるだろ、良心だよ、警部。ここ何日か良心が痛んでてね」

「なにで殺したか訊いたんだ」

セラーズは鼻の下を指でこすった。「レンチでさ、警部」

「それをどこで手に入れた?」

「彼女がもってた。車のなかにあったんだ、警部」

「それをどうした?」

「レンチ? 投げ捨てたよ」体を左右に動かしながら、にやにや笑った。「そのままもってるわけないだろ、警部」

「どこに?」

セラーズはあやふやになった。「どこに投げ捨てたかだって? はっきり憶えてないな」

「どういうことなんだ、憶えてないとは?」

セラーズは頭をかいた。「テニスコートのそばだった、警部。そこに投げ捨てた。いま思い出したよ」それでうまくいくと思っているようだった。「これから記者を呼ぶんだろ?」

「テニスコートのそばというのは間違いないか」

「間違いない、警部」きっぱりしていた。

「女の名前は?」

「名前? えーと」としばらく口ごもった。「知らないんだ、警部」上機嫌なところを見せようとして、声をあげて笑った。「訊くところまでいかなかった。どういうことかわかるだろ?」

そこにいる全員を見回した。「おれに記者たちに話してもらいたいか」

「で、彼女とはバーで会ったんだな、どこのバーだ？」

「トニーズ・バー。ほら、フェロー・プレイスにあるだろ。そう、トニーズだった」

ダナハーはパーソンズに向け指を鳴らした。「おい、なにをぐずぐずしてる？　ひとっ走りだ。トニーズ・バー、土曜の夜」体を回した。「時間は？」

セラーズはびくびくしているようだった。「十時半ごろ。トニーは憶えてないさ」

「彼女の車は？　それはどうした？」

「えっ、なんだって？」セラーズは警部に問いかけられるたびに、びくっとしているようだった。「ある男に売った」

「どの男？　どこで？　いつ？　で、それで得た金はどこに？」

セラーズはぼうっとして首を横に振った。「憶えてないんだ、警部。すっかりこんがらかってしまって。自分がなにをしたか憶えてない。彼女を殺したことだけは憶えてる。記者と話をさせてくれるか」

ダナハーは言った。「やつをコルビー公園に連れていき、レンチを捨てた場所を示させろ。それが見つからなかったら、精神科に連れていけ。もしも見つかったら、刑事課全員の首をへし折ってやる。そのあたりは徹底的に調べたことになっているんだ！」大股で出ていった。

午後三時半、ダン・マロイはピッツフィールド空港でジョシュア・ウォルブリッジを乗せたニューヨーク―ボストン便を待っていた。死体は自分の娘ではないかと思っている男、それがジョシュア・ウォルブリッジだった。彼をピッツフィールド総合病院に連れていく車中で、マロイは汗をかいているずんぐりした中年男に質問した。彼の話によると、娘は三年前に家出し、父親が認めない男と結婚したということだった。

「やつはやっぱりわたしがヘレンにいつも話していたとおりの男でした。一年もしないうちに赤ん坊といっしょに娘を捨てました」

「当時、娘さんはなにをしていたんですか、ミスタ・ウォルブリッジ」

「わかりません」

「彼女から一度も連絡はなかったんですか」

ウォルブリッジはマロイの隣の助手席できびしい顔をして座っていた。「話してしまったほうがよさそうです。結婚を強行するならわたしからなにも期待するなと警告してやったんですよ。そしてわたしは言ったことを守る男です」

「彼女は家に戻りたがったが、あなたは受け入れなかった。そういうことですか」

「ざっとそんなところです」

「手紙をよこしたことは？」

「あります。わたしは読もうともしませんでした。母親は読みましたが、わたしは」

「母親は返事を書いた？」

「いや。ひそかに書いたんでなければですが。妻はそういうことはしません」

マロイは信号で停止し、待ち、そしてふたたび車を発進させた。「わざわざ飛んできてくださったことに驚いてます」

ウォルブリッジはまっすぐ前を見つめた。「ヘレンが死んだなら、それを知りたいのです。ろくでもない男にかかわって人生を棒に振ってしまいました。やめろと言ったのに」

マロイはそのあと黙って運転し、病院の裏手の駐車スペースに車を入れると、彼をなかに案内した。受付の看護婦に話をし、しばらくすると医師が地階の一室に彼らを連れていった。

そこはつねにきれいにしてぴかぴかに磨いてある白い部屋だったが、遺体保存液のにおいが重苦しかった。クッションを敷いた台が六台あったが、遺体が乗っているのは一台だけだった。それは部屋の奥の隅にあり、清潔な白いシーツをかぶせてあった。背が低くがっちりした医師は、彼らをそこに連れていった。灰色がかった黒髪は薄くなりかけ、口髭が剛そうだった。

彼は言った。「身元を確かめるといっても、残されたものはあまりありません。まずもって顔がなく、体は検死解剖のため切り刻まれています」その脇でためらい、シーツに手をかけた。

「きっとショックだと思います」

ウォルブリッジはただ言った。「かまいません、めくってください」

医師はシーツをウエストまでめくった。

マロイは目をつぶり、わずかに身震いして、視線をほかにやった。ウォルブリッジについて言えば、筋肉ひとつ動かなかった。寝室の家具を品定めする買物客といってよかったかもしれない。しばらくしてから、彼は言った。「下まで引いてください」

折りたたんだものが脛に来るまで、医師はシーツをめくっていった。いまや自制心を取り戻したマロイは遺体を、そして男を見た。ウォルブリッジはかがみ込んで顔を近づけ、腿の脇に置かれた手を詳しく調べた。「足を見せてください」

シーツは完全に取り払われ、ウォルブリッジは膝下、足首、爪先をじっくり見た。原形のまま残されているのはそれらと腕だけだった。後ろに下がったウォルブリッジの顔に嫌悪の色が浮かんでいた。「娘じゃない」と彼は言った。

5

五月七日、木曜日

水曜日の晩、『ピッツフィールド・スター』の発行人ジョセフ・P・ディクソンは、〈われらが警察はどこに?〉と題した第一面の社説のなかでこう書いていた。〝わが街の女性たちが、暗くなってからひとりで通りを歩くのはこわいので、バス停留所から自宅まで護送してもらうためパトカーを呼ぶ。教会の婦人慈善会が、メンバーが夜の外出をこわがっているため個人の家での集会をとりやめている。いまこそ、こう問いかけるときである。われわれはなぜ警察をもっているのか。市は護送サービスを運営する目的で警察車輛を購入し、装備させているのか。日が落ちるや女性たちを店に乗せていって戻ることがパトカーの任務か。夜、街が安全でないなら、そうしたサービスを要請する女性たちを責めることはできないが、警察官の任務はそこにあるのではない。警察官の任務は、街が安全であるようにすることである〟

木曜日午前八時半、ラングリー・スポルディング市長は警察に電話をかけ、線の反対端ではマクギニス署長がひたすら耐えていた。

「新聞を読んだかね?」スポルディングは詰問した。「ジョー・ディクソンのやつときたら。

彼が書いてるようにパトカーが女性たちを護送しているというのは本当なのか」

マクギニスは浮かない顔で言った。「もちろん、大げさな誇張です。その趣旨での電話はいくつかありました。こわがり屋の女性たちのなかにはどの茂みにも殺人犯が隠れていると思っている者もいますが、ディクソンが思い込ませようとしているようなことでは決してありません」

「そうしたこわがり屋の女たちが」スポルディングはすばやく切り返した。「あいにくと有権者なんだ。彼女たちの夫も有権者、同じように子供たちも。そしてディクソンの社説を読んだ者たちも。国じゅうの新聞がこの犯人をなんと呼んでるか知ってるだろ？　コルビー公園の殺人鬼！」

「わかってます」

「そうしたことでピッツフィールドが有名になってほしいのかどうか教えてもらいたいもんだ」

「そんなことはありません、市長」マクギニスは惨めになっていた。「ですが、ローマは一日にして成らず。できることはすべてやってます」

「それでは充分じゃない。わたしがきみを署長に任命した。成果を出すのはきみ次第だ。言い訳ではないなにかがほしいという意味だ。去年の十一月の選挙を忘れてしまったようだな。きっと次点との差九百票なら安心できると考えているんだろ。ばか言うな、安心などできるものか。来年の選挙では頭ひとつ抜きんでた有力候補はいない。この事件が解決されなければ、それもすみやかに解決されなければどうなると思う？　政敵たちが忘れてくれると思ってるようだな。署長の地位に留まりたいなら、なんとしても解決するんだ。はっきりと言っておく。なんとしても解決しろ！　このさき半年ゆうべのような社説につきまとわれるのはごめんだ」

市長から逃れるやマクギニスはダナハーを呼んだ。警部がドアを閉めると握りこぶしでデスクを打ちつけ、声を張り上げた。「ゆうべの社説を読んだか」

ダナハーは冷ややかに彼を見た。「それで？」

「パトカーで家まで送ってほしいという女からの電話を何本受けた？」

「対処しきれないほど」

マクギニスはふたたびデスクを打ちつけた。「こんどの事件はなんとしても解決しなければならない、ダナハー。聞いてるか。解決するんだ！　〝もし〟や〝そして〟や〝しかし〟は言うな。事件は解決しなければならない。それもすみやかに。いますぐに。このさき半年ゆうべのような社説につきまとわれてなるものか」

「できることはすべてやってます。わたしも、そして刑事ということになっている日曜警官たちも」

「できることすべてでは充分じゃない、ダナハー。成果を出さなければならない。言い訳以上のなにかを出せという意味だ。いますぐなにかが出なければ、刑事課では大改革がはじまるぞ。大幅な刷新だ！」

ダナハーは言った。「どうしろと？　わたしの辞職ですか？」背中を向けてドアに向かいだした。「いますぐタイプしてきます」

マクギニスは彼を呼び戻した。声に狼狽の色があらわれていた。「違う、そうじゃないんだ、マイク。そういうつもりじゃない。わかるだろ、そんなつもりじゃないってことは。きみはわたしが得たもっとも優秀な部下だ。わたしにはきみしかいない。きみが必要なんだ」

「そう言われても、わたしはたんなる一個人にすぎません。手がかりをでっちあげることはできない、見つけ出すことしか」

「それはわかってる、マイク。ただ頼むから、がんばってくれ。市長にせっつかれている。あいった社説を読んで、市長は気が狂ったようになっている。早くなんとかしなければ、わたしはクビだ」

「そう？」ダナハーは言った。「だったら、こんど彼が電話してきたら、わたしにつないでください。身のほどを知らせてやります」ドアを後ろ手で手荒に閉めながら出ていき、幅広の正面階段を一段ずつ上がって、自分のオフィスに回り込んだ。

通路側のドアをあけると、スミス警部補がなかで行ったり来たりしながら待っていた。「警部」スミスは言った。「どこに行ってたんです？　ニュースがあります」

「パンツのなかにアリがいるみたいだぞ」ダナハーはデスクの後ろの椅子に腰をすべり込ませた。「なんなんだ？」

「容疑者をきびしく尋問しています」

「この二日間、疑わしい者を全員きびしく尋問してきた。それがどんなニュースだというんだ?」

「いま調べている男は昨夜ボールドウィン公園にひそんでいるところを発見されました」

「ひそんでる?　どんなふうに?」

「半ば酔っ払って橋の下にいました。脇に酒瓶と、これですよ!」スミスは二冊の本を出した。

ダナハーは本をとり、表紙をめくった。黙ってページをぱらぱらとめくっていった。好色な話やきわどい挿絵がぎっしり詰まっていた。顔を上げた。「で?」

「で、三分署から例のパトロール警官、コルビー公園の近くでぶらついていた男を追跡した警官をここに呼び寄せました。同一人物に思えるということです」

「それに対して、酔っ払いはなんと言ってる?」

「当然、否定しています。ブリッジポートからやって来たと言い張ってます。先週の土曜日は街にさえいなかったと」

「本当にいなかったのかもしれんな」

「そうした本をもって?　そして酒を?　女を殺したやつは酔っ払っていたにちがいないとみています。しらふではできっこありません」

「たわけたことを言うな。公園で寝て本で性的興奮を得るのんだくれは、彼が最初じゃない。彼に不利な証拠となる凶器を見つけたか」

「いいえ。ですが当然、捨てたんですよ」

「凶器を捨てるだけのおつむがあったなら、しばらく公園から離れているぐらいは考えるだろ。

どこにいる、そこか」ダナハーは取調室がある後ろの壁に親指を突き出した。

「そうです」

ダナハーは立ち上がり、ドアをあけて、なかをのぞき込んだ。部屋は紫煙が立ちこめ、寝不足で目が充血しているふたりの刑事が、ぼろをまとったむさ苦しい髭面のわびしげなのんだくれを取り囲むように座っていた。歳のころは四十前後、骨格はしっかりしているが痩せこけ、自堕落な生活が人に刻印するたるみがはっきりとあらわれていた。警部がドアをあけたときに、音と動きが完全に止まった。ダナハーは男をじっくり見てから、オフィスに引っ込み、後ろ手でドアを閉めた。

「三分署のアホ警官が見たと言ったのを聞いて、想像していた男とはあまり似ていないな」とつぶやいた。

「ですが手がかりです」スミスは言った。

「そうだ、手がかりだ」

その日ほかにも手がかりが出てきたが、それもやはり途中でだめになった。不審者の検挙はつづいていたが、大半は釈放された。殺人を自白した男は病院の精神科に収容されたが、どんなことがなされたか明らかに知らないにもかかわらず、なおも自分がやったと言い張っていた。ほかに二名の容疑者が勾留されたが、コルビー公園の殺人によってではなかった。彼らを尋問していくうちに思いがけず、二週間前の商店八百五十ドル強奪事件が解決された。闇の世界の情報網で警察の捜査がきびしくなっていることが広く伝わって、何人かは地下に潜ったため、この日ひったてられた容疑者はずっと少なかった。なかでもふたりのお尋ね者、ピンキー・ペロンとディッパー・マルーが姿を消していた。

しかしながらダナハーはクリーム色のコンバーティブルのほうに関心を寄せていた。遺体の引き取りをだれも言ってこないので、どうやら被害者は近所の娘ではないらしく、それは行きずりの殺人ではなく、犯人は被害者を知っていて、彼女を現場に連れてきたとの確信を強くしていった。なぜもっと人目につかない場所にしなかったかが疑問だったが、犯行がアフリカのど真ん中で実行されていたらもっと人目につかなかったというわけでもないので、その疑問は空疎なものだった。

指輪の写真を公表した成果はなく、新聞掲載は中断された。赤い納屋の捜査は立ち消えになり、同様にホイーラン通り四〇のベン・ホワイトの調べも。ミスタ・ホワイトはどうやら人に好かれるタイプではないらしく、だれかが彼を困らせようとしているようだった。クリーム色のコンバーティブルはいくらか期待のもてそうな結果をもたらした。所有者のうち五人はすぐにシロと判明したが、六人目の、妻とふたりの子供とともにウエスト・ピッツフィールドに住むチャールズ・ギルマーティンなる人物はそれほどツイていなかった。五月二日土曜日の夜のアリバイがないだけでなく、ひとりで外出していて、これまでのところ、どこに出かけたかだれも知らなかった。

木曜日の午後、ケリガン検視官が電話してきた。マクギニス署長がそれを受け、彼の声色には疲労がにじんでいた。

「おいおい、署長」ケリガンは言った。「身元不明のこの肉のかたまりの埋葬をいつまで延ばしたいのかね？」

「できるだけ長く」マクギニスは答えた。「きっと突破口がひらけます」

「いつ？　来年の三月の聖パトリックの祭日？　放置したままの死体がどうなるか聞いてないようだな」

「わかってます。ですが、待っていれば必ずチャンスが」

「そうとも。チャンスについてはよくわかっている。競馬で賭けをするんだ。先週の日曜からどのくらい前進したのかね？」

口ごもるマクギニスに、ケリガンは言った。「要するにまったく同じ場所に留まっているってことだ。ところが、死体はそうじゃない。ミイラにでもしろと言いたいんだな、きっと」

署長は言った。「なにかが出てくるかもしれません」

「たしかに、かもしれない。が、現時点での死体の状態では身元を判別するのは事実上、不可能だ。あと二日もすればまったく不可能だろう。彼女の指輪と着衣と指紋と毛髪のサンプルはとってある。病院は埋葬したがっていて、その申請をわたしは支持する。埋葬してはいけない理由がちゃんとあるか」

マクギニスはかぶりを振った。「ないようです」

「よし、それではそういうことで。明日の午後と病院側には伝えよう。そのときまでに引き取り手があらわれなかったら、柩におさめて、穴に入れる。葬儀に出たいなら、二時だ」ケリガンは電話を切った。

その夜ディクソンは第一面にまたも社説を載せた。市長の頭に残っている髪を逆立たせようと計算された社説だった。そのなかで彼は、警察は殺人犯が犯行を重ねるのを待っているのかと問いかけていた。〝おそらく〟と彼は書いていた。〝何人も人を殺せばいずれ尻尾を出す、と警察はみているのだろう〟

しかしながら、その社説が出たにもかかわらず、その夜パトカーの護送を求める電話はずっと減っていた。殺人が起きて以来ピッツフィールドでは暴力行為は影をひそめた。実際、この週はどんなたぐいの犯罪も皆無といってよく、人々は落ち着きを取り戻しはじめていた。ダン・マロイでさえ妻のキャスリーンに、暗くなってから近所の店に行くのを認めた。

6

五月八日、金曜日―十一日、月曜日

金曜日の午後、顔がなく身元もわからない若い女の遺体はピッツフィールドの共同墓地に葬られた。遺体はパイン材の質素な柩におさめられ、式は簡潔なものだった。大勢の人たちの参列は見込まれず、マクギニスは市長から至急呼び出しを受けて初めて出かける始末だった。埋葬のニュースは金曜日の『クーリエ』朝刊に公表され、関係当局が驚いたことに五百人を超える人たちが参列した。スポルディング市長もそのひとりで、そして群衆を見て、警察上層部にただちに駆けつけるよう命じた。五百人を超える市民が重要とみなしている事柄に警察がそれほど関心をもっていないと思われるのはまずいだろう、と判断したのだ。

気がめいるような埋葬式だった。柩が穴に下ろされ、その上に最初の土が投げ入れられたときは、ほとんどまるで本が閉じられようとしているかのようだった。女の死体が五日前に突然あらわれ、そしていま秘密を全部もって消えていこうとしていた。それは悪夢のようでもあり、そしてそれが消えたときに物事は以前と同じようにつづいていく――市長室のなかと警察本部周辺だけは別として。

埋葬式の重苦しい雰囲気がそのまま週末もつづいた。金曜の夜ミス・オズボーンは五回つづけてコルビー公園周辺で夜回りをし、五回つづけて空振りに終わった。土曜日、刑事課のひとつの希望が消えた。チャールズ・ギルマーティンの容疑が晴れた。自分にどんな容疑がかけられているか明らかになると、彼はあわててアリバイ――土曜の夜恒例の賭けポーカー――を話し、そしてそれは六名もの人間によって裏付けられた。刑事たちはダナハーが欲求不満で彼らをきびしく追及することを大いに期待したにもかかわらず、賭博容疑は不問に付されて、ギルマーティンはほっとした。

ディクソンの社説に対抗し、パトカーの護送サービスを求める電話をやめさせようと、警察は犯人が顔見知りであるとみていること、そのためほかの女性が同じ目に遭う心配はしなくていいことを発表した。せいぜい気休めにしかならないニュースだったが、提供できるのはそれだけだった。前科者、変質者、浮浪者、そのほかの不審人物はほぼ全員引ったてられ、きびしく追及されたが、成果はなかった。ただふたり、ピンキー・ペロンとディッパー・マルーだけが姿をくらましていた。四人の刑事はふたりの行方を追うのに忙しく、彼らに関心を寄せていた。とくに、精神的に不安定で知られるディッパーには。ほんのわずかな光明だが、それ以外はまったくなにもなかった。

御難つづきで、ディクソンが土曜日の新聞――発行部数七万五千――の第一面にまたも辛辣な社説を掲載した。それは〈試練のピッツフィールド〉と題され、新たな切り口で展開されていた。〝人口では〟とディクソンは書いていた。〝ピッツフィールドはコネチカット第四位の市だが、悪名においては、ピッツフィールドは全米で最高位にランクされる。わが市がほかならぬ極悪非道な殺人が起きた場所として知られるのは、決して自慢できることではない。しかしながら、いま述べたことはあいにく事実であり、一国のスポットライトがわれわれに当てられている。今回の事件にいかに対処するかが、ピッツフィールドが称賛または嫌悪の眼差しで見られることになるかの分岐点である。市は試練に立たされている。それ以上に警察は試練に立たされている。われらが警察は他警察が達成しようと努める基準になるのか、それとも法と秩序を維持する試みがあざけりの対象になるのか、すべてはゴードン・マクギニス署長と彼の部下たちにかかっている〟

警察を叱咤したあとで、ディクソンは痛いところに鞭を振り下ろした。〝ピッツフィールドは発展途上の市である。健全な姿を保つためには発展しつづけなければならない。凶悪犯罪が罰せられずにすむところとして知られることになったら、われわれが望み、求める人々やビジネスを引きつけられるだろうか。むしろ、ここは掛け値なしに人を殺しても捕まらないところと、闇の世界に宣伝するようなものだ!〟

鞭が敏感なところ——ピッツフィールドの経済的将来——に深く食い込み、スポルディングの電話は終日ビジネスマンからの抗議で鳴りっぱなしだった。晩までには市長の政治生命は震える手と同じくらいがたがたに揺さぶられていた。マクギニスも電話を受け、彼らの口調から、すっきりしない形で弁護士に戻ったとしてもはたしてやっていけるか考えさせられた。

日曜の午後ゴルフ場にスポルディングの姿はなく、その晩は家にかかってきた電話にも出なかった。月曜の朝、警察本部に姿をあらわし、娘をだました男を追いかける父親のように署長室にずかずかと入っていった。手前のオフィスにいたふたりの秘書は以後、閉まったドアに向けて耳をそばだてながら仕事をし、おかげで一、二度ドアの向こうからくぐもって伝わる荒らげた声を聞くことができた。

そうして三十分経ったころ、ダナハー警部に電話がつながれた。五分後、短くなった煙草をヤニで黄ばんだ指にはさんで階段を下りてきたダナハーは、こわい顔で署長室のドアをあけ、なかに入った。窓が三インチあいているにもかかわらず、部屋は紫煙が立ちこめていた。マクギニスはデスクの向こうで浮かない顔をし、額には汗が浮かんでいた。スポルディングは半ば怒った半ば情けない顔をして、デスクの脇で座っていた。とはいえ、入室してきたダナハーを見て、表情は怒りのほうに傾いた。

「ダナハー」ドアが閉まると、彼は言った。威嚇的に聞こえるように言葉を吟味していた。「こんどの事件の捜査状況は少しも気に入らないんだ!」

ダナハーはデスクに進み出て、短くなった煙草を消し、ぴしゃりと言い返した。「それは自分も同じです」

「わたしのみるところ、これはもっとも簡単に片づくたぐいのヤマだ。犯人が念入りに計画していたなら、捜査に苦労するのはわかるが、この事件はまったくの行き当たりばったりだ。手がかりがそこらじゅうに転がってるはずだ」手のひらをぴしゃりとデスクに下ろした。「どうしてそれを見つけられないんだ?」

　ダナハーは言った。「この仕事をそれほどよく知ってるなら、あなたが引き継いだらどうです？　その、そこらじゅうに転がってるという手がかりの半分を示してください。ひとつでも示してください。あなたにわれわれの報告書を提出します。わたしに手がかりを示してほしい」

「自分の仕事がわかっていたら、示してもらうまでもないんだ、ダナハー。定年を過ぎてどのくらいになる？」

「年金受給資格はとっくにとっているので、お払い箱になることなどこわくありません」

「きみのあとはだれが継ぐ？」

「スミス警部補」

「たしか、ずっと若い男だったな。刑事課は若返りを必要としているのかもしれんな」

ただ冷笑するだけのダナハーを見て、マクギニスはあわてて言った。「ダナハー警部の経験にはだれもかないません、市長。スミスに対処できるとは思えません」

　スポルディングは警部を見据えた。「そういうことなら、ダナハー、きみの部下を高く評価することはできない」

　それに対してダナハーはかみつくように言った。「わたしにもできません」

「それと、きみも高く評価しない」スポルディングは目に怒りの炎を燃やして応酬した。「署長の話ではボールドウィン公園で男を捕まえたそうだな。殺人の二、三日前にコルビー公園でうろついていた男と同一人物とみられる男を。やつを放したと聞いている」

「彼を有罪にする証拠はなにも見つけていません」

スポルディングの声が甲高くなった。「どういう意味だ、有罪にする証拠がなにも見つかっていないとは？　そばに酒のボトルがあって、ポルノ本を二冊もっていた。それだけそろっていれば、あとは身元確認で死刑にできる」

「それで？　どうするのか教えてください」ダナハーはくしゃくしゃにつぶれた煙草のパックを出し、一本とりだした。

「教えてください？　頭はからっぽか。公園にひそんでいた！　間違いなく性的異常者――」

「ひそんでいたんじゃありません」ダナハーはさえぎった。くわえた煙草が唇といっしょに動いた。「酔って寝ていたんです」

「暗くなってから公園にいるのはひそんでいたということさ。なにをしていたかはどうでもいい。やつにちょっと酒を飲ませ、女をやって来させれば、それで上がり」

「それで？　女はどこからやって来るんです？」

「だれが気にかける？　頭の切れる弁護士ならそれで有罪にできる。なのにやつを放してしまったとは！　おそらくいまごろカリフォルニアに向かっているだろう」

「われわれになにを見つけてほしいんです、殺人犯それとも身代わり？」

スポルディングの顔が怒りで真っ赤になった。彼の横でマクギニスは顔面蒼白になって、わなないていた。ダナハーはマッチをすり、煙草に火をつけた。

市長の声は喉に詰まって、震えていた。小柄な男にほとんどのしかかるように、巨体を椅子から浮かした。「なんと言ったんだ?」

ダナハーは彼の目をまっすぐ見た。「われわれはなにをすればいいのか、はっきりさせたいだけです」

「なにをすればいいかわからないだと?」

ダナハーは首を横に振った。「あなたが引き継いだんですから」

スポルディングは体を椅子に戻した。デスクの脇でこぶしを握り、もう一方は膝の上にあった。「なにをすればいいか、わかりやすく教えてやろう、ダナハー。殺人犯を見つけることだ。やつを見つけて、罪を認めさせるんだ! 一週間与える。それでおしまいだ。きみは無能でクビになり、全国の新聞の第一面に載る。そうなったときに声明を出すのがなにより楽しみだ」

「有権者の目の前で事件から手を引くというわけですか、はあ?」

「ばかな、ダナハー」市長はどなった。「追いつづける。きのう報道陣に話したように、犯人を法廷に立たせるまでこの事件は決してあきらめない」

「そうでしたね」ダナハーは廊下に出る脇のドアに寄りながら言った。「読みましたよ、ディクソンが五面に紛れ込ませた記事を。一面の社説を飛ばす読者は数少ないでしょうが、そのひとりです」

ドアをばたんと閉めて出ていき、短い廊下をさっさと進んで、階段に回り込んだ。正面ドアのそばの受付デスクについているディーガン巡査はあらぬ方を見つめた。にこやかにあいさつしても警部がうれしそうな顔を見せたためしはなかった。

『スター』の記者ベニー・ペロジーニが、いつものように浮浪者と変わらないなりでダナハーのオフィスのそばで待っていた。「市長と会ってたんでしょ？　こってり絞られた？」

ダナハーはベニーを脇に押しやって、廊下からオフィスに入るドアをあけ、彼の顔の前で閉めた。そのままもうひとつのドアから出て、大部屋のすぐ脇にある事務官デスクについているゴールドバーグに言った。「マロイを呼んでくれ」

「わかりました。ですが、きっと用事で出ていると思います」

「だったら連れ戻せ。すぐに！」

手荒にドアを閉めてふたたびオフィスに戻り、窓に歩を運ぶと、煙草をくわえながら通りを見つめた。ほどなくするとドアが静かにあき、マロイが入ってきた。

ダナハーは向き直り、気むずかしい顔でマロイを上から下までざっと見た。そうしてからデスクに進んで、その後ろで腰を下ろした。灰皿に煙草を押しつけて消し、記録簿の上でこぶしを握った。「こんどの捜査でいま現在われわれがどこに立っているか知りたい。なにがなされているか」

「ピンキー・ペロンとディッパー・マルーの行方を追ってます、警部。彼らの背景も調べています」

「ギャンブラーがふたり、その一方は気違いじみている。彼らがやったと示すものがなにかあるのか」

マロイは首を横に振った。「ありません。彼らがやったかもしれませんが、証拠がありません」

「コンバーティブルのほうはどうなった？」

「金曜に手始めにハートフォードから、州内のクリーム色のコンバーティブルをすべてチェックしています。土曜にニューヨークから、彼らのほうでもチェックすると申し出がありました。結果が報告されましたが、関係ありそうなものはなにも」

「期待はずれだったな。やっぱりあることを片づけないかぎり先には進めない。そのあることとは、死体の身元を割り出すことだ」

マロイはじっと動かずに立ち、なにも言わなかった。ダナハーはいまいましそうに彼をざっと見た。くしゃくしゃにつぶれた煙草をとりだし、ぎこちなく一本抜き取った。「この前じつにばかげた考えを聞かせてくれたよな、どんな話だった？」

「顔を復元する話ですか」

ダナハーは曲がった煙草を口にはさみながら、顔を上げた。「そうだ。どこかの保安官が一度やったというんで、おまえさんがすっかりその気になったやつだ。この事件では、そのことでなにをしようと思ったんだ？」

ダン・マロイはデスクに身を乗り出し、小柄な男を上から見下ろした。「わたしの見たところ、警部、その保安官は完全な形の頭蓋骨からとりかかっています。そのほうが楽ですが、捜査が行き詰まっているなら、最後の頼みの綱としてその女の骨をくっつけ合わせて、同じものを作ってみてはどうかと思ったんです」

「骨のかけらをくっつけ合わせる？」

「簡単にいくとは言ってません。ですが、やってみてもいいんじゃないでしょうか」

「で、その上に蠟を重ねる？　その保安官がうまくいったから、自分もと思ってるんだな、はあ？」

「警部、それはツイていたかどうかじゃないんです。頭蓋骨はどれも同じに見えるかもしれませんが、違います。最初にその話をしてから、ちょっと調べてみました。どんな顔になるか決定するのは頭蓋骨の骨組みです」

ダナハーは顔を上げて部下をにらみつけた。くわえた煙草をデスクに投げつけた。「ほう、調べてみただと？　で、なんとまぬけな警部を上司にもってるかこの課の全員にこぼすというわけだな、はあ？」

マロイは体をまっすぐ戻し、気色ばみ、顔を赤くして言った。「そうじゃありません。ぼくはただ、あなたが思ってるほど自分がまぬけなのかどうか確かめたかっただけです」

ダナハーは煙草をつかみ、火をつけた。顔は険悪なままだった。「ただのまぬけじゃない。どうしようもないまぬけだ。頭蓋骨が目の色を教えてくれるらしいな。耳の形を教えてくれるらしいな。厚い唇か薄い唇か教えてくれるらしいな」

「目の色は髪の色から推測できます。耳については、損傷を受けていないので、写真から形を得られます。唇は、たぶんかなり正確なところまで推測がつきそうです」

「わかった。ずいぶん熱くなってるようだな。許可を出す。お手並み拝見といこうじゃないか」

マロイの目が輝いた。「ぼくがやるってことですか」

「そうだ。おまえさんのものだ。なんとしても結果を出すんだぞ」

「わかりました！」マロイはドアに向かいだし、足を止め、そして戻ってきた。「警部、あることを忘れてます。死体は埋葬されました」

ダナハーの甲高い声が耳障りにきしんだ。「だったら、掘り出すための裁判所命令をとるんだ！」

7

五月十二日、火曜日―十五日、金曜日

火曜日午前、裁判所命令四一六五に従って、殺された女の死体が掘り出された。マロイとチャーリー・ブラウン刑事が立ち会った。年寄りの墓掘り人たちはぶつぶつ文句を言いながらシャベルを動かし、ブラウンもこぼした。「わかってると思うが、ここまでする甲斐があったとしても、手柄はサルがぶんどってしまう。死人になってやつの昇進を手助けできるとしても、おれだったらそんなことするものか」

頭部を切り離してもらうためパイン材の柩を病院に運び、頭を段ボール箱におさめてから、ウィルソン通りのウィルソン脊椎動物門哺乳類博物館にもっていった。館長のアルフレッド・パーシャルがオフィスから出てきて、落ち着き払って彼らを出迎えた。彼らをなかに導き、マロイがもってきた箱を椅子に置いた。「できますよ」と彼は言った。「いつまでにやればいいんですかな?」

「できれば明日の朝までにお願いします」

パーシャルはうなずき、ヴァンダイク風の先のとがった短い顎ひげをなでつけた。まじめく

さった顔をしたかなり高齢のたいへんな大男だった。「昼過ぎにはきっと。館員たちはかなり忙しいんですが、ほかの作業は中断します。お察しいただけると思いますが、当館がこれまで受けた依頼のなかでこれほど奇妙なものは初めてです――つぶされた人間の頭から骨を復元するとは」体を回し、デスクにゆっくり移った。「おそらく明日の正午までにはメドがついていると思います」

ダン・マロイはその日ほかにもいくつか用事をこなし、そのうちのひとつが思わぬところに余波を及ぼした。ルウェリン葬儀社のミスタ・フィナーティが憤慨して署長を電話口に呼び出した。「おたくのいかれた刑事はなにを追ってるんだ？」彼はマクギニスに言った。「きょうの午後ここにやって来て、若い女の死体はないかと訊くもんだから、ゆうベターンパイクで自動車事故で死んだオニールの子供のことを話したら、どうしたいと言ったと思う？　あのいかれたばか者は彼女の顔に針を刺したいだと。針をだ！　葬式を間近に控えた娘の顔をどこかのばか者に台無しにされてたまるか。それにしても、やつはなにを追ってるんだ？」

マクギニスがそのことを耳にしたのはそれが最初で、どういうことなのか訊くためダナハーのオフィスに急いで上がった。ダナハーはくわえ煙草で答えた。「スポルディングは行動を求めています。だからそうしてるんですよ」

「しかし死体の顔に針とは、どういうことなんだ？」

ダナハーも知らなかったが、試しにあることをしているとだけ言い、それ以上詳しく述べようとしなかった。が、マクギニスを追い払うやすぐにチャーリー・ブラウンを呼び、マロイとは彼の家で別れたことをブラウンから聞くと、そこに電話した。妻のキャスリーンが出て、ダンはニューヘイブンにあるエール大学医学部まで出かけていることを話した。

「なんでも測りたいことがあるとかで、警部」彼女は言った。

「測りたい？　測るといってもどんなものを？」

「顔の骨を覆う肉の厚さとかなんとか。わたし自身よくはわかりません」

「それじゃ、葬儀社には絶対に近づくなと伝えてほしい」そう言って警部は、受話器を手荒に戻した。


骨は水曜の一時にはできあがり、マロイは博物館でそれを受け取った。段ボール箱を助手席に置き、自宅に車を走らせた。家のなかに入っていくと、キャスリーンがそれを見て、指差し、そして言った。「それが──例の？」

「そうだよ」と言ってマロイは、段ボール箱を書斎に運びこんだ。

キャスリーンはドアまでついていき、夫が箱を机に置き、折りたたみナイフで紐を切るのを見ていた。机に載るほかのものに目を通して、言った。「接着剤、針金、はさみ、そしてそのぞっとする箱」彼が蓋をあけ、なかをのぞき込むのを見た。「わたしも見ていい？」

マロイは振り返り、にやりと笑った。「いいとも。こっちに来てごらん」

彼女はゆっくり近づき、そしてちらと見た。最初は綿を見ただけだった。ついで残りを全部見て、いやな顔をして尻込みした。「それが──頭？」

「頭蓋骨だ。思ったよりずっとよかった。骨は結局、粉々にはなっていなかった。顔をつぶされたとき、肉やその他もろもろがショックを吸収する役目を果たしたので、頭蓋骨は砕けなかった。ただ割れただけだ」

「骨って白いと思ってたけど」

「それは野ざらしにされていた場合だ」

「お願い、その気味悪いものをさわった手でわたしにふれないで。正直言って、どうしてあなたが刑事にならなければならなかったのかわからないわ」

マロイは彼女の肩に腕を回して、ドアにやさしく導いた。「もし酒屋の仕事に就いたら、カレンの世間体によくないときみが考えたからさ」

「みんなわたしのせいってわけね。で、あなたがここでなにをしているかカレンにはどう話せばいいの？」

「ここはサンタの仕事場で、だから鍵を掛けていると話すさ。きみもこれで見納めだよ。それじゃ」

「わたしが食べ物をドアの下から差し入れると思ったら、大間違いよ」

「食事にはちゃんと出ていく」とマロイは約束した。

彼は約束を守った。食事、睡眠、午前中の捜査本部への報告、そしてもう一度ニューヘイブンに足を運ぶことを含めて、必要になったさまざまな用事で、部屋から出てきた。それ以外は書斎にこもりきりで、電話に出ることも拒んだ。一日三回ダナハーが電話してきたときでさえ。

金曜の晩、チャーリー・ブラウンが立ち寄ったが、聖域に足を踏み入れることさえできなかった。

「彼は絶対に会わないわ」キャスリーンは言った。「あそこで例のものといっしょに暮らしてるの」

「うまくいってるのかな?」

「さっぱりわからない。あのドアにしっかり鍵を掛けているので、だれもなかには入れない。青髭と秘密の部屋みたい。なかでなにが行われているか、わたしにはわからないわ。どうやら、その前で香をたいているようね」

「嫉妬する妻のように聞こえる」

「そうなのかも。キプリングの詩、ぼろと骨と一房の髪のことをどうしても思い出してしまうの」

「知らないな」

キャスリーンは引用した。

ひとりの愚か者がいた。そして彼は祈りを捧げる
(まさにあなたやわたしと同じように!)
ぼろと骨と一房の髪に
(わたしたちは彼女を無頓着な女と呼んだ)

しかし愚か者は彼女を美しい人と呼んだ――

（まさにあなたやわたしと同じように！）


ブラウンは声をあげて笑った。「で、その愚か者がダンということかい？」

「どうかしら。でも、あの頭といっしょに部屋に閉じこもるなんて、ぞっとする。絶対になにかいかがわしいことがあるんだわ」

「カレンはどう思ってるのかな？」

「カレンは知らない――といいけど。どうやったら知らずにすむか想像がつかないけれども。あの大ばかが昨日なにをしたと思う？　こぶしを握って、それから親指と人差し指のあいだから出ているものをカレンに見せたの。なんだったかわかる？　ガラスの目玉！　で、まぶたのように親指をその上で動かしたの。カレンの悲鳴をあなたにも聞いてほしかったわ」

「彼女をこわがらせた？」

「それも、それがなんなのか見せるまでのこと。そのあとはそれで遊びたがる始末よ。本当にこわい思いをしたのはわたしのほう」彼女は身震いした。「なんて気味の悪いユーモアのセンス」

ブラウンは書斎に行き、ドアをたたいた。「その子のことは放っておいて、ボウリングに行こうや。足があるわけじゃない。逃げ出したりしないさ」

「勉強中」なかから返事が聞こえてきた。

キャスリーンは言った。「なかに解剖学の本がどっさりあるの。それらを読破したときには、人間の頭について医者よりも詳しくなってるわ」

マロイがなかから声をかけた。「捜査のほうで新しい動きは？」

「手がかりは全部だめになった。コネチカット州とニューヨーク市の、クリーム色のコンバーティブルの所有者は全員シロだ。それであとやることは、ピンキーとディッパーを追うことしかなくなった。フロリダにいるとみているんだが」

「サルはどうしてる？」

「どうしてると思う、おまえさんが電話に出なくて？　そいつはいったいいつ仕上がりそうなんだ？」

「月曜の朝」

「美人か」

マロイはため息をつき、そして椅子がきしる音がした。ふたたび口を開いたとき、その声つきは厳粛で、ほとんど威厳に打たれているといえるほどだった。「チャーリー、これまでに得たものを手がかりにするかぎり、彼女は美人になりそうだ。正真正銘の美人だ」

8

五月十八日、月曜日

月曜日の朝八時十分前、ダン・マロイは本署正面の石の階段を慎重に上がり、受付デスクの警官にあいさつし、そして幅広のきいきいきしる階段を一段ずつ上がっていった。紐で念入りに縛った段ボール箱を両手でもっていた。大部屋に入り、箱をデスクに載るタイプライターの脇にそっと置いたとき、そこには五人の男たちがいた。夜勤明けの疲労の色は消し飛び、男たちは周りに集まった。正確になにが起きようとしているかおそらくマクギニス署長は知らないが、チャーリー・ブラウンがうわさを広めていたので、下っ端の警官たちもみなその話に関心をもっていた。マロイは派手な喚声とくだらないジョークの連発に迎えられた。が、しかし、冗談めかした気分といっても箱の中身に寄せる関心は本物だったが、ダン・マロイはそれをあけようとしなかった。

八時出勤の刑事がぞくぞくとやって来て、彼らも周りに集まった。チャーリー・ブラウンが言った。「殺人の被害者が埋葬されたあと、殺される前どんな顔だったのか見るのは、これが初めてだ」彼女に姉か妹がいるのか、どんなダンスが好きなのか、果てはノーと言えない女がいる、ただしノーを言う相手がいないだけのことだが、などとみな口々に言っていた。下手なジョークだとしても、刑事課のムードを盛り上げた。なんの成果もなくサルことダナハーのかんしゃくの前で縮こまっていた一週間、そして辛辣な社説とぴりぴりする上層部の一週間がその痕跡を残していて、いまマロイのなぞめいた箱は沈滞ムードを吹き飛ばしてくれそうなカンフル剤だった。

八時十分、ダナハー警部が大部屋に大股で入ってきた。マロイと箱が真っ先に目につき、彼はどなりつけた。「よお、マロイ、ようやく出てきたな！」沈黙が男たちにのしかかり、彼らの目からおもしろがっている色は消えた。注意深く待つ構えになっている。

「よし、マロイ、それをオフィスにもってくるんだ」ダナハーは頭をその方向にぐいと向け、くるっと向きを変えた。マロイは箱をそっと持ち上げ、あとにつづいた。あの古狸はおれたちに見せたくないようだぜ、とこぼす不満の声が後ろから聞こえた。

マロイがなかに入ると、ダナハーはすでにデスクについていた。相変わらず人を寄せつけない形相をした警部は、びくびくしながらドアを閉める刑事に渋い顔をした。

「おれの電話に出ないとはどういうことなんだ？」

「警部、お話しできることはなにもなく、できるだけ早くこれを仕上げたかったので」

「話せることがないかどうかはおれが決める。なにさまのつもりなんだ、天才少年か」

「違います」

「それをここにもってこい。当然うまく仕上がったんだろ！」

マロイは慎重に箱をデスクに置いた。紐をはずし、蓋の部分をあけた。ダナハーは立ち上がり、身を乗り出した。ティシューペーパーと綿の覆いがあり、マロイがそれらをはずすと、死んだ女の金色に染めた髪が見えた。マロイは注意深く両手をなかに入れ、蠟で細工した頭部をとりだし、それを慎重にデスクに置いた。そこにひとまず落ち着いた頭部は、顎の先がなめらかなデスクの表面からわずかに浮き、本物の毛髪が両側に流れ、そこについた糸くずをマロイはとった。ダナハーはそれを見つめ、そしてそれは茶色の大きなガラスの目を通して見つめ返してきた。蠟で覆った顔はほとんど透けるようだった。額はとても広く、目と目のあいだが広く、形のいい鼻だった。ふっくらした唇はチェリー・レッドに塗られていた。その顔は息をのむ美しさだった。

ダナハーはそれを見た。同じ高さで見るためふたたび腰を下ろし、そして凝視した。そうしてから無慈悲に言った。「この雌狐がいまなにか教えてくれたらなあ」

マロイの口元がぴくりと動いた。声が少しうわずっていた。「教えてくれるものがあります」と言って、ポケットから紙切れをとりだした。「彼女をくっつけ合わせたあとで、歯の治療カルテを作りました」

ダナハーは無表情な目で彼を見上げた。紙切れをとり、黙ってそれを見た。

「二本の歯が砕かれていますが、詰め物は全部、記録したと思います」

「そう願いたい」そう言ってからダナハーは受話器をとり、署長に電話した。

マクギニスが上がってきて、ドアをあけたときに真っ先に目に入ったのは、頭部の後ろ側だった。それを見つめて、言った。「それはなんなんだ?」近寄って、顔を見た。「いやはやなんとも。なんなんだ、マイク?」

「こんどスポルディングが口を開いたときに投げつけてやるものです」

「それにしても、だれなんだ? なんなんだ?」

「殺された女です。死体を掘り出して、頭蓋骨を復元し、その上に顔をつけました」

「そうなのか」マクギニスは見とれていた。かがみ込んで、吟味した。指を額に当てた。

「さわるな」ダナハーがぴしゃりと言うと、署長はあわてて指を引っ込めた。その指を親指とこすり合わせて、言った。「蠟だ。蠟細工を試したのか、マイク」

「女の身元を割り出すためならなんでもします」

「できるのか。これが彼女の顔だとどうしてわかる?」

「わかりません。ですが、もっと頼りになるものを手に入れました。歯です。顔はツタンカーメン王のようにみえるかもしれませんが、歯は彼女のものです」

「よし、それなら使えるぞ。全国の新聞に歯の治療カルテを載せれば、どこかの歯科医がファイルを調べ、公園で死体で発見されたのは自分の患者だったと気づく」

「ええ、まあ」ダナハーは言った。「もしも歯科医がファイルに目を通してくれればですが。たぶん、そんなことはしないでしょう。そこでどうするかというと、このベイビーの写真を第一面に載せ、どこかの男がぼくの妹だ、うちの娘だ、と言ってくるのを期待するだけです。マロイ、写真班に撮影の用意をするよう頼んでこい」

彼ら三人で写真を撮りに向かい、マロイが頭部をもった。ほかの刑事たちがそれを目にするのは彼らが大部屋を通っていくときが初めてで、みな周りに集まりだしたが、ダナハーはしっと言って追い払い、そのまま進むようマロイに命じた。

ライトの下までもってきたのはよかったが、それをどう置くかが問題だった。髪が自然な感じに流れないので、台には置けなかった。ほうきの柄で支えることで、ようやくその問題を解決した。

写真係は修整にとりかかり、ほうきの柄を消したので、署長とふたりきりでいる警部のところにできあがった写真をもっていったときには、明るい色を背景に頭部がくっきりと鮮明に浮き出ていた。ダナハーは正面、斜め、横の三枚の写真を選んだ。

「これらを焼き増ししてくれ」彼は言った。「『スター』と『クーリエ』と通信社に充分、間に合うように。明日の朝までには国じゅうにばらまきたい」

写真係が出ていくと、マクギニスは残っている写真の一枚を手にとった。「ほとんど生きてるみたいだな、だろ？　だれが復元した？」

「マロイです。よくできてますが、わたしがそう言ったと彼には言わないでください」

マクギニスの秘書がノックして、なかをのぞき込んだ。「スポルディング市長からお電話です、署長」

出ていきかけるマクギニスに、ダナハーはデスクを手でばんと打ちつけて叫んだ。「もしあのシラミ野郎がなにをしているのか訊いてきたら、今日の夕刊を見るよう言ってください」

9

五月十九日、火曜日―二十日、水曜日

頭部の写真は爆弾のように一撃を加えた。火曜日の朝八時半までには、記者たちが本署にどっと詰めかけていた。解決の見込みなしとみなしていた事件が新たな展開をみせて、不意をつかれ、彼らは情報源に群がった。が、ピッツフィールド警察は協力的ではなかった。マクギニスとダナハーは〝進展を待っている〟のコメントだけで質問をいっさいはねつけ、断じてスクープのにおいを嗅いだ記者たちの欲求を満足させようとしなかった。

すぐに進展があった。火曜日のうちに三件――二件は西部から、一件はメイン州から――の問い合わせがあった。火曜が水曜になるころ、メインと連絡をとりあった結果それがもっとも有望になってきた。コリンヌ・ラングリーという娘から六ヵ月、連絡が途絶えていた。彼女は髪を染め、評判が悪く、そして蠟細工のモデルに似ているということだった。メインの警察はさらに情報を求めた。

それに対してダナハーは返事した。「歯の治療カルテを送って、それがさらに詳しい情報だと言ってやれ」

水曜日午後一時十五分前、三人連れが緑地前のバス停留所からコッター通りをとぼとぼ歩いてきて、警察本署正面の石の階段を上がった。三人の真ん中にいるのは、灰色になりかけた髪にスチール縁の眼鏡をかけた太った中年女だった。彼女は地味な黒のコートを着て、ひどくくたびれた帽子をかぶり、そして留め金がすりきれた安っぽいエナメル革のバッグを手からぶら下げていた。彼女の一方の側に中年男が並んで歩き、はげた頭頂を隠す灰色のフェルト帽の下から黒い髪がフリンジのように出ていた。反対側にはほかのふたりとは際立った対比を見せる二十代半ばの若者がつき、女を気遣っていた。彼はすらりと背が高く、ブロンドの髪は波打ち、顔色は青白く、細面だがむしろハンサムな顔だった。

女はかたくなった膝をかばいながら一段ずつ階段を上がり、そして若者がいたわって腕にかけた手を無視した。なかに入ると、はげの男は帽子をとり、居心地悪そうにきょろきょろ見回し、女に小突かれてようやくディーガン巡査に刑事課を尋ねた。ディーガンは階段を上がりきったところと指示し、彼らが油を塗った幅広の木の階段をゆっくり上がっていくのを見守った。玄関ホールでメインからの連絡をいまかと待つ記者たちは彼らに目もくれなかった。

五分後、電話を受けてマクギニスが署長室から飛び出し、階段の下端の親柱をくるっと回り込んで、一段おきに上がっていった。このときは記者たちも注意を向けた。

マクギニスはダナハーのオフィスの廊下側ドアにまっすぐ向かい、それをさっと押し開いた。

「なんなんだ？」

ダナハーはデスクの向こう側で立ち、そして部屋には奇妙な三人連れがいた。彼は言った。

「きっと興味があるんじゃないかと思ったもので。こちらはマクギニス署長。ここにいる方たちはミスタそしてミセス――」

「コルトナー」男が神経質そうに言った。「こちらは隣人のリチャード・カーンズ」血色の悪い若者を指し示した。若者は落ち着かなげにもぞもぞした。

「彼らは例の頭のことで来ました」ダナハーは署長に言った。三人連れに椅子を手で示した。

「座ってください。話を聞かせてもらいましょう」

三人は心地よくなさそうに座り、そしてミスタ・コルトナーが話しはじめた。「リチャードが――ミスタ・カーンズのことですが――殺された女はうちのミルドレッドではないかと」

「娘さんは行方不明で?」

「じつは、その、わたしの娘ではないんです」コルトナーは手のなかにある帽子をよじった。

ミセス・コルトナーがそのとき口を開いた。膝に置かれたままの手はバッグをしっかりつかんでいたが、その手から力が抜けた。「ミルドレッドはわたしの娘です。この若者は新聞に載った写真がミルドレッドだと言い張っているんです。でも違います」

ダナハーは女に向いた。彼女だけが不安を顔に出していなかった。「ミルドレッドは行方不明、ということで?」

「いいえ。家出です。五年前に出ていきました」

「どこに?」

「ニューヨーク市」

ダナハーは若者のほうへ頭をぐいと引いた。「ミルドレッドだと彼が考える根拠は？」

「娘に似ているということです」

「娘さんから最後に連絡があったのはいつ？」

ミセス・コルトナーは冷静なままだった。「一度も連絡はありません」

ダナハーは気むずかしい顔になった。「彼女はガーネットの指輪をもっていますか」

「ええ。父親が与えました。イニシャルが刻みつけられています」

「M・K？」

「M・H。ミルドレッドの姓はハリスです、ミスタ・ダナハー。ミスタ・コルトナーはわたしの二番目の夫です」

「なるほど」ダナハーは立ち上がった。「われわれが得たものをお見せしましょう」

椅子の脇の書類キャビネットに歩を運んで、最上段の引き出しをあけた。なかから布に覆われたものをとりだし、デスクに置いた。布をはずすと、女の顔が来訪者たちを見つめた。彼らは尻込みし、身震いしたのがはっきりわかった。

「似てますか」

ミセス・コルトナーはしばらく目をそらし、それからゆっくりと視線を戻した。夫のほうは身を乗り出して、見つめた。カーンズは手をのばして、髪にふれ、指のあいだにそれをすべらせた。マクギニスの背中はドアに押しつけられ、ダナハーは腰に両手を当てて立ち、小さな目を一点に定めた。

ミセス・コルトナーはふたたび目をそらし、窓の外を見た。このとき初めて気持ちがぐらついたようだった。「わ――わからない。うちのミルドレッドは黒髪でした」

「髪は染めてあります」ダナハーは言った。

彼女はふたたび、いとおしそうに見て、いま一度、窓のほうへ顔を向けた。「ミルドレッドではありません」と静かに言った。

ダナハーの視線がミスタ・コルトナーに移ると、彼はわずかに肩をすくめ、苦しそうな顔をした。「わかりません」と重々しく言った。「まったくわかりません」

カーンズはふたたび手をのばして、金色に輝く髪にふれた。顔はまじめそのものだった。

「彼女だと思うよ、ママ」

ミセス・コルトナーは声をわずかに荒げた。「いいえ、言ったでしょ。ミルドレッドじゃないわ」

ダナハーはデスクの正面に回り込んで、鍵の掛かった引き出しをあけた。小さな封筒をとりだし、それを振って中身を手にあけると、ミセス・コルトナーに歩を運んだ。「これが死体の指にはめてあった指輪です。彼女のですか」

ミセス・コルトナーは目をそらし、膝に視線を落とした。「違う、違う。ミルドレッドじゃない」涙がひと粒黒いエナメル革のバッグに落ち、親指でそれをぬぐった。「ミルドレッドじゃない」

カーンズは立ち上がり、復元した頭部の髪を布で覆った。「見て、ママ。ミルドレッドの顔だよ」

さらにふた粒、涙がバッグに落ちるに任せて、ミセス・コルトナーは座ったまま体を左右に揺らした。彼女は見ようとしなかった。「娘じゃない。ミルドレッドじゃない」

コルトナーはダナハーを見てぎこちなくうなずき、妻の腕にふれた。「ママ、こうしたほうがよく似ている。本当に、似ている」

ダナハーはカーンズから布をとりあげ、頭にかぶせなおすと、それを書類キャビネットの引き出しに戻した。ミセス・コルトナーはダナハーを目で追い、バッグをぎゅっとつかんだ。

「ミルドレッドじゃない」と彼女はつぶやいた。

ダナハーは署長を脇にやり、大部屋に出た。最初に目に入ったのはマロイで、目の動きひとつで彼を来させた。「おまえさんの独創的な考えが当たった。なかに入って、話を聞き、あとで報告書をまとめるんだ」

マロイを連れて戻り、彼を紹介しようともせずに窓際に立つよう手で示した。ミセス・コルトナーはかすかに体を揺らす以外はじっと静止していた。ハンドバッグを見つめ、そしてときおり書類キャビネットの最上段の引き出しを見た。ひと言もしゃべらなかった。ほかのふたりは無表情な顔で座っていた。

「その写真が彼女だとだれが気づいたのかな？」ダナハーはつぶれた煙草をとりだしながら訊いた。

「彼がやって来て、それを見せてくれました」コルトナーがカーンズを示しながら答えた。「ミルドレッドだと彼は思ったのです」

「あなたは思わなかった？」

「ママとわたしはです。わたしたちはあまり注目していませんでした。まさかミルドレッドだなんて思いもしませんでした」

「が、思い直した？」

コルトナーはうなずいた。「リチャードは髪を染めたミルドレッドにちがいないと言って、そこでわたしも、そうかもしれないという気に。わたしにはわかりませんでした。ママは絶対に違うと、ミルドレッドはニューヨークにいる、と確信していました」

「わかりました。ミルドレッドのことを話してください。彼女について知っていることをすべて」

コルトナーは憶えているかぎりの昔を思い返しながら、彼女が歩んできた道をためらいがちにおさらいしはじめた。ミルドレッドはジョセフィンとエドワードのハリス夫妻の長子で、四月十日で二十三になっていた。一家にはほかに五人の子供がいた。マーチン二十、ジョイス十七、ジョニー十四、レイモンド十二、そしてボビー十歳だった。ボビーが生まれてまもなくミスタ・ハリスが死ぬと、ジョセフィンはジョセフ・コルトナーと再婚し、そして彼らは九年半連れ添ってきた。ミルドレッドをのぞいた子供たちはみなコルトナー姓になったが、どういうわけか彼女だけはそうしなかった。

「彼女は父親と強く結びついていました」とコルトナーは言った。「きっと、だからなんでしょう」

ミルドレッドはごく普通に成長し、一九四八年六月にピッツフィールド高校を卒業した。それから一週間もしないうちに、まったくなんの前ぶれもなく、ニューヨークで女優になるといった趣旨の書き置きを残して、家を出た。以来なんの音沙汰もないということだった。

コルトナーが知っていることを話し終えると、ダナハーは妻のほうを見たが、彼女は周りで起きていることに気づいていないようだった。催眠状態にあるかのように、身じろぎせずに座っていた。ダナハーは彼女を飛ばして、リチャード・カーンズに言った。「きみの側から見た話を聞こうか」

隣家の若者カーンズはミルドレッドよりひとつ年上にすぎず、ふたりはいっしょに大きくなっていた。ダナハーは彼に訊いた。「彼女は家を出る計画についてきみになにか話したかね、家族には話さなかったことをなにか?」

「いいえ、聞いてません」

「そうか、きみたちにわかっているのは彼女が突然家出したということだけか。女優になろうと思わせたのはなんなのか」

カーンズは答えた。「彼女は前から女優になりたがっていました。とっても美人でした。復元したモデルよりもはるかにきれいでした。それで充分と考えたんじゃないでしょうか」

「それまでになんらかの演技体験があったのかな?」

「ありました。最上級年の高校演劇で主役を演じました。それが家出する前の春です」

ダナハーはコルトナーに念を押した。「その家出に男が関わっていたということはない、ですよね？」

「わかりません、警部」

「彼女がはめていた指輪ですが。どのくらい前からもっていたんですかね？」

コルトナーは首を横に振った。「わかりません、警部。わたしが知るかぎりはずっともっていました」

「それについてどうですか、ミセス・コルトナー」

彼女が答えないので、カーンズが言った。「九つか十のときにもらったんだと思います。大切にしていた指輪でした」

ダナハーはかみつくように言った。「その指輪の写真を三日間、新聞に載せました。あなたたちのだれひとりそれを目にしなかったのはどういうことなんです？」

コルトナーは肩をすくめた。「ミルドレッドはニューヨークに──でなかったらピッツフィールド以外のどこかに──いるとわたしたちは思っていたんですよ、警部。その写真は見ましたが、なにも考えませんでした。ミルドレッドがそんな指輪をもっていたことも忘れていたくらいで」

「ミセス・コルトナーはどうです？　彼女なら憶えているはずです」

ミスタ・コルトナーはため息をついた。「妻はあまり新聞を読みません。写真は一度も見ていないんじゃないでしょうか」

「きみはどうだ、カーンズ？　頭部の写真で彼女だと気づいたんだ。指輪では気づかなかったのか」

カーンズはかぶりを振った。「ミスタ・コルトナーが言ったようなことです。指輪の写真は見ましたが、ミルドレッドとは結びつけませんでした。イニシャルを刻みつけていたことも知らなかったんです」

それ以上彼らから話は引き出せず、ダナハーがようやく彼らを引き取らせる段になって、ミセス・コルトナーが夫になにかつぶやき、そして彼は向き直って、静かに話した。「警部、葬儀のことですが。どうしたらいいんでしょう？」

ダナハーはドアを押さえてあけたままにした。「彼女を特定の場所に埋葬したいんですね？」

「家の墓地があります」

「そこに移せますよ。ここにいる署長がそのように取り計らってくれるでしょう」

「ありがとう、警部」

彼らはゆっくり出ていった。

10

水曜日、午後

　その日の午後三時半、マクギニス署長の手前のオフィスは込み合っていた。記者が全員、そしてカメラマンが五、六人そこに詰めかけていた。当のマクギニスとダナハーのほかにスポルディング市長がその場におり、そして壁際の目立たない場所から記者たちを見下ろすように立ち、いくぶん場違いに見えるのがダン・マロイだった。三つ並べたデスクのひとつに置かれているのが、時の話題をさらっているもの、ミルドレッド・ハリスの蠟細工の頭部だった。

　スポルディング市長は頰を紅潮させていた。簡単な経過説明がすんで、いつあとを受けてもいい構えだった。報道陣と向き合い、彼らの関心を浴びながら、奥の神聖な署長室に通じるドアのそばでダナハーやマクギニスと並んで立っていた。記者たちの注意を引きつけたことを確信してから、咳払いをして、市長声明を発表した。「諸君、二週間あまり前、若い女性がコルビー公園で他殺体で発見された。彼女の身元を明らかにする手がかりはひとつも、ただのひとつもなかった。身元がわからなくては、捜査の進めようがなかった。それがきょう、この午後、二時間ほど前、ピッツフィールド警察の優秀な刑事たちの活躍によって、彼女がだれかわかった。彼女の身元はすでに諸君に伝えられているが、その裏話は伝えられていない。それは諸君がここで目にしている頭に隠されている。頭部の毛髪は偽物ではない。ミルドレッド本人のものだ。それだけでなく、蠟の表面の下は死んだ女の本物の頭蓋骨である。それを死体から回収して、くっつけ合わせ、苦心して蠟を重ねていった。それがじつに正確に仕上がったので、すぐに身元が判明した。あえて言おう、この復元モデルは生前の当人以上にミルドレッド・ハリスに似ている」

スポルディングはさっとほくそ笑み、そしてしゃんと背筋をのばし、堂々と構えた。「ただこう言いたいのだ、諸君。わたしはピッツフィールド警察を擁護すると。すぐに犯人を挙げられないことでわれわれを批判する全国の論説委員には書かせておけばいい。きみたちにひとつ訊きたい。ほかのどこで――この国のほかのどこで、もっと想像力に富んだ男たちの集団を、ここにいるマクギニス署長よりも頭脳明晰な署長を見つけられるかね？　ほかのどこに――なんならスコットランド・ヤードを含めてもいい――ほかのどこにダナハー警部並みの捜査手腕をもった男がいるかね？　今回の事件はわたしがこれまで見てきたなかでも、限りなく完全犯罪に近いものだった。手がかりがひとつもなかった。ただのひとつも。ほかのみんなはあきらめた。新聞はあきらめた。またも解決できない迷宮入り殺人、と新聞は書き立てた。しかしピッツフィールド警察はあきらめたか。ここに、デスクの上に、答えが載っている。わたしはマクギニス署長とダナハー警部をつねに信頼し、そして彼らはその信頼に応えてくれた。諸君、われわれはコルビー公園の殺人鬼を捕まえる！　やつを鉄格子の向こうにやるまで休まない。

いまここで、国じゅうの暗黒街の住人に警告しておく。ピッツフィールドでは犯罪は引き合わない！」

不滅の言葉を書き留める時間を与えるため間をとってから、つづけた。「来たまえ、署長。さあ、警部も。写真がほしいだろうから」カメラマンに向かって、「どういうポーズにするかね？」

「だれが頭を作ったんですか。警部が？」

「そのとおり」スポルディングは顔を輝かせた。「彼の手による傑作だ」

「あなたが警部と握手しているところを署長が見ているというのはどうです？」

「すばらしい。前景に頭を置こう」前に出て、復元モデルの位置を調整してからその後ろに立ち、署長を手招きした。マクギニスは彼の脇に進み出た。「来たまえ、ダナハー。きみはここに」しゃべりながらカメラマンに笑顔をふりまいた。「これできみも有名になれるぞ！」

ダナハーは動かなかった。ただ踏ん張って、しっかり立っているだけだった。「じつを言うと」不機嫌な顔で、無愛想に言った。「わたしはそれにまったく関わっていないもんで。すべてはマロイ刑事が考え出し、実行しました。課ではほかにだれもそれにタッチしていません。実際、マロイが最初にその話をもち出したときはつまみ出してやったくらいで。あなたの写真には彼をくっつけるべきです」

スポルディングの顎ががくりと落ち、笑みがしだいに消えた。記者たちのあいだでざわめきが起こり、鉛筆を走らせる音がして、失笑が漏れた。そのうち市長の顔に笑みが戻った。

「おいおい、警部」彼は言った。「そのことをどうして前に教えてくれなかったのかな？〝笑いものになる前に〟と言おうとしていたが、そうは言わない。笑いものにはなっていないのだから。この警察署について言ったことはそのまま変わらない。ますます評価を高めた。というのも、きみたち記者諸君も見てわかるように、ピッツフィールド警察では能力が認められるということだ。見てのとおり、部下の仕事で上司が手柄を横取りしたり、自分のミスによる責任をなすりつけたりしない。マロイはわれらが誇る優秀な刑事のひとりなのだ、諸君。彼には前から目をつけていた」ダナハーに向いて、言った。「なにがなんでも、マロイを連れてくるんだ」

ダナハーは手招きして、言った。「来るんだ、ダン、おまえさんのパトロンがお呼びだ」

振り向く記者たちのあいだではっきりとわかる忍び笑いが起こり、そしてそちらに顔を向けているときにスポルディングの顔に浮かんだ表情を見逃した。マロイはしぶしぶ進み出た。彼が市長の前まで来たときにはスポルディングの笑顔は完全に戻り、手を差し出して写真撮影の身構えができていた。「後ろに引っ込んでいたんで見えなかったんだ、マロイ。見事に復元したもんだ。ここに来たまえ。きみもだ、署長。それからダナハー警部も――写真が込み合わなければだが。この男の名前を憶えといてくれ、諸君。彼は間違いなく大出世する」

写真撮影、そしてマロイへのインタビューとつづいた。それがすむと、ダナハーとマロイはいっしょに出ていった。ふたりきりで廊下に出て、並んで歩きながら興奮の渦から離れると、ダナハーがびっくり仰天させるようなことをした。体をふたつに折り、膝をぴしゃりとはたき、破顔一笑、けたたましく笑った。「ヒーッ、ヒーッ！　スポルディングの顔を見たか。灰色だった！」ダナハーは腹を抱えて笑いながら階段を上がっていき、受付デスクのディーガン巡査は口を大きくあけたまま彼の後ろ姿を見つめた。

マロイは頭がおかしくなったんじゃないかという目で警部を見ながら、並んで階段を上がった。上まで来たとき、ダナハーの顔はいくらか正常な表情になっていて、そこでマロイは言った。「あんなことしなくてもよかったんです、警部――ぼくに手柄をもたせてくれなくても。期待していなかったんですから」

ダナハーの顔がふたたびゆがんで、にやりと笑う顔になった。「こんな展開になるとはスポルディングも思ってなかっただろう」

「あなたを誤解していました、警部」マロイは重々しく言った。「あなたは品性の高い人だと思います」

笑いは消え、ダナハーは陰気なサル顔でマロイ刑事に食ってかかった。「ほう、そう思うかね？　いいか、このことをその頭にしっかりたたき込んでおくんだ、マロイ。おれはスポルディングをしとめたくてそうしたんだ。彼がそこにいなかったら、おれが復元したとみんなに言いふらしてる。わかったか」

マロイは彼を見て、にやりと笑った。「こう言ってはなんですが、警部、ぼくはその話を信じません」

11

水曜日、午後

マロイはドアの前でダナハーと別れ、顔に驚きの色を浮かべたまま大部屋に入っていった。報告書をタイプしていたチャーリー・ブラウンが言った。「結婚式の日もそんな顔してたぞ」

「たったいま世紀の大発見をしたところさ」と言って、マロイは椅子にぐったり座り込み、かぶりを振った。「なんと、警部の血管に血が流れている」

「だれの血だ？」

「本当なんだ。根はいい人らしい」

「十マイル下の根っこはだろ」ブラウンは言った。「それでもやっぱり、こうした報告書でミスをしたら、相手がおふくろさんでも頭ごなしにやっつけるだろうよ」

突然ダナハーが大部屋に出てきて、マロイはブラウンを小突いて黙らせた。警部は頭をぐいと引いて、言った。「マロイ、来てくれ」

マロイは立ち上がり、彼のところに行った。「またひとつ事情聴取がある」と言って、警部は彼をオフィスに導いた。窓のそばでおどおどして立っているのはリチャード・カーンズだった。

「オーケイ、カーンズ」と言って、ダナハーは椅子を部屋の中央に引き出した。「ここに座って、話をしよう」

カーンズはおずおずと進み出て、椅子にちょこんと腰掛けた。マロイは窓に歩を運んで、外を見やり、一方ダナハーはデスクにつき、そして言った。「聞かせてもらおう。きみはなにを知ってる?」

カーンズはひどくびくついていた。「知りません。つまりその、彼女の家族よりほんのちょっとだけ知ってるかもしれませんが」

「なんでそう思う?」

「その、彼女が家族には話さなかったことをぼくに話したかもしれないということで」

「それで、彼女は話したのか、話さなかったのか。彼らが言ったことは聞いたろ」

「はい、聞きました。わかってます。ぼくが言いたいのは、彼女は家を出たらしいということです。女優になりたかったんです」

「それはわかってる。おれが知らないことを話してくれ、彼女はどこに行ったとか」

「どこに行ったか知りません」

ダナハーはひどくもどかしそうに若者を見た。デスクで両こぶしを握りしめた。「時間を無駄にするのはやめよう、カーンズ。きみはなにか知っている。それがなんなのか、どうやってそれを探り出したのか知りたい。なぜ彼女が両親に話せないことをきみには話したのか。いったい、きみと彼女はどういう間柄だったんだ？」

カーンズの顔が赤らんだ。「ぼくたちのあいだにはなにもありませんでした、警部。本当になにも」

「断言できるか」

「はい。きっぱりと」

「だったら、どうして彼女はきみに話したのか」

カーンズはその質問にどう答えればいいかわからないようだった。顔が真っ赤になり、バツが悪そうだった。ようやく口を開いた。「彼女はなにも話していないんじゃないかと思います」

「いや、話してるとおれはみる」ダナハーはどなりつけた。

カーンズはごくりと唾をのみこみ、じっと動かなかった。ダナハーはいらいらして渋面を作り、ほかになにか言おうとしたときにマロイと目が合い、彼はドアのほうを見てうなずいた。ダナハーは立ち上がり、刑事とともに外に出た。

「なにを考えてる？」

「警部、余計なことは言いたくありませんが——」マロイは警部との信頼関係に確信がもてなくて、ためらった。「——ですが、これは事情聴取であって、尋問ではありません。あの坊やはなにかしたわけではありません。協力しようとしているだけです」

「おれは手際がよくないというんだろ。わかってるさ。それなしで刑事たちをまとめる警部をやっていかなきゃならないんだ」

「ロッキーより東でもっともタフな警部です」

ダナハーは探るような目つきでマロイを見たが、刑事の顔は穏やかな表情をしていた。「で、自分ならもっとうまくできるというわけか。そういうことだな？」

「違います。ぼくはただ、あの坊やが心を閉ざしかけていると言っているだけです。あなたは彼をこわがらせています」

「わかった。そこまで言うならおまえが話を聞け。手本を見せてくれ」ダナハーは軽蔑するようにマロイをじろじろ見た。「坊やが泣き叫ばないように充分やさしく訊くんだな」くるっと背中を向けた。

マロイは抗議の意味で片手を上げ、それから肩をすくめて、あとにつづいて戻った。椅子をカーンズのそばにもっていって、向きを変え、一方ダナハーは窓に歩み寄り、煙草を一服しながら通りを見下ろした。マロイは椅子にまたがり、背もたれで腕を交差させ、そこに顎を乗せ、そして言った。「ミルドレッドを記憶しているかぎりの昔から知っていたんですね、ミスタ・カーンズ？」

カーンズは新しい聞き手に顔を向け、うなずいた。

「幼なじみの恋人同士とか？」

「違います」若者の手がしきりに動いた。「そんなんじゃありません。ぼくは彼女を妹のように思っていました。本当にそれだけです」

「それはあなたのほうから見てです。彼女のほうはどうだったのかな？　あなたは年上です。

彼女はあなたを尊敬していたはずです」

「ええ、それは。だと思います」

「あなたに恋していたということは？」

カーンズは額をなでつけた。「さあ――そうかもしれません。つまりその、それを口に出したことは一度もありませんが、もしかしたらそうだったんでしょう」

「だとしたら、あなたに秘密を打ち明けるのも当然だったというわけです」

彼はすかさずうなずいた。

「当然です。で、両親には話さないことをあなたになら話したでしょう――女優になりたいといったようなことを。そのことは両親には話していないんですよね？」

「そうです。ですが、ぼくには話してくれました。ずっと昔にそれを話してくれました」

「なにがきっかけでそんなことを考えるようになったのかな？」

カーンズは答えた。「映画雑誌、だと思います。つまり、それがそもそもの始まりだった、ということです。彼女は十二のときにはすでにたいへんな美しさで、それが自分でもわかっていたんです。うぬぼれや思い上がりではありません。ただそれがわかっていて、映画界に入れると思ったんです」

マロイは姿勢を変えた。「大きくなるにつれて、必要なのはルックスだけではないことに気づいたはずですが」

「そうですね。ですが、わかりませんか、彼女には情熱があったんですよ。舞台に立つか映画に出るために生きていたんです。それに経験も積んでました。最上級年の高校演劇で主役を演じました。彼女は美人で、とっても人気があり、ピッツフィールド高校では断トツの人気者で、演劇部の部員でもありました。資格ができるとすぐにクラブに入り、それに打ち込んでいました。彼女がやらなかったことはひとつもありません。床掃除、キュー出し、背景替え、ペンキ塗りとなんでもやりました。ほかのみんなが帰ったあともずっと残っていて、会合には真っ先に姿を見せました。最上級生のときには部長に選ばれました」

「その時点であなたをなにをしていましたか」

「すでに学校を終えていました。ぼくは彼女より一年前、一九四七年に卒業し、銀行で働いていました。そこで出納係をしていました――いまもですが。エルム通りとサギノー通りの角の、ファースト・ナショナル銀行ピッツフィールド支店で」もったいぶって言った。「ミルドレッドは、ぼくが卒業してすぐさまそうした立派な仕事に就けたことをとても誇りに思ってくれました」

「きっとそうでしょう。が、しかし、女優になることについてですが、高校演劇で主役を務めたからといって即ブロードウェイやハリウッドのプロデューサーに近づきになれるわけではありません、ミスタ・カーンズ。彼女にはそれがわからなかったんでしょうか」

「わかっていましたよ。当然わかっていましたよ。彼女は成績優秀な生徒ではなかったかもしれませんが、ばかではありませんでした。義理の父親のこととかあったんで、たぶんどっちみち家を出たんでしょうが、学校の劇に出たことが女優の道を本気で考えさせたんです」

「義理の父親のことについては？　彼を好いてはいなかった？」

「はい、嫌ってました。ほかの家族はみんな彼の姓にしたのに、彼女はどうしてもいやだと」

「しかし、彼が好きではないというだけで家を出たりはしませんよね？　もっとなにかあったのかな？」

カーンズは床に視線を落とした。「話したくありません」

「あったと考えてる？　彼らはなんらかの——ただならぬ関係に？」

その言葉にカーンズの目がぱっと上向いた。「いいえ、断じてそんなことは。つまりその、彼女なら絶対にそんなことは起こさせなかったということです。家にいつまでもいなかったのは、だからです」

「彼が言い寄ってきたと彼女は話した？」

「いいえ。実際に彼がそうしたのかわかりません。そのことについて彼女は本当に一度もなにも言いませんでしたが、うまくいっていないという感じだけはしました。どんなふうに感じとったかは説明できないんですが。彼をこわがっているとかそんな感じで」

「そういう意味でこわがってた？」

カーンズはうなずいた。

マロイは話題を変えた。「それから高校の劇でなにかが起きた。それはなんだったのかな？」

「それがちょっとした話なんです。その年、四八年の春は『ロミオとジュリエット』を上演し、彼女はもちろんジュリエットです。四月の一、二、三日の、木、金、土曜日の三日間、上演されました。ぼくも劇を観ました。彼女はすばらしかった。本当にすばらしかったんですよ。三夜つづけて彼女を観にいきました」

カーンズはダナハーの背中をこっそり見て、いま一度マロイに視線を戻した。語り口が熱っぽくなっていた。「ピッツフィールド高校をご存じかどうかわかりませんが、舞台の両脇の袖はとても小さく、楽屋と呼べるものではありません。ですから袖からそのまま廊下に出て、女子はホールを横切った教室で、男子はまた別の教室で着替えました。女子の教室の番号が十三だったのは意味深いと思いますが、あなたは迷信にとらわれないかもしれません。なかをのぞき込まれないようにドアの窓にシーツを掛け、そして演劇部の指導教官ミス・サンプソンが女子生徒のメーキャップを担当しました。

その最後の夜、芝居が終わったあとぼくはそこに戻り、そのときはぼくひとりでした。金曜の夜はコルトナー夫妻といっしょでしたが。ミルドレッドをコークかサンデーに誘い出すつもりでいたら、その男がホールにいました。彼の見た目は好きになれませんでした。彼は十三番教室のドアの近くでぶらつきながら、女子生徒が出入りするのを見ていて、それからひとりを呼び止めて、彼女になにか頼みました。率直に言って、そのあと彼女は教室に入り、なかで着替えをしている出演者の騒々しさや混乱ぶりや笑いが全部聞こえました。そのうちミルドレッドがドアまで来て、少しだけあけ、彼になにか言いました。ぼくには気づかなかったんです。それからドアをもう少しあけ、彼はなかに入りました。ぼくは近くでぶらぶらしながら待ち、女子生徒が数人ずつ出てきて、ようやくドアがあけっぱなしにされました。教師のミス・サンプソンがなかにいましたが、ほかの生徒はみな出ていきました。ぼくが戸口に行って立つと、その男は教室の奥、並んだ机の向こうでミルドレッドと話していました。彼がなんと言っていたかはわかりませんが、彼にずっと目をやっていました。同じようにミス・サンプソンも。彼女も彼を信用しなかったんだと思います。

ミルドレッドはぼくが戸口に立っているのを見て、男になにか言うと、男も振り向いて、ぼくを見ました。彼らはもうしばらく話し、それから男はちょっと笑ったようで、さらに二回ほどぼくを見て、ぼくがまだ戸口にいるか確かめました。ちゃんといましたよ。ミルドレッドを残していくつもりはありませんでしたから。で、ようやく、彼がさらにちょっと笑ってから、さよならを言って離れていき、後ろのドアから出ていくと、ミルドレッドはぼくのところにやって来ました。

彼女は賭けで大当たりしたみたいに、すっかり興奮していました。ほかの子たちはおおかた、たまり場になっているコーヒー・ショップに行ってましたが、彼女はふたりきりになれるどこか違うところに、お酒が飲めるところに行きたがりました。お酒はやりません、一滴も。ですが、このときは一杯やりたかったんです。飲まずにはいられない、と言って。もちろん、ぼくは思いとどまらせようとしましたが、彼女はただ笑い、一杯で人生が台無しになるなんて思わないし、これはとっても特別な場合なの、と言うだけでした。

ぼくは彼女をグリーン・ルームに連れていき、そしてそこに行ったのはどちらにとってもそのときが初めてでした。ふたりともラムコークを注文し、そしてぼくは、いったいなんなのか、さっきの男はだれなのかと訊きつづけましたが、彼女は飲み物を前にするまで話そうとしませんでした。そこでそれが来るまで踊りました。飲み物が来て、彼女はグラスをぼくのにふれ合わせ、それまで見たことがないほど幸せそうな顔をして、目がきらきら輝いていました。未来のサラ・ベルナールに乾杯、と彼女は言いました。

ぼくたちはお酒をちびちびやり、そしてぼくは訊きました。いったいなんなのか。彼女は笑って、言いました。彼がだれか知ってる？　わたしと話していた男の人？　知るわけないだろとぼくが言うと、彼女はバッグに手を入れて、彼から渡された名刺をとりだしました。それには彼の名前と住所が記され、肩書きはエージェント、演劇エージェントとなっていました。彼女をスターにしたがってるとかで。すごい大物なのよ、と彼女は話してくれました。ベティ・デイビスやハリウッドとブロードウェイの多くの俳優のマネージメントを担当しているとか。

彼女がすっかり興奮しているので、明日にでもニューヨークに行ってしまうんじゃないかと心配しましたが、そこまではしないだけの冷静さは保っていました。まずは学校を終えてからと彼女は言い、それは彼のことを忘れるという意味だとぼくは期待しました。家のほうがもっと居心地よかったら、きっとそうしていたでしょう。が、よくなりそうもなく、それ以上がまんできなかったので、スターになる道を進むのが運命と考えたんです」

窓枠に寄りかかっていたダナハーが意地悪そうに言った。「いつになったらそのエージェントの名前を訊くんだ、マロイ？」

カーンズは顔を上げた。「彼の名前はウォルター・ミーカーですが、たぶん本名ではないでしょう」

「なぜそう思う？」

「その、ぼくは彼女のことが心配でした。なんとか彼女を行かせないように説得しましたが、彼女はピッツフィールドが好きでなく、義父が好きでなく、ぼくにはどうすることもできませんでした。ですが彼女が家を出たあと、手紙の返事をよこさず、家の人たちが心配したので、そのウォルター・ミーカーを調べてみたら、電話帳には載っていませんでした」

「彼女はきみにも手紙をよこさなかったのかな？」マロイが訊いた。

「よこしませんでした。ぼくたちのだれひとり彼女から二度と連絡を受けていません。こんどのことでみなひどく驚いているのは、だからなんです。まさか彼女が町に戻っていたとは」

「両親はそのミーカーを探り出そうとしなかった？」

「はい」

「いい母親とは言えないな。ミセス・コルトナーはミルドレッドのことを気にかけなかったのかな？」

カーンズは言った。「そんなことありません。ただミルドレッドがどこに行ったか知らなかったんです」

「きみはそのときミーカーのことを母親に話さなかった？」

カーンズは居心地が悪そうだった。「おわかりでしょ、話したところでどうにもならなかったんです。ぼく自身、彼のことを調べ、結局なにもわかりませんでした。彼のことをミセス・

コルトナーに話したくなかったというのも――じつは、ミルドレッドの秘密にぼくも加わっていたもので。彼女が町を出る夜、ぼくが車で駅まで送っていきました。彼女の両親には話しませんでした――つまりその、そのことを知らないならそのほうがよかったんです。結局ミルドレッドは十八でした。彼女には権利があったんです」

マロイはうなずいた。「きみが言おうとしていることはわかります。それでは、そのミーカーなる人物を調べてみよう。ほかになにか教えていただけることは？」

カーンズは首を横に振った。「ミーカーのことを話したかっただけですから。彼を好きになれませんでした。どうもうさんくさかった気がします。彼が彼女に話していたようにベティ・デイビスやほかの俳優たちを取り扱っていたとは思えません。でなかったら、間違いなく電話帳に載っているはずです」

それ以上話すことはなく、カーンズはあと二、三訊かれて帰された。マロイは彼がドアから出ていくのを見届けてから、警部に向き直った。デスクに戻っていたダナハーは煙草に手をのばした。マロイの口の片端が上がった。「出来はどうでした、警部？」

ダナハーは顔を上げようともしなかった。「最低だ」

マロイの目がきらめいた。「警部」声を押し殺して言った。「本当にそんなにひどかったですかね？」

ダナハーは彼を透かし見て、こわい顔でにらみつけた。「いいだろ」とどなりつけた。「休憩は終わりだ。さっさと出ていって、仕事しろ」

12

五月二十一日、木曜日

死体の身元判明のニュースが新たな関心を呼び起こし、コルビー公園の殺人事件は第一面に返り咲いた。ニューヨークのある新聞は〈コルビー公園事件でNYのエージェント浮かぶ〉の三インチの見出しを掲げ、第一面に蠟の復元像の写真を二枚載せて、〝殺害された美女の復元モデルが身元判明につながる。第三面に関連記事〟と説明をつけた。第三面には、ダナハーとマクギニスが見ている一方スポルディング市長が復元像の脇でマロイとにこやかに握手している写真が出ていた。そこではふたつの記事が注目を競っていた。ひとつは〈ウォルター・ミーカー重要参考人、演劇エージェントが被害者を抱える〉と題され、もう一方は〈被害者の顔の復元が身元判明に、蠟の頭部を両親が認める〉となっていた。

ミーカーの名前がどの新聞でもひときわ目を引いた。それが千ものニューススタンドから通行人をにらみつけた。ミルドレッドの名前も出ていたが、それは目立たなかった。彼女は別の呼び名のほうが通りがよく、永遠にコルビー公園の顔なし被害者として知られることになる。ちょうど犯人がコルビー公園の殺人鬼として知られるように。ミーカーの名前はだれもが知るところとなり、結局それだけのことはあった。木曜日の正午までには、ウォルター・ミーカーが出頭してきたという連絡がピッツフィールド警察に入った。

ダナハーは彼に会うためさっそく列車でニューヨークに向かい、マロイを同行させた。彼らは本署のギャラガー警部のオフィスに案内され、そしてミーカーが呼びにやらされた。

ギャラガーは腕っぷしの強そうな大男だったが、語り口は穏やかだった。「彼に二、三訊いていますが」待っているあいだに話した。「たぶん、あなた方はわれわれが考えていないことをいくつか訊きたいでしょう」

ダナハーが訊いた。「どういうことで出頭してきたんですかね？　情報提供者を出し抜くため？」

「おそらく。公共心があるからと当人は主張していますが」ギャラガーは片頰でにやりと笑った。「その公共心とやらも密告者のと似たようなものです」

ミーカーが制服警官によって連れてこられた。彼は長身の痩せこけた男で、灰色がかった黒髪を後ろになでつけていた。服は新品ではなく、着ているトップコートと手にもっている帽子はかなりすりきれて、ほとんどみすぼらしいといっていいほどだった。背中は丸まり、横目であちこち見ながら笑うさまになにかがあった。目はベールで隠されたように見え、気に入られようとしているにもかかわらず、いやな感じといっていい印象しか与えられなかった。

ギャラガーからふたりを紹介されて、ミーカーはそれぞれ握手したが、その手に力はこもっていなかった。「初めまして、よろしく」わずかに頭を下げながら言った。「こんどの恐ろしい事件でわたしにできることがあれば、喜んで協力しますよ」

全員、腰を下ろし、そしてダナハーは相変わらずつぶれた煙草をとりだした。煙草に火をつけ、ギャラガー警部が差し出したきれいな灰皿にマッチを落とした。ミーカーは待ち、そしてようやく手振りをまじえながら話した。「殺された女のこと、彼女がミルドレッド・ハリスだってことは新聞で見た。で、報告するためすぐにここにやって来た。実際、丸一日ここで待っている。忙しい身なんだが、正義のためならば——」理解を求めて男たちを見回した。

突然ダナハーは背筋をまっすぐのばした。「食っていくためになにをしている?」

ミーカーはにやりと笑った。「ま、いろいろですよ、警部。ベンチャー、と呼んでいいかもしれません。エージェントの仕事もしている。実際、いまは三人のエンターテイナーを抱えている。どうやらあなたが関心をもっているのはそれですね、警部」

ダナハーは言った。「ミルドレッドのことを話してくれ」

「いつ、どこですべてがはじまったかということかな? なにもかも全部?」

「そうだ」

「じつは、こういうことなんですよ、警部」打ち明け話にミーカーは声をあげて笑った。「白状しちまいましょう、警部。わたしはショービジネスの世界でトップエージェントのひとりというわけではない。大スターのマネージメントをするようになるラッキーな連中もなかにはいるということで、やつらはうまくやっている。ま、それも大当たりしたからこそ、とあなたは言うかもしれない。が、みんな下っ端からはじめるんですよ、警部」ポケットに入っている煙草に手をのばした。「こんなふうにです、警部。スタートはゼロから、そしてつねに望んでいるのは、才能にあふれ間違いなく成功する人物に食らいつくこと。彼らをほかのだれよりも早く見つけ出せれば、あとはいっしょに出世していく。で、評判をとれば、そのあとは才能ある人材が集まってくる。どういうことかわかるでしょ？」

ダナハーは言った。「ミルドレッド・ハリスに戻ろう」

ミーカーはちょっぴり意地悪い目つきで見て、煙草に火をつけた。「そうしようとしているところなんですよ、警部。あなたのやり方に賛成です。わたしがいつも言ってるように、要点を言え。遠回しに探るなどまったく無意味だ。ことを複雑にするだけでね。要は、ミルドレッドについて、そしてどのように彼女と出会うことになったか、ささやかながら背景を埋める努力をしているんだ」三人の男を見回し、そしてつづけた。「信じようと信じまいと、きっかけは高校の演劇だった。おかしな場所をのぞいたと思うかもしれないが、それが真実でね。うちの女の子のひとりにグリーン・ルームの仕事をとりつけようとたまたまピッツフィールドにいて、そこでその演劇が宣伝されていた。タレントはどこでひょっこり出てくるかわからないものなんだ。町にいるんだからちょっと見てみようという気になった。で、ミルドレッドを見た。本当なんだ、ミルドレッドはすごく才能のある女の子だった。それは事実だ。彼女の才能に参ってしまった」

「才能にか、ルックスにか」とダナハーは訊いた。

ミーカーは俗っぽく声をあげて笑った。「やだな、誤解しないでくださいよ、警部。当然、彼女のルックスには気づいていた。わたしだって男ですからね。みんなそうじゃないのかな?」ふたたびくつくつ笑ったが、それがその場の雰囲気を和ませることはなかった。「しかし彼女には才能もあった。すばらしい演技力が。本当なんですよ、警部。そのとおりなんだ。彼女なら成功できた。その芝居の客席に座って、舞台の上の彼女を見ながら、心のなかでこうつぶやいていた。〝いまだ、ミーカー、ぼやぼやするな、彼女は成功する。おまえが切れ者なら、彼女に手を貸すんだ〟

「劇が終わると舞台裏に行き、彼女に名刺を渡したが、才能があるのにあまり関心を示さなかったんですよ。喜びはしたが、演じることは彼女にとって最優先ではなかった。まったくの問題外。まずは学校があった。卒業しなければならなかった。それから彼女を待ってぶらついていた坊やがいて、彼女なら彼を決して捨てないと思った。ほかにも興味をもっていることがたくさんあったようだ。だから、わたしはあきらめた。わたしの名刺など近くのくずかごに捨てられてしまうと思った」

「ベティ・デイビスのマネージメントをしていると話しても?」ダナハーは言った。

「なんだって?」おかしなことを言うとミーカーは思ったようだった。「わたしがベティ・デイビスのマネージメント? それくらい運がよけりゃ! 絶対にそういったことをエサとして彼女に話してはいない。神に誓って」

「じゃ、なにを話した?」

「決して楽な道ではないことを話した。結局、才能があったとしても、成功するにはそれ以上のものが必要なんですよ。成功の代償を払う覚悟がないと。もし彼女がわたしのところに来るなら、積極的に努力し、犠牲を覚悟しなければならなかった」

「わかった。で、彼女は結局あんたの意向に応じたわけだ。つづけてくれ」

「やれやれ！」ミーカーは息を吐き出し、驚きの仕草に手を広げた。「ミルドレッドのことはそれで終わりと思ったので、彼女が六月のあの夜ドアをノックしてきてどんなに面食らったか、想像していただけるでしょう。まさに青天の霹靂、一夜にして有名になれると思い込んで、彼女はやって来た」

「彼女をどうした？」

「どうできると言うんです？　ホテルの手配をするには遅すぎたので、わたしはカウチで寝て、彼女にベッドを使わせた」

「それがどのくらいつづいた？」

「カウチとベッドが、ということ？」

「そのあと彼女はどこに住んだか、ということだ」

「警部、わたしは説明しようとしてるんですよ」

「彼女がそこに居ついたことを説明しようとしている」

「じつは、そうなんですよ。おわかりでしょ、彼女はほとんど無一文で、当時はわたし自身あまり金をもっていなかった。生活が安定するようになるまで彼女をどうにかしなければならなかった。そこで、父と娘の関係をとるのがもっとも簡単に思え、彼女に寝室を与えた」

「いいだろ」ダナハーは言った。「彼女はあんたといっしょに住んだ。で、まさか彼女に対して父親だったと言うんじゃないだろ」

ミーカーはちょっと横目で見た。「あなたのような経験豊富な方に隠し事をしようとしても無駄らしい」そう言って、くつくつ笑った。「ですがね、わたしはあのかわいそうな娘の評判を守ろうとしていたんですよ、わかってください」ため息をつき、頭をわずかに垂れて手を膝に落とした。「こうなったら洗いざらい白状するしかなさそうだ。彼女がどんな状態だったかが、彼女の身に起きたことと関係しているのかもしれない」顔を上げ、警部たちにまっすぐ向いた。「こんなこと言いたくはないんだが、ミルドレッド・ハリスは本気で女優になろうとしてたわけではないんですよ。そのためのがんばりが充分ではなかった。彼女が望んだのは、家から離れることだけだった。一夜にしてスターになれたら、それはそれでよし。なれなかったとしても、もっと楽な道を見つければいい。どうも彼女に利用された気がしてならない」

「不良の小娘に利用された？」ダナハーはどなりつけた。

「そうは言いたくないし、ばかに見られるのもなんだが、ミルドレッドにはあなたたちがにらんでいる以上のことがある。たとえば、金もなしで夜の九時半にいきなりあらわれるとか。わたしの部屋に入って同情を引くために、賢くやったもんだ。なかに入ったら最後、出ていこうとしなかった。ピンチヒッターの奥さんになるわとわたしを説き伏せた」彼は肩をすくめた。

「彼女は美人だったし、わたしの抵抗もたいしたことはなかったようだ。彼女のためにまぬけを演じた。いいじゃないか、どこが悪いって言うんだ？　自分がなにをしているか彼女にはわかっていたし、それに十八歳になっていた。心配無用、出生証明書を見せてもらった」

「その証明書をちょうどもっていたわけだ」

「事実そういうことです」ミーカーは言った。「実際、それ自体おもしろい点ではある。彼女には自分のしていることがわかっていた。わたしのところに転がり込んで、わたしに支えさせただけなんだ。彼女に仕事をさせようとした。オーディションを受けさせたが、彼女に必要なのはさらなる訓練だった。芝居の学校に行かせようとしたが、彼女は耳を貸さなかった。説得できたのは、髪を染めることと名前を変えることだけだった。あとは変えようとしなかった」

「なんと変えたんだ?」

「ファーン・フルトン」

「それもあんたが勧めた?」

ミーカーはにやりと笑った。「と言いたいところだが、彼女が考えた」

「つづけてくれ」

「それが、警部、初めのうちはわたしがオーディションを受けさせようと頭を絞っている一方で、彼女は一日じゅう家でぶらぶらしているだけで。その機会を作ってやっても、半分は姿さえ見せなかった。が、彼女が追い求めていたのは演じる仕事ではなかったんだ。もっと金持ちの男を探していた。彼女の本心がわかった。そして彼女はそいつを見つけた。さよならさえ言わなかった。もう戻らないとメモを残しただけだ」彼はかぶりを振った。「それが彼女を目にした最後だった」

ダナハーは顔色ひとつ変えなかった。「彼女がどこに行ったか知ってるか」

「いや、知りません」

「が、また別の男のところへ」

ミーカーは両手を動かしながらいさめた。「いいですか、警部、そうは言ってませんよ。彼女がどこに行ったか正確には知らない。さっきのはファーンを知ってのうえで、わたしの推測にすぎない」

「推測で結構。で、いつ出ていった?」

「つぎの年の三月ですよ、警部。四九年の三月。以来、彼女には会っていない。この四年、会っていない」

ダナハーは立ち上がり、マロイとギャラガー警部を廊下に手招きした。ミーカーをひとり残してドアを閉め、そして訊いた。「あいつはどこに住んでいるんです?」

「西一一〇丁目に。住所は書き留めてある」ギャラガーは手帳をとりだした。

「それをマロイに教えてやってください。わたしはあのおかしな男をここに引き留めておき、そのあいだにマロイがそこに行って、近所にあたる。おたくの部下をひとり同行させますか」

「その必要はない。訊いて回るだけだろ?」

「そう。話を聞き出すのが得意でね。ついでに、マロイ、合鍵をもっている人物におまえさんのいつもの手を使ってやつの部屋に入ることができたら、ベッドの下に何人の女優が隠れているか確かめるんだ。七時にグランド・セントラルのレストランで会おう」

13

木曜日、晩

　マロイは七時少し前にグランド・セントラルにあるオイスター・バーの小さな席でダナハーを見つけた。腰を下ろしたマロイは、その日の暑さでかいた額の汗をぬぐい、そして訊いた。

「ミーカーをどのくらい引き留めておいたんですか」

「六時半まで」ダナハーは答えた。「部屋に入ったか」

「ええ、まあ」

「なにかあったか」

「きのうの新聞がミルドレッドの記事を表にしてたたまれてました」

　ダナハーはやって来たウェイターに注文を出し、そしてマロイはメニューに目を通した。

「まずはカクテル」と言ってから、警部に訊いた。「勤務中ですかね？」

「カクテルを頼んでいいぞ」

「マティーニを」ウェイターが離れていくと、マロイは向き直った。「飲まないんですか」

「ああ。ビールだけだ。ただのしがない警部だからな。金持ちの刑事じゃない」

「あなたみたいな独り身の年配者が？　間違いなくあなたの部屋には大金が隠されています」

「おれの私生活はどうでもいい。ミーカーのを聞こうじゃないか」

マロイは煙草に火をつけ、マッチを灰皿に落とした。「廊下をはさんでミーカーの向かいに住むミセス・クエールという婦人がいます。ミーカーは彼女に、ミルドレッドは都会にやって来た妹と話したそうですが、彼女ははなから信じませんでした。ミルドレッドは彼と同棲しているとにらんだものの、その理由がわからなかったとか。ミルドレッドが笑うのを一度も見たことがないと言ってます。実際、最初の一週間はそこでずっと泣いていたそうです。彼女の泣き声とときどきミーカーの声が聞こえたとか。言葉は聞き取れなかったものの、語気だけはわかったそうです。あるときは怒り、あるときはおだて、またあるときは脅していた。彼のやり方や彼女が泣いていたことから、ミルドレッドがそのままいつづけるとはミセス・クエールも思わなかった。が、彼女はいつづけ、そして一週間もすると二度と泣かなくなり、といって決して笑うこともなかった。そんなふうに何ヵ月かつづき、やがて立場が逆転して、こんどはミルドレッドのほうが怒る側になった。彼らはよくけんかをし、一方的にまくしたてるのはミルドレッドのほうで、彼はただ頼み込むだけだったとか。そのうちぱったりとミルドレッドの姿が見えなくなった。母親のところに戻ったとミーカーはミセス・クエールに話したそうですが、ミルドレッドが彼を捨てたと彼女はみています」

ダナハーはパンにバターをつけ、その半分を口に入れた。「つづけてくれ。おまえさんのような聞き上手がたったひとりにしか話を聞かなかったわけではないだろ。ほかにだれにあたった？」

「そのひとりが家主の女性ですが、ミセス・クエールの話がまだ終わっていません。彼女は寡婦で、男と同棲する女にはがまんできないタイプですが、このミルドレッドについてはかわいそうだったと言ってます。とってもいい子に見えたけど少しも幸せそうじゃなかった、と。何度か話しかけようとしたそうですが、ミルドレッドは彼女を避けた。礼儀正しかったけれど、いつも目をそらし、イエスとノーとしか答えず、言い訳もそこそこに離れていった。彼女が言うには、ミルドレッドは助けを必要としていたのにだれにもそうさせようとしなかったそうです」

「おせっかいなばあさんだ」ダナハーは言った。「彼女はきょうの午後、捜査本部に電話してきて、ミーカーのことを密告した」

「彼を嫌っていることは確かです。彼にニックネームをつけていました――薄っぺら」

「おれもやつにニックネームをつけたが、おまえさんのやわな耳には心地よくないだろう」

「家主についてですが、彼女はミルドレッドを嫌っていました。ほとんど見かけなかったそうです。ずっと部屋にいて、出かけるときに立ち寄って声をかけることもなかった、と言ってます。子供がいなくて、夜十時以降に騒音をたてないかぎり、店子がなにをしようとかまわないということですが、どうやら無視されていると感じていたようです。

「それから一階にミルドレッドのことをこれまで会ったなかでもっともセクシーな器量よしと評した男がいて、彼の妻は間違ったほうに導かれた子にすぎないとみています。個人的には、ミルドレッドがどんなたぐいの女だったのかさっぱりわかりません」

マティーニがやってきて、マロイはそれに口をつけた。「しかし、いま探り出さなければならない重要なことは、ミルドレッドがミーカーから離れてどこに行ったかです」

「アホか」ダナハーはうなるように言った。「重要なことはすでにつかんでる。彼女の芸名だ。ミルドレッド・ハリスはだれも知らないが、ファーン・フルトンの名前をばらまいたときになにかが得られるはずだ」

「たしかに。ですが、彼女がミーカーの家を出たあとどこに行ったかも重要です。きっと彼女は彼も捨てようとして、彼は捨てられたくなかったのかもしれません」

「ばか言え」ダナハーはつぶれた煙草をとりだした。「それは四年も前のことだ。もっと知りたいのは義理の父親のことだ」

「義理の父親？」マロイはにやりと笑った。「義理の父親のことは五年前です」

ダナハーは顔を上げ、気むずかしそうに彼を見た。「ひとつ忘れてるぞ、マロイ。女はニューヨークで殺されたんじゃない。ピッツフィールドで殺されたんだ」

「しかし義父は、彼女が町にいることを知らなかったんです」

ダナハーはマッチをすって、煙草にもっていき、それを振って火を消し、燃え差しを灰皿に落とした。「おまえさんはあることを学ばなきゃならんな、マロイ。要するに、捜査で重要なのはただひとつ、事実だということを。事実、それがすべてだ。カーンズはミルドレッドから一度も連絡を受けていないらしい。ほかの者たちもと彼は考えているようだ。それは事実にはならない。彼女はピッツフィールドで殺された。つまり、彼女が町にいることをだれかが知っていたということだ」

「事実について言えば」マロイは言った。「義父は頭部が娘のものであることを認めました。殺人になんらかの形で関わってたら、そうはしなかったのでは？」

「彼の立場に身を置いてみるんだ、マロイ。おせっかいな隣の坊やが頭の写真が載った新聞を振りかざしながらやって来て、ミルドレッドに間違いないと言う。おまえさんだったらどうする？」

「わかりました、警部。ですが、義父がクリーム色のコンバーティブルをもっていないのは事実ではありませんか」

ダナハーは顔色ひとつ変えなかった。「たしかにそれは事実だ」と迷うことなく言った。「しかし、クリーム色のコンバーティブルが事件と関連があるというのは事実か。それは出口のない袋小路なんだ、マロイ。三分署の例の警官が事件が起きる前の週に公園の近くで追いかけた謎の人物と同じように。そうしたくず情報は初めはよさそうにみえるが、それをいつ捨てるか知らなくてはならない。謎はパズルのようなものなんだ、マロイ。手持ちのピースがたくさんあり、そして見つかっていないピースがたくさんある。手持ちのなかにはそのパズルのピースではないものもある。捜査とは、なにがまだ見つかっていないかだけでなく、事件にどれが属しどれが属さないか判断する作業だ。そして正しく判断する唯一の方法が、なにが事実かの見極め方を知ることなんだ。おまえさんがまだ学ばなければならないのはそれだな」

14

五月二十二日、金曜日

重要なのはミルドレッド・ハリスの芸名、とダナハー警部が言ったのは正しかった。それが金曜の朝刊で公表されると、捜査は大きく動きだし、情報がどんどん寄せられた。八時までに捜査本部が受けた電話は二十件に達していた。

しかしミルドレッドがピッツフィールドに戻ってきた理由については間違っていた。興奮したドランがニュースをもって階段の最上段でダナハーを待ち受けていた。

「ファーン・フルトンは歌っていました」彼は言った。「グリーン・ルームで歌手をしてたんですよ」

ダナハーのひそかな推理がものの見事にはずれたとしても、まばたきひとつしなかった。

「そうか？　グリーン・ルーム？」

「ナイトクラブです。そこで彼女を見た二十人もの男たちが電話してきました」

オフィスに入ろうとするダナハーに、スミス警部補が同じ情報をもってきた。「七時から電話が鳴りっぱなしです。グリーン・ルーム。どう思います？」

「さあな。どこの裏通りにあるんだ？」

「裏通りではありません、警部。エルムとキングにはさまれたサギノー通りに」

「その掃き溜めに行ったことがあるのか、はあ？」

「あります。掃き溜めではありませんよ」

ダナハーはデスクにつき、サル顔を手でぬぐった。「掃き溜めで働いている者から電話があったか」

「ウェイターのひとりから」

「が、マネージャーからはない？」体をデスクに向け、引き出しを探って予定表をとりだした。それに目を通して、言った。「グリーンバーグ、ストルツ、デイリーを呼んでくれ」

「わかりました」スミスは急いで出ていった。

三人がすぐにやって来た。その日の朝はすべてがすみやかに運んだ。彼らはてきぱきと敬礼して、言った。「御用でしょうか、警部」

ダナハーは不機嫌そうに彼らをじろじろ見たが、このときばかりは彼の意地悪い目つきに身震いすることはなかった。この日はサルことダナハーをほとんど好きになっているくらいだった。

「よし。グリーン・ルームだ。そこに行ってくれ。店全体の仕組み、組織、彼女はいつ歌ったか、なぜマネージャーは通報してこなかったか、彼女が行方不明になっていることをなぜ知らせていないか、町にいるときどこに住んでいたか。宣伝用の写真がほしい。マロイが作り上げた安っぽい蠟の頭ではなく、実物がどんな顔をしていたか知りたい。彼女がだれを知っていたか、だれと親しかったか、だれと仲が悪かったか。青写真がほしい、それも早く」

男たちがぞろぞろと出ていくと、ダナハーは立ち上がり、窓に歩を運んだ。そこに立って下の通りを見ているときに、スミス警部補がノックして、ふたたび入ってきた。彼は興奮していた。

「二十一件目の電話です、警部。彼女が滞在していた先の女性ですよ！」

ダナハーは気むずかしい顔を向けた。「どこなんだ？」

「コルビー通り一八一〇。ミセス・ブラッドショーという女性です」

「コルビー通り？」顔がいちだんと気むずかしくなり、ダナハーは大股でオフィスから出て、事務官のデスクを通り過ぎ、記録室に入った。大部屋との仕切りにピッツフィールドの大きな街路図が掛かっていて、その前にある書類キャビネットをどかし、しわだらけの指でコルビー通りを一八〇〇番台ブロックまでたどった。愚かさを嘆くことをなにかつぶやき、スミスにどなりつけた。「マロイを呼べ！」

「きょうは非番だと思いますが」

「電話して、ここに来させるんだ。それと命令を出す。通達があるまで丸一日の休みはなしだ」

マロイが到着したのは一時間後で、きびしい顔つきをしながらもなんとか笑みを浮かべて、ダナハーのオフィスに入った。「ぼくがいなくて苦労しているとか」

窓に向いていたダナハーが振り向くと、マロイの笑みはしだいに消えた。

「まったくたいしたやつだ」ダナハーはかみつくように言った。「なにが聞き上手だ。おまえをどこに押し込んでやりたいかわかるか」

マロイの顔から血の気が引いていった。「どうしたんです、警部?」

「おまえのそのおつむ。おまえのせいでとんだ回り道だ。おまえに少しでも脳みそがあったら、三週間も無駄にしなくてすんだんだ」ダナハーはデスクに来て、紙切れをその上に放った。声が荒々しかった。「それを見ろ!」

マロイは紙切れを手にとった。そこにはミセス・ブラッドショーの住所が書かれていた。

「そこが」とダナハーはがに股で踏ん張りながら言った。「ファーン・フルトンが二週間、まさに殺される直前までいた場所だ。そこがどこかわかるか」

「わかりません」

「彼女が殺された現場から半ブロック。おまえが聞き込みをしたことになっている近所だ。マロイ、おまえには反吐が出る」

「警部——ブラウンとぼくは近所の家を一軒残らず聞いて回りました。それがそこなら、訪ねています」

「そうだ。で、戻ってきて、被害者はそこに住んでいなかったと報告した。聞き上手だと!話を聞き出すのはお手のものということになってるんだろ。われわれが知りうる情報のなかでもとりわけ重要なものをじつに見事に見逃してくれた」デスクに手のひらを打ちつけた。「おまえのせいで三週間を無駄にしてしまったんだ！」

「すみません、警部」

「もっと気のきいた言い訳を考えたんじゃないのか」

「ノー、サー」

「ノー、サー。イエス、サー。すみません。パトカーを用意しろ。いっしょについてきて、聞き込みの勉強をするんだ」

マロイは唇をかみ、くるっと体を回して、出ていった。

彼らは黙って問題の家までコルビー通りに車を走らせた。それはブレイク通りを過ぎて角から三軒目の家で、公園に面し、テニスコートの真向かいだった。家の前の歩道から殺人現場がほとんど見えるほどだった。ダナハーはしばらく立ち、公園を斜めに突っ切った現場を見た。なにも言わなかったが、顔の表情がマロイをすくませた。

家は木造の三階建てで、幅いっぱいにとった正面のポーチの上に、ひと回り小さなポーチが載っていた。わずかに大きい点をのぞけば、下見板の外壁、風雨にさらされて黄褐色になった色合いと、周囲の木造家屋と似たようなものだった。

「見憶えがあるか」そう言ってダナハーはポーチに上がった。

「あります。ここは下宿屋で、ブラウンとぼくはとくに念入りに女主人に訊きましたが、なにも知らないの一点張りで」

「手際がいいとはいえないので殺人にはふれなかったんだろ？」ダナハーは呼び鈴を鳴らした。

エリオット・ブラッドショーの寡婦はガードルで体をかっちりと締めつけたふくよかな中年女だった。眼鏡をかけなければほとんどなにも見えないのに、かけようとしなかった。髪はヘンナで染め、二十歳の娘のような恰好をし、立ち居振る舞いも計算して服装に合わせていた。ドアをあけたとき、何度もまばたきし、手も同じように振り動かした。「まあ、いらっしゃい」と彼女はダナハーの年齢をすばやく見積もって、はしゃいで言った。同年代の訪問者を期待していなかったのだ。「お入りになりません？」まるでダナハーが手に警察バッジではなく、キャンデーと花束をもっているかのようだった。

彼女は彼らの先に立って、一方の壁が二階に上がる階段になっている薄暗い廊下を進み、引き戸を通って左手の客間に入った。家具調度はビクトリア朝風にまとめられていた。グランドピアノはタペストリーで覆われ、花瓶に挿した造花とナッツを入れたボウルとハンサムな青年の黄ばんだ写真で飾られていた。座り心地のよくない馬毛のカウチとあまりにも数の多い大きな椅子があり、暖炉の棚には装飾的な小物が所狭しと置かれ、床には部分敷きのペルシャ絨毯が敷かれ、いくつかあるテーブルのひとつに電気の石油ランプが載り、そして隅に昔の蓄音機があった。ほかにも造花とベリー類の枝を挿した花瓶があり、壁紙はストライプ柄で、そして部屋は空気が淀んだむっとするにおいがした。

ダナハーはカウチにつかまりながら無愛想にマロイを紹介し、そしてミセス・ブラッドショーが何度もまばたきをしながら前にマロイに会っていることを認めると、顔をしかめた。ダナハーにふたたびしゃべらせずに、彼女は言った。「コーヒーをいかがです、警部さん？　結婚なさっているのかどうかわかりませんが、もししていないなら、きっと朝食をしっかりとっていないはずです。わたしになにか用意させてください」

ダナハーはそうはさせなかった。親睦を深めるために来たわけではないと言って、煙草を一本とりだした。

「ちょうどコーヒーをいれたところです。時間はとりません」

「かまわないでください。ミスタ・マロイが前に話を聞きにきたということですよね。彼はなにを訊いたんです？」

ミセス・ブラッドショーはキッチンのコンロともっとも近い椅子のあいだで引き裂かれて、思案した。ダナハーの目の表情を見て、結局、椅子を選んだ。「ええと」さかんにまばたきしながら言った。「たしか、なにか物音を聞いたか尋ねたと思います。あいにくと聞かなかったんですよ、警部さん」

「被害者を知っているか彼は訊かなかった？」

「ええと、はい。訊いたと思います」

「訊いたと思う、ですか」

「ええと、訊きました、間違いなく。何度か訊かれたんですが、もちろん、わたしは知らなかったもので」

「あなたはついさっき電話してきて、知っていると言ったんですよ」

「ええ。いまは知ってます。もちろん、いまは知ってますとも。ですけど、そのときは知らなかったんです」

「どうしてそのときにわからなかったんですか。彼女の外見を彼は話さなかった？」

「話しました。でも、そうした外見の娘さんを知らなかったんですよ、警部さん。それがファーンだなんてどうしてわたしにわかったというんです？　ファーンは駅に行きました。タクシーを待たせていたんです。彼女が出ていくのを聞きました。当然、殺されたのがファーンのはずはなかったんです」

「当然ファーンでした。あなたは下宿人を知らなかったんですか」

ミセス・ブラッドショーはまばたきをし、罪を深く悔いているように見えた。しおらしくうつむいて、言った。「わたしは懲らしめられているんですね、警部さん？」

いたずらっぽく目をきらめかせているマロイと、完全にではないにしても視線が合った。

「それは忘れてください」ダナハーは無愛想に言った。「ファーンのことを話してほしい」

「ほんとに、かわいそうな子」ミセス・ブラッドショーはハンカチーフで目頭を押さえた。

「コーヒーは本当にいいんですか、警部さん。長い話になりますけど」

「きょうはもう二十杯も飲んでます。最後まで話につきあいますよ。さっそく話してください」

「まあ、すてき、なんて男らしい方！」ミセス・ブラッドショーはお定まりのまばたきをして、話しはじめようとしたが、小鳥のような心を本題に留めておくことができなかった。〝ファーンはどんなにいい子だったか〟から亡くなって二十五年になる夫のことへと話が飛んだ。

「立ち入ったことになるでしょうか、警部さん、結婚しているかどうか訊いたら？」

「ファーンに戻ってください、ミセス・ブラッドショー」

そこでいとしいファーンに戻り、それから絨毯のセールスマンと結婚してイリノイに住む自分の娘に移り、ファーンの死にはさらにハンカチーフを濡らした。六人の下宿人についてふれ、ファーンをいたく気に入っていたミスタ・ディブルのことはとくに詳しく話した。「そうそう、彼の誕生日にファーンはケーキを焼いてあげました。やさしい子じゃなくて？　みな高齢者なので、いうまでもなく恋愛感情抜きで、全員ファーンが大好きでした。わたし自身ここではかなり若くて、実際はたぶん警部さんより四つか五つ下でしょう。料理が得意なんですよ」

どうでもいいような細々したことの山から重要な点だけを掘り出すのは骨の折れる作業だったが、ダナハーは粘り強く突き進み、ミセス・ブラッドショーが脇にそれようとするたびに引き戻した。ファーン・フルトンは『ピッツフィールド・スター』の空室広告を見て、四月十八日土曜日に下宿屋にあらわれた。ちょうどグリーン・ルームで二週間バンド演奏つきで歌う契約を結んだところで、安い部屋を求めていた。年配の長期滞在者を望んでいたミセス・ブラッドショーはためらったが、ふたつのことが彼女の心を揺さぶり、ファーンに有利に働いた。ひとつはファーンがまじめで礼儀正しくやさしい物静かな娘と彼女には映ったことであり、もうひとつは部屋が一ヵ月以上も空いていたことだった。受け入れられてファーンは、三階の正面の部屋に入った。ミセス・ブラッドショーは芸能人をよく思っていなかったが、ファーンは芸能人特有と彼女が思い込んでいる雰囲気を漂わせていなかった。仕事は夜の八時から一時までで、二時二十分より前に帰ることはなかったが、彼女がとても静かに入ってくるのでだれも眠りを邪魔されなかった。日中はほとんど部屋にいて、リハーサルで呼び出されたときに外出するくらいだった。

「彼女はほんとにやさしい子でした。彼女と別れる日が来るのをみんな恐れていました」とミセス・ブラッドショーは言った。「とくにミスタ・ディブルは」

ファーンの人生最後の日の動きについて、ミセス・ブラッドショーははっきりと憶えていた。「ほかの日と似たようなものです、警部さん」と言って、手をばたばた動かした。「土曜日はいつも六時半に夕食を出します。ローストビーフの夜です。わたしが作った料理を食べれば、たぶんあなたも下宿人たちに賛成するでしょう。こんなおいしい食事を出してくれるところはこれまでなかったとみなさん言ってくださいます。うちの下宿人たちがここでとても幸せなのはそういうわけです」

「あなたがどんな料理を出すかはどうでもいいんです。ファーンのことが知りたい」

ミセス・ブラッドショーがダナハーの性急なやり方に気分を害したようすはなかった。彼女はたんにまつげを下げ、充分に悔い改めているように見えると思っている素振りをしただけだった。「また脇道にそれてしまったかしら？　ま、ファーンがわたしたちといっしょにディナーを囲むのもそれが最後だったので、どちらかといえば悲しい夕食でした。もちろん日曜の朝食とお昼もとることになっていましたけど、日曜日はたいしたものを出さないので。コックにもたまにはお休みが必要です。そう思いませんか？」

「ファーン・フルトンから離れないで」

「わかってます、警部さん。ファーンはいつもの時間に出かけました。いつも七時三十五分のバスに乗りました。タクシーにすればいいのにと思いましたよ。とくに夜遅く帰ってくるときはね。夜遅く女ひとりはどんなに危険かおわかりでしょ。おお、こわっ、暗くなってからの外出なんて考えられません——たくましい男性がいっしょでないかぎり。あなたの奥さんは少しもこわがっていないでしょうね」

マロイがそのとき口を開き、わざわざ教えてやった。「ダナハー警部は結婚していません、ミセス・ブラッドショー」そしてダナハーから憎悪そのものの顔つきでにらみ返された。

「まあ」彼女はちょっぴりそわそわして、言った。「もし奥さんがいたら、警部さん、間違いなくこわがらなかったでしょう。たくましい刑事さんがそばにいてくれたら、わたしだったらこわがりませんよ。めいっぱい勇ましくいきます」ダナハーがしゃべりかけるのを見て、すかさず軌道修正した。「わかってます。ファーンですね。彼女はいつもの時間に出かけ、そしてわたしはジグソーパズルをしながらその晩を過ごしました。パズルはお好きですか、警部さん。訊くまでもありませんね。刑事さんなんですから。わたしもパズルが大好きで。頭をとっても刺激してくれます。もちろん、あまり根を詰めたくはありません。所詮、女は殿方ほど賢くありません」

「つぎにファーンに会ったのはいつ？」

「ええと、わたしはいつものように十一時半ごろベッドに入って、本を読みました。ベッドで読むのが好きなんですよ。それが若さを保つ秘訣のひとつです。読書はとっても――とっても刺激になります。わかってます、それないようにね。本を読んでいて、いつもの時間にちょうどひと区切りつき、明かりを消そうとしていたときに、ドアをたたく音がしました」

「時間は？」

「ちょうどそれを話そうとしていたんですよ、警部さん。ベッド脇のテーブルに置いてある時計を見たら、一時半でした。いったいだれがこんな時間にと思いました。正直言って、すごくこわかったんです。六人の男の下宿人がいる家でただひとりの女であるってことがどんなものか、おわかりにはならないでしょ。だれなの、と訊いたら、ファーンでした。そこで、お入りなさい、と言うと、彼女はドアをあけて、入ってきました」

「二時二十分より前に帰ることはないと思ったが」

「それまではです、警部さん。彼女が帰ってくるとき、わたしはほとんどいつも寝ていました。一度か二度、不眠症でなかなか寝つけなかったときにベッドに横たわりながら、彼女が忍び足で階段を上がってくるのを聞き、そのときに時計を見ましたけど。針に蛍光塗料が塗ってあるんですよ。三年前のクリスマスにミスタ・アベリーからいただきました。彼はうちの下宿人のひとりでしてね」

「彼女はそんなに早く帰ってなにをしてたんです？」

「タクシーで帰ってきたんですよ、警部さん。ものすごく急いでいました。入ってくるなり、ドアの下から明かりが漏れていたので予定の変更を知らせたかったと言いました。ちょうど二ユーヨークでの仕事の話を受けたところで、翌朝八時にはそこにいなければならないので泊まってはいけない。タクシーが外で待っているので、荷造りをして、急いで列車に乗らなければならない、と」

「日曜の朝に仕事?」

ミセス・ブラッドショーは小さく笑った。「ほんとに、警部さん! あなたはなんて頭が切れるんでしょう。おばかさんね、わたしはそのことを少しも考えなかったみたいです。たしかに変ですよね? そうは言っても、芸能人のことはわかりません。どっちみち、彼らは不規則な時間で生活してますから」

「それからなにが?」

ミセス・ブラッドショーはしばらく考えた。「そう、荷造りを手伝いましょうかと訊いたら、すぐにできるのでお気遣いなくと言って。ただわたしにさよならを言いたかっただけで、ほかの人たちにもよろしく、と。ほんとにやさしい子じゃなくて?」

「で、彼女は部屋に上がって、荷造りをした。それから?」

「もちろん、彼女は部屋に上がり、そしてわたしは電気を消して、寝ました」

「彼女が下りてくるのは聞かなかった?」

「聞いたんですよ、警部さん。不眠症なんです。ときには寝つくまで三十分もかかることがあって。彼女がそっと階段を下りてくるのを聞き、それから玄関のドアが閉まる音がしました」

「ほかになにか?」

「あとはなにも」

「タクシーが発進するのは聞かなかった？」

ミセス・ブラッドショーはじっくり考え、そしてこのときばかりは本気で集中しているようだった。「まあ、憶えていないなんて」

「ファーンが荷造りしているあいだ外でなにか音がしましたか」

ミセス・ブラッドショーはゆっくりとしゃべった。「思い出すかぎりはなにも」それから、少し耳が遠いという事実を隠すために、「いいえ、間違いなく外ではなんの音もしませんでした」

「それで」ダナハーは言った。「つぎの朝、百ヤードしか離れていないところで死体が発見されたのに、彼女だとは思わなかった？」

「でもファーンはタクシーに乗ったんです」ミセス・ブラッドショーは訴えるように言った。

「ひょっとしたら彼女ではないかと思わなかったのかな？　死体の服装にピンとこなかった？　手際が悪かったとはいえ、ミスタ・マロイが着衣について話したと思いますが」

ミセス・ブラッドショーは情けなさそうな顔をした。「いいえ、警部さん」と膝に目を落とし、はにかんでみせるのを忘れて言った。「ミスタ・マロイが話していた服を彼女が着ているのを見たことは一度もありません」

「あなたの部屋に入ってきたときはなにを着ていましたか」

彼女の顔が明るくなった。「ドレスでした——肩紐なしの緑色のイブニングドレス。本当にすてきなドレスでした。胴の部分にスパンコールがきらめく明るいグリーンのサテンのドレスで、チュールのオーバースカートとグリーンのチュールのストールがついていました。金のチョーカーもしていました。靴は――」

「靴はどうでもいいです」

「ただ殺されたときの服装とは違うってことを説明したかっただけで、ですからそれがファーンだなんて、いったいどうしてわたしにわかったというんです?」

「指輪のことも訊かれたと思いますが」

「彼女の指輪には一度も気づきませんでした。警部さん、わたしは穿鑿好きな女ではないということです」彼女は自分自身を免責することに努めた。「それにファーンは正直な娘でした。タクシーを待たせていると言ったなら、本当に待たせていたんです。それは間違いありません」

「ほかの下宿人についてはどうなんだ、マロイ?」ダナハーは体を回しながら訊いた。「彼らに話を聞いたのか」

「聞きました。ファーンの名前は一度も出ませんでした」

「全員に訊いたか」

「はい。全員ここにいました。日曜日でしたから」

ダナハーはミセス・ブラッドショーに向き直った。「下宿人たちにはどう話したんです?通りの向こう側で死体が発見され、そしてファーンがいなくなったことを、彼らはおかしいと思わなかったんですかね？」

ミセス・ブラッドショーはごくりと唾をのみこんだ。「朝食のテーブルでみなファーンのことを訊きました。朝食は八時に出します。八時から九時までです、警部さん。ファーンもいっしょに食べればいいのにと言うので、彼女はニューヨーク行きの列車にすでに乗ったことを教えました」

ダナハーはこれまでになく気むずかしい顔をして立ち上がり、がに股の小柄な体で背筋をまっすぐのばした。「帰るぞ、マロイ」

ミセス・ブラッドショーはおろおろして立ち上がった。「警部さん、ぜひコーヒーをいただいて。せっかくのコーヒーが無駄になってしまいます。あなた方がいらっしゃると聞いて、特別に作ったんです」

「残念ながら、これで失礼しなければ」玄関まで来て、ダナハーは振り向いた。「ファーンの人生に関わった男たちについてはどうです？」

ミセス・ブラッドショーはくすくす笑った。「いやですよ、警部さん。ここにいる男性たちは歳をとりすぎています。ファーンが関心をもつわけがありません」

「外からの男たちのことを訊いているんです、若い男のことを」

「彼女はだれともつきあっていませんでした。かわいそうに、あんなに若くてきれいだったのに」

「もしかしたら深夜のデートを楽しんでいたのかもしれません。あなたの知るかぎりで、だれかに車で送ってもらったことは？」

ミセス・ブラッドショーはまばたきをし、それからその質問に答えた。「絶対にだれかに車で送ってもらったことはありません。彼女には男の友達はひとりもいませんでした。そのことでちょっと言ってやったので、間違いありませんよ。あなたみたいに若くてかわいらしい人は歌をあきらめてすてきな青年と結婚なさいって言ってやったんです。でもね、警部さん、わたしがそれを言ったとき彼女は笑うだけでした」悲しそうな口振りだった。「ほんとに苦々しげな笑いでした。で、すてきな青年なんかに興味はないと言ったんです。二度か三度そう言いましたね。きっと、あの子は男性に失望したんじゃないかしら」

「よし。帰るぞ、マロイ」ダナハーは礼も言わずにポーチの階段を下りていき、車に乗り込むときには独り言をつぶやいていた。

マロイは助手席に乗り込むと、言った。「彼女が下宿屋をやっているので、女を知らないか何度も訊いたんですが、知らないの一点張りで。彼女のところにいる偏屈者の年寄りたちを見て、彼女の言葉を信じるしかありませんでした」

ダナハーは車のギアを入れ、発進させた。「まだ自分のやり方にこだわってるのか。おまえさんがおれみたいに彼女に話してたら、なにかつかめていたんだ」

「ぼくではだめだったでしょう」マロイはにやりと笑った。「あなたが女性の扱い方を知っている強くてたくましい刑事だったから、うまくできたんですよ」

それに対してダナハーはいっそう顔をしかめ、アクセルを強く踏みつけた。

15

金曜日、昼

　ダナハーがオフィスに戻ったとき、公表された歯の治療カルテから間違いなくファーン・フルトンである、とニューヨークの歯科医が確認したことが伝えられた。彼女の最後の住所を知らされて、所轄の警察が調べていた。警部はその情報をなにも言わずに受け入れ、スミスを呼んだ。

「ジョセフ・コルトナーについて調べてくれ。殺された女の義理の父親だ。素性からなにまでそっくり全部」

「だれかにあたらせます。彼が一枚かんでいるとお考えですか」

「そんなことわかるか」ダナハーは受話器をとって、言った。「市内のタクシー会社すべての配車係につないでくれ」電話を切り、スミスを呼び戻した。「グリーン・ルームにやった連中はどうなった？　迷子にでもなったか」

「戻ってます、警部。いま報告書をまとめています」

「書き上げたらすぐに読みたい。あとひとつ。ファーン・フルトンは土曜の夜に仕事のオファーを受けたことになっている。翌日ニューヨークでの仕事ということだが。その連絡はグリーン・ルームに来たにちがいない。確認のためグリーンバーグをもう一度グリーン・ルームにやってくれ」

電話が鳴り、ダナハーは受話器をとった。「刑事課、ダナハー警部」グリーン＆ホワイト・タクシー会社の配車係からだった。「おたくのタクシーが五月三日午前零時から三時のあいだにコルビー通り一八一〇まで客を乗せたかどうか知りたい。それと、四月十八日から五月三日のあいだに同じ住所に客を運んだかどうかも」メモ帳に五分間いたずら書きをした。またしても棒線画の人間が絞首台からぶら下がっている絵を描いた。「だれも乗せていない？　わかりました、ありがとう」そう言って、電話を切った。

三分後、市内で最大のブラック＆ホワイト・タクシー会社の配車係とつながり、ダナハーは同じ質問をした。こんどはいたずら書きではなく、煙草に火をつけた。配車係がようやく言った。「たしかに五月三日にそうした記録がありますが、あなたがおっしゃった期間にはそれだけです」

「だれが運転していたのか」

「運転手の名前はアーノルド・クラコリアン。一時五分に緑地で客を拾い、その住所に運んでます」

「アーノルド・クラコリアン？」ダナハーはその名前を書き留め、その上にもうひとつ絞首台を重ねて描いた。「そこからどこかほかの場所、たとえば駅に客を乗せてるか」

「いいえ」

「つぎの客はいつになってる？」

「二時四十五分」

「どうしてそんなに空いてるのか。一時間以上も」

「夜のその時間は大きく空きます」

「つぎの客は？」

「駅からウェラン通り四一〇に」

ダナハーはそれを書き留めて、言った。「彼を無線で呼び出して、応答がなかったという記録は？」

「ないですね。夜のその時間、呼び出しはあまりありません」

「運転手の住所と経歴についてわかっていることを教えてほしい」

「ちょっとお待ちください」

長い間があき、ダナハーの絞首台はますます念入りになった。ようやく配車係が戻った。

「クラコリアンはギル通り四二六に住んでます。電話番号は三―三二五一。復員兵で、その際に移民させたドイツ娘と一九四六年に結婚しました。子供はひとり。彼らは彼の母親といっしょに住んでます。年齢は三十三歳、ここで生まれ、ピッツフィールド高校ではフットボールの選手で、われわれとは四年間いっしょに働いてます。経歴に罰点はありません。白人で――そのほかのこと、体重とかも全部知りたいですか」

「いや」ダナハーはきっぱり言った。「それは会ったときにわかる。彼を本署によこしてほしい」

「ちょうどいま昼食で出ています」

「だったら戻ったらすぐに」

「これはわれわれが知っておくべきことなんでしょうか、警部さん。そのつまり、評判というものがありますから」

「いやなに。彼が乗せた客のことでちょっと苦情があり、彼にはっきりさせてもらうだけだ。なんでもないいんだ」

「戻ったらすぐにそっちにやりますよ、警部さん」

「ありがとう」ダナハーは電話を切り、ふたたび受話器をとって、言った。「いいか、ほかのタクシー会社はつなげなくていい。見つかった」

スミスが入室してきて、デスクの上、ダナハーの真ん前に報告書を置いた。「ファーンはグリーン・ルームで仕事のオファーを受けていないとグリーンバーグは言ってます」

「どうやって知ったんだ？　おれが命令を出してから、あののろまのぐずはまだ玄関から出ていないはずだ」

「電話しました」

「だれに電話した？」

「マネージャーのハーマン・レインに」

ダナハーは手のひらをデスクに打ちつけた。「向こうに行けと言ったんだぞ！　マネージャーがそのことでなにを知ってるというんだ？　そこで働いている全員にあたり、じかに会って話を聞けと言ったんだ。マネージャーだと、笑わせるな！　いいか、よく聞け、もうひとつ仕事ができた。ブラック&ホワイト・タクシー会社の運転手、アーノルド・クラコリアンの背景を調べるんだ。ギル通り四二六に住んでいる。なにからなにまで調べてほしい、とくにセックスライフを」報告書を手にとり、ぱらぱらとめくった。「これで全部か」

「ストルツとグリーンバーグとデイリー。彼らから渡されたものがそれです」

「彼らは同じ質問をめいめいにしているにちがいない」手を振って、スミスを下がらせた。

「わかった。邪魔されずに読みたい」

ひとりきりになると、ダナハーは報告書をとって、並べ、ざっと目を通した。それからデイリーのを選んで、読んだ。

一九五三年五月二十二日コネチカット州ピッツフィールド、グリーン・ルームにてバンドリーダー、ラスティ・デイブゴに聴取。デイブゴの話では、地元の女性歌手がたいてい歌を担当する。そのほうが安上がりということで。マネージャーのハーマン・レインは、彼女たちにチャンスを与えているとあくまで言い張っているが。地元の女の子はほかの店に移ったり、歌をやめたり、結婚したり、クビになったりするため、ニューヨークのタレントがおりおり呼ばれる。NYのタレントはオプションつきの二週間契約で雇われる。契約の延長はたいていない。週給五十ドル。店先の看板にたいてい歌の呼び物が宣伝されている。NYからのタレントなら超目玉として。地元の女の子ジェーン・ロングが結婚して、ファーン・フルトンは雇われた。

歌手の仕事は歌うこととテーブルを回ること。男性客は歌手を同席させたがる。ニューヨークからのきれいな娘ならなおのこと。レインはそれを推奨し、そしてリクエストが楽屋に伝えられると、歌手はそれに応えて、休憩時間を客と過ごすことになる。

ファーン・フルトンは四月二十日からショーに出るため十八日に到着した。リハーサルが正午をはさんで行われた。リハーサルは出演を前にした日曜と月曜に行われた。歌声は悪くなく、スタイルはまずまず、顔はとてもきれい。客のあいだで大人気。バンドのメンバーにも人気があった。慎み深く、物覚えが早く、仕事熱心で、批評には素直に耳を傾ける。客と同席しなければならないのがいやだったらしい。

バンドの独身者が彼女をデートに誘ったが、彼女は断った。摩擦を起こしたくないとデイブゴに話している。断り方が上手だったので、だれも悪感情をもたなかった。実際、バンドは最後の夜のショーのあとで彼女のためにびっくりパーティーを計画していたが、彼女はその前に帰った。彼女がパーティーのことを知っていたはずはないとデイブゴはみている。いつもは午前一時半かそれよりも遅くまで残っていたが、最後の夜はすぐに帰った。さよならも言わずに帰った。マネージャーにうんざりしていたんでなければ、どうしてかデイブゴにもわからない。

マネージャーは彼女を悩ませていた。彼は女の尻を追っかけるタイプ、とデイブゴは言っている。最初の一週間は毎日ファーンにコサージュを送ったが、彼女はそれをつけようとしなかった。契約の延長がなかった理由はそれだとデイブゴはみている。ファーンがそのままつづけたかは疑っているが。

デイブゴもほかのバンドメンバーもファーンが同席した客の名前を知らない。

つぎの報告書はグリーンバーグので、情報源としてバーテンダーと六名のウェイターが挙げられていた。ダナハーは最上段に書かれた彼らの名前を確認し、それから本文に移った。

歌手の務めは客と同席すること、とバーテンダーは言っている。マネージャーは酒の売上げをのばすこのやり方を支持した。歌手は客の請求書の額を上げるために飲み物を注文することになっていたが、バーテンダーは歌手が酔わないようにしておくため酒を水で薄める。ファーンは協力しようとしなかった。酒を拒んだ。ジンジャーエールだけ注文した。水で薄めた酒を頼むのは客をだますことだと言って。マネージャーのレインはそれにいい顔をしなかった。客は酒を飲まない女を望まないとあくまで言い張った。二週目に入るや、ふたりはそのことで激しくやりあった。一週目はレインもなにも言わなかった。ドリンクのことが契約の延長がなかった理由だとバーテンダーはみている。ファーンが同席した客の名前はわからない。

客の隣に座るのも仕事の一部、とウェイターたちは言っている。客は舞台裏の楽屋に入れないが、手紙を送ることはでき、それをウェイターが届ける。ウェイターは常連のなかに手紙を送った者が二、三人いたことを認めたが、名前はわからない。彼女がだれと最後の夜いっしょに座ったか憶えていない。ファーンはグリーン・ルームにこれまで出演したどの歌手よりも多くの手紙を受け取った。歌手としてはたいしたことないが、一個人として彼女を好きだったことをみな認めている。彼女はとても美人だったが、それを意識していなかったと断言している。美貌に恵まれ、これまででもっとも人気のあった娘だった。バンドの全員、ウェイター全員、調理場の全員が彼女を好いていた。レインも好きだったらしい。リハーサルのあいだいつも以上にそばでぶらついていた。

ダナハーはその報告書を脇に置き、ストルツのを手にとった。ストルツはハーマン・レインと話した刑事で、こう書いていた。

グリーン・ルームのマネージャー、ハーマン・レイン。既婚、子供ふたり、住所はブリーク通り七八。店の方針はピッツフィールドの人たちにとびきりのタレントを提供することだと言っている。バンドは専属契約だが、歌手やほかの特別な芸能人は短期出演契約で呼び寄せられる。たぐいまれな才能があれば地元の女の子を使う。そうでなければ、トップクラスのエンターテイナーを呼び寄せるためニューヨークに出向く。四月七日か八日ごろ提携しているNYのエージェントとコンタクトをとり、四月十三日にタレントと面接をした。ファーン・フルトンを選んだ。たしかに彼女は器量がよく、グリーン・ルームにかわいい女の子を置いておきたかったが、主に歌手としての彼女に興味をもったと言っている。そのときはファーンがすばらしく思えたが、グリーン・ルームでは好評を博することができなかった。グリーン・ルームの雰囲気に合わなかった。

ファーンのエージェントはミンディー・オヘア、オフィスはNYブロードウェイ一七一〇にあると言っている。

ファーンの仕事は歌うことで、彼女はその点で期待はずれだった。また客といっしょに楽しむことになっており、その点でも期待を裏切った。同席はしても、酒をつきあわず、男たちはそれが気に入らなかった。好意的な態度ではなかった。レインは契約を更新しようとしなかった。

ファーンの最後の夜、五月二日土曜日午後十一時ごろ報酬を支払って解雇したと主張している。二度と彼女に会っていない。彼女がいつ帰ったかわからない。彼女がどこで寝泊りしているか知っていたが、まさか〝夢にも思わなかった〟ので死体が彼女かもしれないと警察に知らせることはしなかった。彼女の宿泊先の人たちがそうしているはずだと言っている。彼らがもしかしたらと考えなかったとしたら、どうして自分が？　きょう警察に通報しなかった理由は、グリーン・ルームに来るまで新聞を見なかったので、死体の身元がファーン・フルトンと判明したことを知らなくて、知ったときにはすでにほかの者たちが電話していたから、と言っている。

ダナハーは報告書をゆっくりと、つぶさに読んだ。読み終えると、デスクの最下段の引き出しをあけ、サンドウィッチが入っている紙袋をとりだした。昼食をデスクに広げ、サンドウィッチを食べた。時間をかけてかみ、口をもぐもぐさせながら報告書を読み直した。ドアをノックする音がして、口にいっぱい入ったままで、入れと言った。

マロイだった。

ダナハーは訊いた。「ディブルに会ったか」

「会いましたよ。やっぱりその夜はなにも聞いていません。それに、ファーンを殺したいなどと思わなかったでしょう。彼女は彼の誕生日にケーキを焼いてあげたんです」

「彼に迫られて抵抗したということもありうる」

マロイは首を横に振り、にやりと笑った。「まずないですね。そういったタイプじゃないんです」

「どういうことだ、タイプとは？　そんなものありゃしない。犯罪者に見える者がみな犯罪者なら、おれなんか警官ではなく、だれが見ても殺人犯だ」

「事実そう見えます」マロイは言った。「それを自慢しない手はありませんよ」

ダナハーはぶつぶつこぼし、もうひとつサンドウィッチをつかんだ。電話が鳴り、受話器をとり、応え、耳を傾け、そして言った。「行くな、マロイ」もうしばらく耳を傾けてから、そうだと言って、切った。「離れないでいろ」いま一度マロイ刑事に言った。「証人になってもらう」

「なにに立ち会うんです？」

「尋問だ。彼女を下宿まで乗せたタクシーの運転手がちょうどやって来た」

「尋問？」マロイは驚いているようだった。

「そうだ」そう言ってダナハーは、サンドウィッチの包装紙をくしゃくしゃに丸めながら立ち上がり、それをくずかごに放った。「おれがなにをすると思った？　われわれの知るかぎり女を見た最後の男にただ話を聞くとでも？」

16

金曜日、午後

クラコリアンが入ってきたとき、ドランがついてきて、紹介をした。クラコリアンは立派な体格をした背の高い男で、黒い髪はこめかみのあたりがわずかに灰色になりかけていた。顔はハンサムとは言いがたく、十五年前のフットボール試合の記念になっている曲がった鼻も見栄えをよくしていなかった。

彼は不安がっているというより腹を立てているようすで、開口一番、「おれに金を失わせているってことがわかってるんだろうな！」

ダナハーは冷ややかに彼を見定め、取調室に向けて頭をぐいとやった。「なかに入ろう」

クラコリアンは真っ先になかに入り、向き直った。「あんたらお巡りは職権を振り回したがるんだよな？　自分がどんなに大物かみんなに見せつけなければ気がすまない。それはともかく、なにが訊きたいんだ？」

パトロール巡査のノリスが部屋で待っていた。彼は窓から離れ、速記タイプライターが載るデスクについた。ダナハーはテーブルから椅子を引き出して、部屋の中央に置くと、タクシー運転手に言った。「ここに座れ」

クラコリアンは腹立たしそうに座った。「おれになにか訊こうとしたって時間の無駄だ。おれがなにをしたっていうんだ？　頭がおかしくなっちまったんじゃないのか」

ダナハーはクラコリアンの全身が見えるように大きなテーブルにつき、ポケットから書類を出して、目の前に広げた。マロイはまた別の椅子をとり、窓のそばに座った。

ダナハーは言った。「きさまが五月二日の夜コルビー通り一八一〇まで乗せた客に関心がある」

「ほかのやつだろ」

「配車係はきさまだと言ってる」

「そうかい？　憶えてないな」

ダナハーは書類を少し動かし、それから鋼のような冷たい目で大男を見据えた。「これは尋問だ、クラコリアン。合衆国憲法修正第五条に基づきこう伝えておくのがおれの義務だ。きさまを有罪にしかねない質問には答えなくてもいい。しかしながら――」

クラコリアンはさえぎった。「おれを有罪にする？　なんのことで有罪に？」

「その夜きさまが運んだ客のことでだ。彼女は翌朝、他殺体で発見された。忘れないようにもう一度言っておく。その殺人にきさまを関連させかねない質問には答えなくていいが、しかし――質問に答えることにするなら、その答えはきさまを不利にする材料として使われることもある。これではっきりしたか」

クラコリアンは落ち着かなげに座ったままもぞもぞ動き、ダナハーの目はその一挙一動を追った。

「ちょっと待ってくれ、警部。あまりにも無茶苦茶だ」

ダナハーは言った。「はっきりしたか、クラコリアン？　きさまの権利を伝え、理解したことを確認するのがおれの義務だ。わかったか」

「そうか、そうか、わかった」彼は身を乗り出した。「で、いまここではっきり言っておく。質問にはいっさい答えない」体を戻し、腕を組み、そして天井をきっとにらみつけた。

ダナハーは書類を、ついで運転手を見た。「ブラック＆ホワイト・タクシー会社の配車係によれば、五月三日日曜日の午前一時五分に緑地で客を拾い、その客をコルビー通り一八一〇まで乗せたと記録している。これを否定するか」

クラコリアンは腕組みをして座り、顔の筋肉ひとつ動かさなかった。

「否定するか。しないなら、そのとおりだと答えたととる」

「その質問には答えていない」クラコリアンは言った。

「修正第五条を引き合いに出してるのか」

「なにも引き合いに出してない。なにも言っていないというだけだ！」

「言わなくていい」ダナハーはぴしゃりと言った。「それが真相だとわかってる。彼女をそこまで乗せ、そして駅まで乗せていってほしいので待つよう彼女が言ったこともわかってる。で、きさまは待ち、彼女は部屋に上がって、荷造りをした。下宿の人たちにさよならを言って、きさまがひとりきりで待っている外にまた出てきた。彼女は駅に向かうつもりだったが、きさまはそこに連れていかなかった。その代わりに公園に連れ込んだとわれわれは推測している」

クラコリアンは椅子から飛び上がらんばかりだった。膝をぎゅっとつかみ、額に汗がどっと吹き出した。「ちょっと待て、ちょっと待て」とわめいた。「おれをはめようたって、そうはさせないぞ」

「きさまは生きている彼女に会った最後の人間なんだ、クラコリアン。彼女は階段を下りて、きさまのところに戻り、翌朝百ヤード先で死体で見つかった」

「おれはそこにいなかった。彼女に二度と会わなかった。彼女は料金を払い、そしておれはまた客を拾いにいった。そういったことはそのあとで彼女の身に起きたんだ」

ダナハーは石のように無表情だった。「違うだろ、きさまはその場を離れなかったんだ、クラコリアン。きさまは嘘をついている。それを立証する証人がいるんだ。きさまは彼女を待った」

「絶対に待ってない。話はしない。弁護士を呼んでくれ」

「良心に耳を傾けろ、クラコリアン」ダナハーは言った。「そのことを話すんだ。彼女は美人だった。きっと彼女が色目を使ったんだろう。きっときさまをさんざんじらし、とうとうがまんできなくなった」

「違う！　とんでもない、おれには妻と子供がいるんだ」

「そのことはわかっている」ダナハーはしつこく食い下がった。「ドイツ娘だろ。戦争が終わって、連れて帰った。きっといままでは、きさまにとってそんなにきれいには見えないんだろ。その娘みたいな若い女と並べたら」

「おれはやってない。絶対に」

「アリバイがあるのか、クラコリアン。あったら聞かせてもらいたいもんだ。彼女を送り届けてから二時四十五分まで、きさまの運転記録は空白だ。時間はたっぷりあったわけだ」

「おれははめられてる」クラコリアンは椅子から腰を浮かせて、叫んだ。「おれをはめようとしてる」

「きさまは質問に答えようとしない。修正第五条を盾にしている。自分を有罪にしたくないからだ。答えたくないならそれでいいが、話したほうがいいと忠告しておく。吐いちまったほうが気が楽になる。彼女をなんで殴ったのか話すんだ。なにを使った、バンパー・ジャックで？　彼女のほうから公園に誘ったのに、その気がないように振る舞ってじらした？　きさまを怒らせた。で、きさまは彼女をぶん殴った。レイプし、気がついたら彼女が死んでいたので、さらに殴りつけて、切りつけた。そういうことだろ、な？」

「違う、違う！　嘘だ」

「なんだったんだ、バンパー・ジャック？　どうしてそんなものをもって公園に入った？　彼女と面倒なことになると思ったのか」

クラコリアンは両手で顔を覆った。指のあいだに汗が伝った。「おれはやってない。神がちゃんと見ている！　彼女は料金を払って、おれを行かせた」

「そのことを裏付けてくれる者がだれかいるか。彼女はそうしなかったと言っている目撃者がいる」

「そうしたんだ、彼女はそうしたんだ」

「料金を払ってきさまを行かせ、なかに入り、料金はまだ払っていないと下宿の人に話し、それから荷造りをして、階段を下り、タクシーなど待っていないのにふたたび外に出たというのか。いいとも、料金を払ってきさまを行かせたことにしよう。陪審員にそう話すんだな、クラコリアン。彼らは信じるかだって——まさかな」

クラコリアンは顔を上げた。顔はゼリーのようだった。いまや虚勢はすっかり影をひそめ、真っ青な顔で震えているだけだった。「その女を知りもしないんだ。どんな女だったかも憶えていない」

「新聞を見たはずだ、クラコリアン。彼女の写真をしばらく載せていた——きさまが彼女の顔にしたことを修整したあとで」

「おれはそこにいなかった。別の客がいた。離れなければならなかった」

「その客はどこから来た？　天から降ってきたか。どうして運転記録にそれを書かなかったんだ？」

「書き忘れた。本当なんだ」

「そのことはなにも知らない、自分は潔白だ、と。気に入った。きさまは口を開くたびに嘘をつく。そんなに潔白というなら、事件が明らかになったその日にやって来て、コルビー通りのその住所まで女を乗せたと話さなかったのはどういうことなんだ？　口を開くたびに、ますますクロに聞こえてくる」

クラコリアンは椅子に座ったままぶるぶる震え、真剣に両手を差し出した。「ほんとなんだ、警部さん」泣き声になっていた。「そういうことなんだ。それが正真正銘の真実なんだ。天地神明に誓って」

「ああ、そうだろうとも、真実だ。いままで話してきたほかの話もすべて真実だと誓っているようにな」

「神に誓って嘘じゃない。信じてくれ」自制心を取り戻そうとして、しばらく時間がかかった。大きく息を吸い込み、そして声を出したときにはいくらか冷静になっていた。「どうして隠そうとしたのかわからないんだ、警部。正直言って、わからない。こういうことなんだ。エディ・ドネリーとおれはともに緑地のタクシー乗り場にいた」腕で額の汗をぬぐい、シャツの袖を湿らせた。「エディに訊いてくれ」精一杯、誠実に、そしてまじめくさって言った。「おれが前でエディが後ろで待っていると、その女が通りを渡って走ってきた。あまりよく見えなかったが、イブニングドレスを着て、小型のスーツケースをもっていることだけはわかった。ドレス姿で走り、おれの車のドアをあけ、乗り込むときに振り返り、そして住所を告げた。そう、コルビー通り一八一〇だ。思い出した」

しばらく間を置き、ダナハーのなだめがたいサル顔を読みとろうとした。そうしてからつづけた。「で、チリングをキングまで北上した。そこのタクシー乗り場は知ってるだろ。バス停留所の真ん前にある。で、キングで東には行けない。キングの一方通行を理由に大きく遠回りはできないので、西に曲がり、サギノーまで行ってエルムに出て東に進むつもりだった。コルビーと平行に走って、中心部から出て、それからコルビーにと。ところが彼女は身を乗り出して、こう言ったんだ。〝だめ、サギノーで曲がらないで、そのままもう一ブロック進んで〟ながが気にかかっているのかわからなかったが、彼女の言うとおりにして、フォックスで南に曲がった。で、エルムまで来たとき、彼女はそこで曲がらせなかった。コルビーまで突き進むよう求めた。市の中心部は一方通行になっているのでコルビーには出られないと話すと、彼女はマーケットまで進んでそこで出るよう言った。おれの知ったことじゃないとはいえ、頭がおかしいんじゃないかと思ったが、彼女をマーケットまで乗せていき、コルビーがふたたび二方向進めるようになって、そこに入るか彼女に訊いたんだ。お願いと彼女が言ったんで、どの通りか憶えていないが戻り、コルビーに入り、コルビー公園まで乗せていくと、彼女がある家を示したんで、おれは車を止めた。わざわざ遠回りをさせ、ちょっと緊張した面持ちで後ろを何度も振り返っていたから、つけられているんじゃないかと思った。ボーイフレンドとけんかでもしたんだろう、と。そのときどう思ったかはよく憶えていない。

「ともかく、車を止めると、彼女は飛び出して、こう言ったんだ。駅まで行くので待っててほしい、荷物をとってくる、と。夜のそんな時間に怪しいと思ったが、料金を踏み倒すタイプには見えなかったし、そうしたとしても遠くには逃げられない。なんたって、玄関の明かりがついていて、彼女が家のなかに入っていくのが見えた。

「で、そうして五分ほど待っていた。本当に本当なんだ。一台の車が後ろに止まった。そのことについてはなにも考えなかった。振り返ったときに自分の車がヘッドライトに照らされていると思っただけで、それきり注意は払わなかった。気がついたら、男が窓に来ていた。暖かい夜だったので、窓をあけておいた。そう、そこに彼がいて、すぐそばに寄っていたので、街灯の明かりが顔にあたらず、どんな容貌だったのかよくわからないが、こう言ったんだ。〝ファーン・フルトンを待ってるのか〟男が出した名前がそれだったかわからないが、それが女の名前ということなら、そう言ったにちがいない。わかってるのはメアリ・スミスとかのありふれた名前ではなかったということだけだ。それがだれなのかわからなかったし、ともかく女を知らなかったのでどうでもよかった。客の名前を知らないと話すと、男は〝イブニングドレスの若い女で、コルビー通り一八一〇に行くよう頼んだろ?〟と言った。だから、〝ああ、その客だ〟と言ったんだ。言ってはいけない理由などあるはずがなかった。

「で、〝彼女はどうしろと、駅にでも乗せていけと?〟と訊かれたんで、そうだと答えた。彼は彼女の友達かなにかのように見えた。おそらくけんかして、彼女はぷいと出ていき、仲直りするため彼が追いかけてきたんだろうとみた。で、彼はこう言った。〝そのことは忘れてくれ。わたしが彼女を乗せていく。ここまでの料金はいくらだ?〟本当に、それが真実なんだ」

クラコリアンは手の甲で鼻をこすり、においを嗅いだ。「で、それに対してどう言えばいいかわからなかった。どうするか彼女からひと言あるべきだと思い、彼の言うようにするのが正しいことなのかどうかわからなかったのでちょっとためらっていると、彼は財布をとりだし、紙幣を一枚抜きとって、こう言ったんだ。〝十ドルで足りるか〟」

タクシー運転手は訴えるように見回した。「本当なんだ、警部。それが彼の言葉で、くそっ、それに対してなんと言えばいいかわからなかった。メーターが一ドル十セントしか示していないときに、十ドルはすごく大きい。金のことを考えていたというんじゃないが、言ってるように、彼らはけんかして、彼は仲直りしようとやって来たと思ったんだ。つまりその、彼女はイブニングドレス姿でタクシーまで走ってきた。よくあることではない。おおかたパーティーで怒って、彼を置き去りにしてきたんだろう。そこでこう考えた。ええい、おれの知ったことか、彼が仲直りしたいんなら、おれはさっさと消えるべきだ。彼女が彼の車に乗りたくないなら、それはそれでいい。別のタクシーを呼ぶだろう。それに、どういうものか、駅に行くという話が嘘っぽく聞こえた。そこで十ドルもらって、また客を拾いにいった」両手で顔をぬぐい、頼み込むように見つめた。「それが本当に本当の真実なんだ、警部。そういう次第なんだ」

ダナハーの氷のような表情は、口を開いたときも変わらなかった。「そのアリバイだが――彼はどんな車に乗ってた?」

「コンバーティブルだった。クリーム色のコンバーティブル」

飛び上がりたくなるニュースだとマロイが考えたとしても、ダナハーはそうは考えなかった。

「結局、新聞を読んでるってわけだ。それを読んだんだろ」

「違う、そうじゃない、警部。本当だ。彼が乗ってたのはそれだった。幌を下ろしていた。キャディラックのコンバーティブルだった」

「キャディラック？」ダナハーはその点をぴたりと押さえた。「どうしてわかる？」

「わかるとも」

「後ろにぴたりとついてたんだろ。ろくに見ることもできなかったはずだ」

「見えたんだ、警部。つぎの角を曲がるときに振り返った。はっきりわかった」

「一ブロック先で？　夜なのに？」

「暗くはなかったんだ、警部。つまりその、街灯があった。彼はおれに十ドル渡したあとヘッドライトを消し、歩道に上がっていた。角を曲がるときに車と彼が見えた。家の前に街灯があったんだ」

「それで、一ブロック先からキャディラックだとわかったと言うのか、はあ？」

「間違いなく。二ブロック先からでもわかる」

「ふざけるな」

「本当だ。試してくれ。一ブロック離れた路上のどんな車の型も言い当てる。年式さえも。試してくれ」

「とんでもない嘘つきだ」

「車のことはわかってる。間違いなくキャディラックの一九五〇年式だった。男は一九五〇年のキャディラックに乗り、おれを十ドル札で追い払い、おれが角を曲がるとき歩道で待っていた。彼女が出てきて、やつが彼女を殺したんだ」

「そうとも」ダナハーは言った。「きさまが見たのはキャディラックで、それに乗っていた男が彼女を殺した。そうとも、彼がやった。彼が彼女を殺し、そしてきさまは品行方正の本物のナイスガイだから翌日まっすぐここに駆けつけて、そのことをわれわれにすべて話した」

「殺されたのが彼女だったと知らなかったんだ、警部。彼女を実際よく見ていなかった。彼女は後部席にいた。よく見えなかった」

「彼女はきさまのタクシーから降りたんだぞ」ダナハーはどなった。「きさまが話してた例の街灯の下にまさに立った。彼女を見なかっただと」

「同じ女だとは思わなかった。本当に思わなかったんだ」

ダナハーはメモにしばらく目を通し、クラコリアンを不安に、落ち着かなくさせた。「この報告書によると」悪意に満ちた小さな目を運転手に向けた。「つぎの客は二時四十五分。駅からウェラン通り四一〇まで。そのことを話してくれ」

クラコリアンは手で顔をなでつけた。「えっ?」

「聞いたろ。駅で拾ってウェラン通り四一〇まで乗せた客のことを知りたい」

「憶えてないな。毎日あちこちに人を運んでるんだぜ。すべてを憶えてなんかいられない」

「ファーン・フルトンのことはかなりよく憶えてるじゃないか。彼女が殺されたとは思いもしなかったのに、後ろについたのがキャディラックで、家の前に街灯があったことを話した。アリバイはいまいましいほどよく憶えているのに、ほかの客のことは思い出せない。嘘をついてるからだ、クラコリアン」

「違う、違う!」

「その〝違う、違う!〟は聞き飽きた。きさまは嘘をついてる」

クラコリアンはふたたび汗をかいていた。シャツ全体に汗じみが広がっていた。「その客のことは思い出した――本当に。話したとおりなんだ。男が近づいてきて、金を払っておれを行かせ、そのことは忘れかけていたが、女を降ろした場所のすぐ近くで起きた殺人事件を翌日の新聞で読んで、その女を思い出した。彼女がどんなにナーバスになっていたか思い出したら、こわくなった。もしかしたらボーイフレンドとけんかしたんじゃなく、だれかから逃げようとしていたのかもしれない、と。同じ女だったんじゃないかとこわくなった――そのこともあるし、彼女が駅に行きたがっていたこともあって。つまりその、列車に乗るにはおかしな時間だった。こわくなった。おれが乗せた女かもしれないと思った。ずいぶん詳しく思い出したのはそういうことなんだ」

「翌日ここにやって来てなにか話すことをしなかった説明にはならない」

クラコリアンはごくりと唾をのみこんだ。「あんたにはわかってない、警部。仕事を失うのがこわかったんだ。ここに来て、十ドルほしさに客を見捨てた次第を話せば、会社をクビにされる。それはできない」いまでは半分泣き声になっていた。「女は待つように言った。ほかのやつといっしょに行くか決めるのは彼女であって、彼ではなかった。なのにおれは十ドル受け取ってしまった。そうすべきではなかったんだ、警部。まさか、それがこんな結果になるとは思ってもいなかった。どうなるかわかってたら、受け取りはしなかった」

ダナハーは彼を見据えたままだった。「口先がうまいやつだな、クラコリアン? わかった。

アリバイとしてそいつを出すと言い張るんだな。どんな男なんだ?」

「憶えてない」

「アリバイの核心部分を憶えてない?」

「クリーム色のコンバーティブルに乗ってた」

「クラコリアン」ダナハーの声は弔鐘のようだった。「コネチカットに登録されたクリーム色のコンバーティブルを一台残らず調べ上げた。はるばるニューヨーク市から来たかもしれないので、そこのまで調べた。たんにキャディラックだけでなく、すべてのコンバーティブルを調べたんだ、クラコリアン。で、全員にアリバイがあった。ひとり残らず全員に。きさまは嘘をついてる」

クラコリアンはうめいた。「なんてことだ」そして泣きじゃくりだした。「そんなことない。コンバーティブルだった。絶対に。どんな男? よくは見えなかった。フェルト帽を目深にかぶり、車のそばに寄っていたので、明かりが顔にあたらなかった。ずんぐりしていた、間違いなく。小さかったが、ずんぐりしていた。それと眼鏡をかけていた。それは憶えている。眼鏡をかけていた。黒の角縁眼鏡だった。それとぽっちゃりした丸顔で、二重顎だった」

「身長は?」ダナハーは感情をあらわさずに言った。

「五フィート九インチぐらい、だと思う。体重は百六十から七十ポンド。ダークスーツを着て、コートは着ていなかった。で、そのフェルト帽は、たしか黒だったと思う」

「歳は?」

「四十ぐらい、だと思う」

「クリーム色のコンバーティブルに乗る四十男？」

「そう訊かれても、警部。もう少し若かったかもしれない」

「クリーム色のコンバーティブルは一台残らず調べがついている。黒のシェヴィのセダンでなかったのはたしかか」

「絶対に、キャディのコンバーティブルだった。もしかしたらクリーム色ではなかったかもしれないが、明るい色だった。ライトブルーかなにかだったということもありうる」

「クリーム、白、ブルーと明るい色のコンバーティブルを全部調べたんだ、クラコリアン。ほかのを試せ」

「間違いなく、絶対にそれだった。もしかしたらほかの州から来たのかもしれない」

「カリフォルニアとか」

クラコリアンはむせび泣きだした。「クリーム色のコンバーティブルだった。クリーム色のコンバーティブルだった」

彼から引き出せるのはそれですべてだった。ダナハーは一時間、追及しつづけたが、クラコリアンは話を変えなかった。町から出ないよう警告を受けて五時に釈放されると、酔っ払いのようにふらふらと本署から出ていった。

17

金曜日、午後遅く

　クラコリアンが部屋から出ていくや、ダナハーは電話機をつかんだ。かけている先は駅で、列車の発着時刻について質問をして、メモ帳に数字を書き留めた。電話を切り、こわい顔でしばらく数字を見つめた。小声で罰当たりなことをつぶやきはじめた。

　サインをするため速記者が調書を仕上げるのを待っていたマロイが立ち上がって、近寄ってきた。「どうしたんです？」

「まったくどうなってるんだ」ダナハーは手の甲でメモ帳をたたきつけ、マロイをにらみつけた。「これによると、一時五十五分に出る列車が一本あり、そのあとは三時だ。もし彼女がそんなに急いでいたなら、乗ろうとしていたのは一時五十五分の列車になるが、それは反対方向に行く。スプリングフィールドとボストンに向かう」

「だったらクラコリアンは嘘をついていたことに。驚いたりはしないですよね？」

「やつが嘘をついていたとは思えない」

「そうですかね？」

「コンバーティブルの話を聞いてだ。あまりにも確信をもっていた。キャディラックのことが作り話だったら、そこから突き崩せたはずなんだ。一ブロック先から車の型はわからないとおれたちが言ったとき、あいまいな態度をとっていただろう。真実を話している者のみがするように、あくまでキャディラックにこだわった」

「キャディラックのことについては真実を話していたかもしれませんが、女が急いでいたことは嘘でしょう」

「賢くなることだな。重要なことで真実を話しているのに、重要でないことをでっち上げたりするか」ダナハーはデスクの中段の引き出しをあけて煙草をとりだし、パックを手荒に引きちぎってあけ、それでなかの煙草がいつも曲がっている理由の説明がある程度ついた。「スプリングフィールドとボストンがこの事件にどう関わるのか突き止めなければならない」

マロイはしばらく部屋を歩き回り、やがて戻ってきた。「もしかしたら、あなたは大事なことを忘れているのかもしれませんよ、警部。もしタクシー運転手が嘘をついていないなら、犯人はその夜グリーン・ルームにいたにちがいありません。そう考えると筋道が通ります。彼女は彼を見て、こわくなり、逃げた。着替えもしないで、バスではなくタクシーに飛び乗り、彼に追いつかれないうちに町から出ようとした。仕事のオファーはミセス・ブラッドショーにとっさに話した口実にすぎなかったのかもしれません。もしかしたら、仕事などまったくなかったのかも。そういうことで、できるだけ急いで駅に向かおうとしていた。たぶん列車のことは知りもしなかったんでしょうが、駅にいれば安全と思い、つぎのニューヨーク行きを待つことにしたんでしょう」

　ダナハーは浮かない顔をしてマロイを見た。「事実が大事だと教えたばかりだというのに、そこに立って、〝もしかしたら〟と言ってる。もしかしたら仕事などなかったのかもしれない。もしかしたら犯人を見たのかもしれない。もしかしたら逃げようとしていたのかもしれない。もしかしたら列車の発着時刻を知らなかったのかもしれない」苦々しげな声だった。「もしかしたら、スプリングフィールドとボストンを調べるのは時間の無駄と言おうとしてるのか」

　マロイは警部を見て、小さく笑った。「かもしれませんが、どっちみちあなたは調べるでしょう」

「あたりまえだ。ここは警察で、われわれは事実を求めている。推理ではなく」

　スミスがドアをノックして、入ってきた。「グリーンバーグが戻ってきました。全員に話を聞いたところ、仕事のオファーはありませんでした」

　ダナハーはマロイのかすかな笑みを見て、スミスをにらみつけた。「仕事のオファーはなかっただと！　言葉の使い方に気をつけろ。それがあったと認める人物をグリーンバーグは見つけ出せなかったということだ」

「そういうことです」スミスは出ていった。

　マロイは顔にかすかな笑みを張りつかせたままだった。「オファーはあったと考えてる、ということですか」

「なにも決めつけてはいない、マロイ。事実を正確にとらえるようおまえたちに言ってるだけだ。ただひとつの事実は、グリーンバーグが話したやつらはなかったとみている、ともかくそう言ってるということだ。そこでだ、これからおまえがすることを話す。グリーン・ルームにいって、同じように全員に話を聞く。が、仕事のオファーのことは訊かなくていい。角縁眼鏡にダークスーツ姿の、四十前後のずんぐりした男が土曜日にあれこれ訊いて回りながら掃き溜めでぶらついていなかったか訊くんだ」

マロイはてきぱきと言った。「了解しました」

「いいか、それがおまえ自身の考えだと思うのはやめろ。だれの目にも明らかなつぎのステップだ。それと、彼女に言い寄っていたそのレインとやらも調べろ。六時までに終了しなかったら、うちに結果をもってくるんだ。よし、行け」

マロイは午後の明るさのなかに出ていった。空は曇っていたが、気候は穏やかで、角まで歩き、エルム通りで西に折れ、緑地に沿って進んだ。チリング通りを渡り、さらに一ブロック、サギノー通りまで歩いた。

グリーン・ルームはエルムとキングのあいだの、キングに近い側にあり、ダン・マロイはそこに向かった。緑色のネオンサインが一階と二階のあいだに掲げられ、明るい緑色の文字がたえまなく明滅していた。緑色の天幕が歩道を横切って車道までのび、奥まった正面玄関のそれぞれの側に窓がふたつあり、そして店の前に立て看板が出ていた。粗面の煉瓦壁に組み込まれた右手の窓から、途中まで下ろしたブラインドで薄暗くなったナイトクラブの内部が見えた。壁は緑色、そして同じく列柱もだった。狭いダンスフロアの周りに小さなテーブルがびっしり並べられ、奥に一段高くなった演奏台があった。がらんとした店内の演奏台で楽団がリハーサルをしていた。

マロイはしばらく窓からのぞいてから、正面玄関に戻った。立て看板の前で足を止めた。〈ニューヨーク直送。センセーショナルなブルースシンガー、ジュディ・レン〉と大きな字で印刷され、黒髪のかなりきれいな若い女の、顔と全身の写真が角度をつけて留めつけられていた。写真を見て、少し前にそこにおさまっていたもうひとりの女のことを思った。仕事の契約が切れたときに、彼女の人生も打ち切られた。マロイは小さく肩をすくめ、タイルの階段を上がり、赤いドアを押してあけた。

なかに入ると左手はバーになっていた。右手が厳密な意味でのナイトクラブで、真正面に絨毯敷きの階段があり、ベルベットのロープで遮断されていた。マロイは右に向かい、そこでは楽団が懐メロの『雨降っても天気でも』を演奏していた。歌手の紹介へとつづき、女がマイクに進み出て、頭を後ろにやってから、喉の奥から出る低い声でささやくように歌いだした。マロイはダンスフロアの縁まで行き、二日酔いの気分にさせるじっとりと冷たい薄暗がりのなかで耳を傾けた。彼女はまるで恍惚となっているかのように、ひとつのリフレインを感傷的に歌いきり、そこで不意に頭をふたたび前に傾け、目をあけた。「ゆっくりやってよ、もうっ」彼女はどなりつけた。「デキシーじゃないのよ」マイクにくるっと向き直った。「もう一度」そこでマロイに気づいた。「なに見てんのよ？　とっとと出ていって。無料ショーじゃないんだから」

マロイは前に進み出た。目と顔が外の立て看板の物憂げな写真よりきつかったが、その女がジュディ・レンだった。「出ていってと言ったのよ」と彼女はもう一度どなったが、マロイは彼女を無視してバンドリーダーに向いた。「ラスティ・デイブゴ？」

「そうですが」彼は二十代半ばの長身痩軀の男で、つややかな黒髪をなでつけながらやって来た。

「刑事課のマロイだ」マロイはコートを開いてバッジを見せながら言った。「邪魔をしてすまないが、いくつか訊きたいことがある」

「ちょっと、なんなのよ、これは？」ジュディ・レンは腰に手を当てて言った。「リハーサルなの、違うの？」

「全員、休憩」と言って、デイブゴは台から下り、そして訊いた。「ファーンのことかな？」

マロイはうなずいた。「あの最後の夜ここにいた人物が下宿まで彼女をつけていったとわれわれは考えてる。また彼女はその人物を知っていて、彼を恐れていたとも。その夜いつもとは違うなにかが起きたことを思い出せないか。彼女が言ったかしたことで、こんなはずじゃなかったと示すようなことをなにか？」

デイブゴは指揮棒の先端で顎の下をかいた。「困ったな、わからないんですよ。考えてみてはいるんですが」

マロイは演奏台の下まで歩を運び、ジュディ越しにそこに座る八人の男たちを見た。「だれかなにか思い出せないか。どんなことでもいい」

ジュディが声を張り上げた。「ちょっと、ここはいったいどういう場所なの、シラミみたいな連中ばかり集まって？　お巡りに悩ませられるなら、ニューヨークに帰るわ」

男たちは居心地悪そうだった。そのうちのひとりが言った。「ぼくにはいつもと変わりないように見えた」

「いくらかでもナーバスになっていたようすは？」

「彼女はいつだって、ま、ちょっとナーバスだった」

「どんな女の子だった？　人なつっこい、お高い、意地悪、どうだった？」

彼らは全員、口をそろえて答えた。かわいい子だった。

それを聞いて、ジュディは彼らに食ってかかった。「あてこすりのつもり？」

男たちは黙り込み、そこでマロイは訊いた。「彼女はその夜、客と同席した？」

デイブゴがうなずいた。

「びくついているようには見えなかった？」

「ぼくが目にしたかぎりでは」

「しかし、その最後の夜、彼女はあわただしく帰った。さよならさえ言わなかった。どうしてだと思う？」

デイブゴは演奏台からさらに一歩離れ、声を落として言った。「レインのせいだと思います。彼は二週間ずっと彼女を悩ませていました」

レインのせいとは考えなかったマロイは、ほかの者たちに向いた。「歌手としてファーンはどうだった？　自分の仕事を心得ていたか」

うなずきがあり、ジュディは腹を立てて言った。「いったいファーンってだれなのよ？」だれも答えないので、さらにきつい口調でまくしたてた。「いいこと、レディに訊かれたらちゃんと答えなさい」

「まあまあ、落ち着いて」とデイブゴがなだめるように言い、マロイは質問をつづけた。「歌詞をとちったことは？」

「ありません。完璧でした。本当に一語も間違えずに」

「二週間ビートをはずしたことは一度もなかった？」

「そのとおりです。仕事熱心でした。いい子でした」

そのとき、後ろでだれかが言った。「あの夜は一行とちった」

「ばか言え」

「たしかだ。『ムーラン・ルージュ』で。ちょうど曲のなかほどで歌うのをぴたっとやめた。憶えてるか。一小節まるまる抜かし、それからまた歌いだした」

「そういえば」デイブゴは考え込んで言った。「そんなことがあったような気がする。が、それ一回きりだ」

「そのわけを彼女は言ったか」

「いや。十一時ごろに休憩に入る前の最後の曲で、彼女はそのまま控え室に行きました。何事もなかったように」

彼らは大事なことをそれ以上なにも思い出せず、マロイが靴音を響かせながらフロアを横切って離れていくとき、ジュディのわめきちらす声が聞こえた。「――謝りなさいよ。謝ってもらうまで絶対に歌わないわ」

ジャケットを脱いでキッチンにたむろするウェイターを見つけた。彼らはジョークを飛ばして笑いながら、ディナー客が入りはじめるのを待っていた。マロイがファーンのことを訊くと、笑いは静まり、彼らは深く考え込んだ顔になった。

「大勢の客が彼女を同席させたくて、舞台裏に手紙を送ったのかな？」

「当然」彼らは口をそろえ、そして大きな男が言った。「すでにそのことはすっかり話した」

「もう一度、一から話してくれないか」

男たちは肩をすくめた。

「彼女はここに出演するおおかたの芸能人より手紙を多くもらっていた？」

さらに肩をすくめた。「たしかに」

「彼女の住所と電話番号を求められることは？」

「そりゃ、もう何度も。大半に若い男からで、なかにはそれほど若くない者もいた」

「それを教えた相手を憶えてるか」

大男は言った。「そうしたことは客に教えない」

「だれかが十ドル手渡したとしたら」

大きな男は肩をすくめた。しばらくだれも答えなかった。やがて小柄で痩せこけたウェイターが言った。「そうだな、十ドルだったらでたらめを教える」

また別のウェイターが言った。「ぼくは彼女がどこに住んでるかも知らなかった」

マロイは訊いた。「四十前後で、黒の角縁眼鏡にダークスーツという恰好をして、その情報を金で得ようとした小太りの男を、だれか憶えていないかな?」

男たちはただ考え込むばかりだった。ひとりの男が言った。「いたかもしれない。確信はもてないが」

「十ドル差し出したかもしれない?」

「思い出せない。ずっと前のことだった」

漠然として見込みがなく、マロイは彼らをあとにして、ベルベットのロープの奥の、絨毯敷きの階段を上がり、マネージャー室に行った。そこは廊下をはさんで二階の大宴会場の向かいにある豪華な小部屋で、マホガニー製のデスクと革張りの椅子二脚と細い一方通行の通りを見下ろす窓が自慢だった。

マロイは長居しなかった。得られるものはほとんどなかった。ハーマン・レインがファーンに送ったコサージュについて、そして彼の関心の度合いについて質問したが、否定的な答えしか返ってこなかった。が、そのことを深く追及しないで、ろくに調べもすんでいないのに十分そこそこで引き揚げた。しかし一段おきに階段を下りていくとき、事件発生以来初めて心が高揚した。ハーマン・レインは二重顎のずんぐりした男だった。眼鏡は黒の角縁ではないが、ダークスーツを着て、そして歳は四十半ばだった。

ダナハーはガウン姿でドアをあけた。「よお、おまえさんか。そろそろ来るころじゃないかと」と言って、さっさと奥に引っ込み、玄関に残されたマロイはなかに入って、ドアを閉めた。アパートメントは小さな居間、さらに小さな寝室、バスルーム、そしてめったに使われることのないキッチンからなっていた。灰皿を置ける場所にはどこも吸い殻でいっぱいの灰皿があり、埃だらけではないにしてもかなりたまっていた。マロイは部屋を見回して、言った。「警部、あなたが必要としているのはなにかおわかりですか。奥さんです。あなたにぴったりの女性を知ってます」

ダナハーは悲しいかな制服を脱いでいるにもかかわらず、堅苦しい警官の顔を保ったままカウチに腰を下ろした。「女房は必要ない」

「それがじつにすばらしい女性で、刑事にとりこになってるんですよ、警部。それに、じつに上手にコーヒーをいれてくれます」

「おれは警察と結婚したんだ」ダナハーは目の前のコーヒーテーブルに載る汚れたガラスの灰皿でくすぶっていた煙草の吸い残しをとり、部屋をあらかた占めているたっぷり詰め物をした二脚の椅子の一方を手で示した。「聞かせてもらおうか。なにを探り出したか話してくれ」

マロイは椅子に浅く腰掛けた。顔が輝いていた。「犯人を見つけたと思います」

ダナハーの目に希望の光が差してくるのを期待していたとしたら、マロイはがっかりしたはずだった。警部は不機嫌な顔をして彼をじろじろ見た。「だれだ?」

「ハーマン・レイン」

顔をしかめるダナハーに、マロイはすかさず言った。「ぴったりなんです。クラコリアンが話していた男にぴったりです。彼が彼女を追っかけていた男で、ファーンは彼を恐れた」

「どこまでが事実で、どの程度おまえさんが色付けした見解なんだ？」ダナハーは苦々しげに言った。「レインはクリーム色のコンバーティブルをもってない」

「クリーム色のコンバーティブルはパズルに組み込まれないと思いましたが」マロイは意地悪く言ってやった。

「レインにはその夜のアリバイもあったときたもんだ。一時半に帰宅したと女房は言ってる」

「夫をかばっているんですよ。面通しをしたらクラコリアンがなんと言うか確かめたいですね」

「そうしよう」ダナハーは言った。「が、これは警察の捜査であって、かくれんぼじゃない。犯人と思われるひとりの男が見つかったからといって、ほかのやつはもう調べなくていいということではない。マネージャーではなく、ファーンを下宿までつけていった客のことを探り出すため向こうまで行ったんだ。なにをつかんだ？」

マロイは少しばかり自信をなくしたようだった。「なにも」と言って、額をなでつけた。「そうした男がいたことをだれも証言してません」

「いなかったと彼らは言ったのか」

「そうではありません。ですが、ウェイターは手紙を手渡していません――十ドルで頼まれたとしても」

「断った？　皿洗いやコックといった者たちはどうなんだ？」

「コックはウェイターといっしょにそこにいて、彼らもなにも知りませんでした。皿洗いにはひとりも会ってません」

「だったら、すぐに戻って、彼らに確かめるんだ。途中でおっぽり出さずに仕事は最後までやれ」ダナハーは斜視の小さな目でマロイをにらみつけた。「何度言わなきゃならないんだ、事実こそわれわれが求めているものだと？　ただ事実のみだ。すぐに出ていって、それを見つけてこい。今夜じゅうに見つけ出すんだ。明日の朝一番におまえさんの口から聞きたい。だれが女を殺したかの推理はもうたくさんだ。事実がほしい。わかったか。事実だ！」

マロイはきびしい顔つきでそそくさと出ていった。

18

五月二十三日、土曜日

土曜日の午後、ファーンのエージェント、ミンディー・オヘアに電話で頼んでいた書類が速達で届いた。ダナハーはひとりオフィスでそれをあけ、中身を吟味した。オヘアはファーン・フルトンの体裁のいい写真を六枚送ってきた。全身の写真二枚には、イブニングドレス姿でピアノに寄りかかるファーンが写っていた。ほかの四枚はクローズアップだった。一枚は息をのむブロンド美人の斜めからの顔で、ゆっくりと笑みが広がりかけて、口がわずかに開いていた。もう一枚では、さりげなく組んだ形のよい細長い指に頬を休めていた。それから黒地を背景にした横顔の写真があり、髪がむきだしの肩にかかり、そして四枚目で彼女は顔をぐいと上に向け、半開きの目からカメラを透かし見ていた

ダナハーは写真を丹念に見てから、それらをデスクに広げたまま立ち上がり、大部屋に出た。戻ったときマロイがあとにつづき、ふたたびデスクを回り込んだダナハーは六枚の写真を手にとり、刑事に渡した。マロイがそれらにゆっくり目を通すのを見ていたダナハーが口を開いたとき、声に勝ち誇った響きがかすかに感じられた。「どう思う？」

マロイは肩をすくめ、写真を自分の前に広げた。「すこぶるつきの美人です」

「それを見て、なにに気づいた？　おい、刑事なんだぞ」

マロイはもう一度見た。「指輪をしていません」

「はあ。顔だ、マロイ。顔のことを話してるんだ」

「顔がなにか？　とりたててなにも」

「おれもだ。例の蠟のちゃちな顔とは似ても似つかないというわけでもなさそうだ」

マロイは顔を上げ、にやりと笑った。「自分としては瓜ふたつだと思います」

ダナハーは写真をまとめて、封筒に戻した。「ばかな。合っていたのは髪だけだ」

そのときスミスがドアをあけて、言った。「警部、ミセス・コルトナーが面会に来ています」

ダナハーの目がすかさず上向いた。「なんの用だ？」

「捜査の状況がどうなってるか知りたがってます」

「だったら、話してやれ」

「わたしの口からは聞きたくないようです」

「だとしても、おれの口から聞くことはできない。めそめそ泣いて、髪をかきむしる気分じゃないんだ。出ていけ」

スミスは出ていった。彼が出ていったのを見届けてから、マロイが目を輝かせて言った。

「いいんですか、警部、彼女に会うべきですよ。有権者がすげなく追っ払われたと市長が聞いたら――」

「おまえさんから言われたくはない、マロイ。もしスポルディングが――」

ふたたびドアがあいて、ダナハーは途中で言葉を切り、そしてミセス・コルトナーが形のくずれた黒いコートに同じようにひどい帽子という恰好で入ってきた。ダナハーは彼女をにらみつけたが、彼女は有無を言わさずにドアを閉めた。

「わたしは忙しいとスミスから聞きませんでしたか」ダナハーはぴしゃりと言った。

「聞きました」ミセス・コルトナーは静かに言い、椅子に向かった。「大忙しには見えませんが」

ダナハーは精一杯の渋面を作ったが、ミセス・コルトナーは腰を下ろした。エナメル革のハンドバッグを膝にきちんと置き、書類キャビネットを一度見やってから、警部に視線を戻した。

「あなた方、市民が引っ切りなしにやって来たら、この殺人事件をどう解決できるというんです？」とダナハーは詰問した。

「わたしはミルドレッドの母親です」ミセス・コルトナーはあっさり言った。

ダナハーは目をこすり、力なくマロイを見たが、彼の顔に協力してもらえそうな雰囲気はうかがえなかった。「なにを知りたいんです？　われわれはできることをすべてやっている。全部、新聞に出ている」

「いまではあまり記事は出ません。たしかに、あなた方は新聞に出ている以上のことをしているにちがいありません」

「なかには公表できないものもある」

「たとえば？」

「話せないと言ったばかりです」

ミセス・コルトナーはわずかに姿勢を変え、膝の上のハンドバッグを引き寄せた。「ミスタ・ダナハー、ミルドレッドはわたしの娘です。たぶん、あなたには娘さんがひとりもいらっしゃらなかったんでしょうが、わたしにはいたんです。娘は殺されました。娘の無念を晴らすまでは安らかに眠れませんし、犯人を見つけるためにできることはなんでもさせるつもりです。あいにくですが、警部さん、わたしを追っ払おうたってそうはいきません」

ダナハーはうなり声にならないようにした。「わかりました、ミセス・コルトナー。せっかくここまで来たんですから、わたしたちになにか教えていただけるんじゃないですか。ファーン――ミルドレッドのことですが――彼女がクリーム色のコンバーティブルをもっている人物について話したことはありませんか」

ミセス・コルトナーはそのことについてきわめて口数が少なかった。「聞いてません、警部さん。家を出て以来ミルドレッドから連絡は一度もなく、それも五年前のことなんです」

「歳は、そう、四十ぐらいか三十から四十のあいだ、身長五フィート九インチぐらいの丸々と太った人物を、彼女は知っていましたか。頭のてっぺんが薄くなりかけた黒い髪の男を？」

しばらく考えてから、彼女は言った。「いいえ」

「ミスタ・コルトナーがその人物にあてはまると思いませんか」

「夫の頭のてっぺんははげてます」

「ミルドレッドが町に戻っていることを彼が知っていたとは考えられませんか」

「知っていたら、わたしに話しているはずです」

ダナハーはその答えに対してなにか口ごもり、陰鬱にデスクの上を見た。「彼女にはスプリングフィールドかボストンに知り合いがいるのでは？」

ミセス・コルトナーは首を横に振った。「たぶんそれはこの五年のことでしょう。あの子がなにをしていたかわかりましたか」

「その一部は」デスクの上の封筒が目に留まり、ダナハーはそれを手にとった。「ところで、彼女のエージェントをしていた男、ミンディー・オヘアからこれを手に入れました。きょう届きました」光沢仕上げの六枚の写真をとりだし、デスク越しに彼女に手渡した。「似てますか」

ミセス・コルトナーは一枚ずつきびしい目で吟味しながら、ゆっくり目を通していった。

「たしかに、ミルドレッドです」とようやく言った。「ミルドレッドにずっと似ています。その――あれよりは」書類キャビネットの最上段の引き出しに視線をやった。

「でしょうね」ダナハーは少しいい気分になって言った。「ミスタ・マロイはもっと似せることができたんです。もっとずっと」

「あれ――あの頭――で判断するのはむずかしいです」

「眉のせいです」マロイが弁解がましく言った。「ブロンドの眉にしてみたんですが。違った感じになったのはそのためです」

「それと、目と鼻と口だ」ダナハーは言った。「あれで彼女だとわかった者がいたんだから驚きだ」

ミセス・コルトナーは写真をとりまとめて、言った。「これをもらってもかまいませんか」

それを聞いたダナハーは、マロイのことは忘れて頭をくるっと回し、顔をしかめた。「だめです」

「これをください。この五年間のミルドレッドの写真はこれだけなんです」

「それは捜査資料なんです。差し上げるわけにはいきません」

ミセス・コルトナーは落ち着き払った黒い目をダナハーに向け、ひたと見据えた。「なんのためにこれらが必要なんです？」

「いいですか、われわれは――」と言いかけて、ダナハーはやめた。ようやく言った。「彼女がどんな外見だったか知りたいのです」

「なぜ？」

ダナハーは顔をしかめ、口元が引きつった。

マロイが言った。「いつだって例の頭があるじゃないですか、警部」

「ああ、おまえさんが復元したちゃちな頭がな」向き直ったが、ミセス・コルトナーがなおも静かに答えを待っていた。「そういうことなら」とぶつぶつ言った。「一枚とっていいでしょう。選んでください」

「全部ください。ミルドレッドの写真を全部ほしいんです。あなた方はきっとほかにも手に入れられるはずです」

ダナハーは言った。「いまは一枚です。事件が解決したら、残りをあげます」

ミセス・コルトナーはバッグをあけて、二枚の写真をすっと入れ、残りの四枚を返した。それを受け取って数えたダナハーは、小声でなにやらつぶやいた。目に〝面会終了〟の表情を浮かべ、いま一度、身を乗り出したが、ミセス・コルトナーはでんとして動かなかった。

「さあ、ミルドレッドのことを話してください」

「話すことはなにもありません。ミーカーのことはすでに新聞に出ています。あとわれわれが探り出したことは全部きょうの夕刊に載ります」

「一九四九年三月以降の足取りをつかんだんですね？」

「いいや。ほんの一部です。ニューヨークの警官がオヘアに会いにいき、さらに近所を訊いて回ったところ、彼女は去年の一月一一〇丁目に部屋を借り、七番街の九〇丁目にあるレストランでウェイトレスの仕事を見つけました。オヘアをエージェントにして、彼の話では稼いだ金を歌と演劇のレッスンにあてていたそうです」

そこで黙り込んだダナハーに、ミセス・コルトナーは訊いた。「わかっているのはそれだけですか」

「そう」ダナハーはそっけなく答えた。「それだけです」

「でも、娘を殺した男のことは？」

「だれが殺したかわかりません」

ミセス・コルトナーははっきりさせた。「あなたは背の低い丸々と太った男のことを訊きました、ダナハー警部。彼が犯人ですか」

「わかりません。わかっているのは、ここにいるミスタ・マロイがゆうべは利口になって、こんどばかりはわたしの命令に従い、グリーン・ルームで皿洗いとして働いている連中に訊いて回ったということだけです。そんなふうに利口になったことで、以前そこで皿洗いをしていた男が十ドル札一枚と引き替えにファーンの――ミルドレッドの――滞在先を、背の低い丸々と太った男に教えたことを探り出しました。黒い髪に黒の角縁眼鏡をかけ、こめかみに三日月形の傷痕がある男に。以上が、現在を含めてこれまでのところわかっているすべてです」

ミセス・コルトナーはかぶりを振り、不意に目に涙が浮かんできた。「で、その皿洗いはミルドレッドの滞在先を教えた？　どうして？」ほとんどうめくように言った。「十ドルのために」

嘆願するように彼女は言った。「どうして、どうして、嘘の住所を教えなかったんでしょう？」

「マロイの話では、皿洗いはそいつがそんなことをしでかすとは思わなかったとかで」ダナハーはにべもなく言った。ミセス・コルトナーの頰に涙が伝うのを見て、苛立ったようだった。「やめましょう。そいつがやったのかどうか、まだわからないんです。だれがやったのか、まだわかりません。もしかしたらタクシー運転手がやったのかもしれません。なにもわからないんです」

ミセス・コルトナーは頰を濡らす涙などないふりをしていた。声は落ち着いていたが、震えていた。「ですけど、この町のだれかでしょ？」

「さっきから言ってるように、わかりません。もし傷痕のある丸々と肥えた男だとしたら、よそから来たんでしょう。だれも以前に彼を見たことがありません」

「一一〇丁目に住んでいたときに知り合った人物ということに？」

「かもしれません」

「調べないんですか」

「もちろん、調べます」

「それが第一にすべきことではないんですか」

「われわれが調べているわけではありません。ニューヨークの警察が彼女の人生に関わった人間を捜して、オヘアや彼女が住んでいた周辺の人たち全員、仕事先の人たち全員に聞いて回っています。これまでのところ、なにも探り出していません」

「ミスタ・オヘアは容疑者ではないんですか」

ダナハーはぐったりして言った。「ま、捜査線上には浮かんでいますがね。ニューヨークの話によれば、彼は背の低い太った男ではありません。瘦せて、背が高く、歳は五十五です」

「娘は演技と歌のレッスンを受けていました、ダナハー警部。そっちも捜査の対象に？」

「ええ」ダナハーはため息をついた。「そうです。そっちも調べます。実際、ここにいるミスタ・マロイがこれからニューヨークに出向いて、ひとりひとりにあたることになってます」

それを聞いて、マロイは目をしばたたいた。初耳だった。「ダナハー警部は明日という意味で言ったんです」その夜キャスリーンを映画に連れていく約束をしていたことを思い出して、言った。

「きょうだ」とダナハーはそっけなく言った。

ミセス・コルトナーはマロイに視線をやらなかった。ダナハーをひたと見据えつづけた。

「あなた自身が行くべきじゃないでしょうか、警部さん」

ダナハーは片方の手で顔を強くこすった。「わたしには仕事があります。ミルドレッドが殺された件以外にもピッツフィールドでは事件が起きています。ここにいるミスタ・マロイはこの件に特別な関心をもっています。実際、わたしの右腕です。彼がいなければ、わたしはほとんどやっていけないでしょう。彼はまさにそうした仕事にうってつけです。聞き込みが彼の専門です。じつに多彩な技をもっているんですよ」いきなり立ち上がり、ドアに向かった。「申し訳ありませんが、やらなければならない仕事があります、ミセス・コルトナー。駅まで行って、ミスタ・マロイに切符を買ってやらなければなりません。なんとしても犯人を捕まえませんとね」

ミセス・コルトナーは静かに立ち上がり、ドアまで来たところで、言った。「ありがとう、警部さん。ときどきやって来ます」

「いつでもどうぞ。いつでもお待ちしています」

ミセス・コルトナーは皮肉に動じることなく、「重ねてありがとう、警部さん」と言って、のそのそと廊下に出ていった。

19

五月二十三日、土曜日―二十六日、火曜日

ニューヨークは雨に濡れていたが、ダン・マロイは雨雲の下、荒れ模様のなかに出ていき、あちこち動き回り、人々と話し、質問をし、メモをとって、そこで三日間過ごした。ニューヨークの警察がすでに調べている場所だったが、以前に見落としていたことが見つかる希望はつねにある。ほかの者たちが気づかなかった角度から事件により深く切り込んでいける希望がつねにあった。

マロイは一一〇丁目のミルドレッドが住んでいた部屋に行った。近所はうらぶれ、建物はいっそううらぶれていたが、部屋はすりきれた家具調度にもかかわらず、掃除が行き届いて、きちんと片づいていた。建物内できちんとなっているのはそこだけで、殺された女の性格を垣間見ることができた。周囲がどうあれ、彼女の周りだけは心地よさに包み込まれていた。

女家主からマロイが知りえたのは、家賃は五月末分まで支払われ、いつ帰るかはっきりとした日にちを言っていなかったということだけだった。ほかの住人から、ニューヨークの警察がすでに聞き出したことを確認した。ファーンの人生に男たちがいたとしても、そこには一度も

やって来なかった。それ以上のことは、彼女について彼らはなにも知らなかった。

つぎに向かった先はミンディー・オヘアのところで、マロイは劇場地区から五ブロックほどの裏通りにある小さなオフィスで彼を見つけた。デスクと椅子とオヘアが部屋をほとんど占め、壁には抱えている芸能人の写真が貼られ、ほかにはこれといってなかった。オヘア自身は死人のようにやつれた長身の男で、火のついた煙草をたえず手にしていたが、口にもっていくことはまずなかった。中断らしい中断を入れずにべらべらしゃべった。身振り手振りで、たたみかけるように話した。ファーン・フルトンはどんなにやさしくてすばらしい娘だったか、彼女の身にそんな恐ろしいことが起きなければならなかったとは残念きわまりないといった長いモノローグから話しはじめた。グリーン・ルームの仕事をやらせなかったらいまも生きていたんだから責任は自分にもあると言い張った。

その仕事について訊かれ、オヘアは説明した。「オーディションがあることを聞き、真っ先にファーンに電話した」オフィスのわずかなスペースで行ったり来たりしながら言った。「彼女はなかなか芽が出なかったが、彼女ならいけるだろうと思った。とくにそれがレインだと聞いたときは。彼はそれまでにぶらぶらやってきて、ルックスのいい女はいないかたえず目を光らせていた。ものをいうのはやっぱり見た目だ。ファーンは決して実力派歌手ではなかった。たしかにわたしはファーンの代理人だが、現実を直視しなければな、そうだろ？　彼女が入ってきたときからレインは目を離さなかった。ほかの者たちの歌は聴いているふりをしていただけなんだ、ほんとに。ファーンは五人目で、歌いだす前から採用されるのはわかっていた。ほかの女たちはルックスの面で太刀打ちできなかった。オプションつきの二週間とレインは言ったが、オプションはまずないとみた。ファーンはそこまでしない。そういったタイプの子ではなかった」

「どうしてわかる?」マロイはさえぎった。

「おれかい?」オヘアは煙草を振り動かした。「誤解しないでくれ、一度も彼女に言い寄ったりはしなかった。言い寄っていい女といけない女がいる。この業界の者ならだれでもその違いを知っている。くそっ、歌の先生が声を聴くよりスタジオでしきりに迫ってくるというんで、いい先生だったのにやめてしまったんだ。彼が無料レッスンを申し出ると、ファーンはやめた。そんなに金をもってたわけでもなく、その先は目に見えている。代わりに、なんにもわかっちゃいない安いやつのところに行き、状況がよくなるまでやつからレッスンを受け、金がたまったところでまた別のところに行った。彼女がレインと長くつきあっていけないことはわかっていたが、なんといっても週五十ドルで二週間だ。で、彼女が耐えてくれることを期待した。きびしい道だってことをわからせ、期限がきたら終了にする——それでも彼女には百ドルが手に入り、レインのほうは空手で終わった。彼女は彼に身のほどを知らせてやったんだ。で——」

「レインの前で何人ぐらい歌ったんだ?」とマロイはまたさえぎった。

オヘアはひとつの話題からつぎにすんなり切り替えられた。「全部で十人。オーディションに参加したエージェントは六つで、できるだけ多くの子を連れてきた。もちろん、同時にではないが。全員合わせると十人。レインのことだからお眼鏡にかなうのはファーンと思ったので、おれは彼女しか連れていかなかった。おれが抱えているほかの女の子たちは、レインが関心を示している面でだれも彼女にかなわない。実際、ルックスでファーンと勝負できる女は、古今東西そうはいない」

「彼女のモラルについて言えば」とマロイは言葉をさしはさんだ。「九ヵ月間、男といっしょに住んでいた」

「そのことはなんとも思っちゃいない」オヘアは言った。「彼女はほんのネンネで、そそのかされたんだ。要領よく立ち回ることを知らなかった。本当なんだ、公園でそうされたように、力ずくでないかぎりだれもあの子に手をかけることはできない。彼女は——」

「ほかのエージェントの名前を知ってるか」

「知ってるか？　いくつかはな。なにが知りたいのかわかったぞ。彼女も知っていたかどうかだろ？」

「ウォルター・ミーカーがそのなかのひとりなのか知りたい」

オヘアは思わずくつくつ笑い、煙草を振り動かした。「ほう、なかなか抜け目ないご仁だ。そのことを話そうとしていた矢先に、先を越された。たしかに、やつもそこにいた。いいかな、その紳士のことは知らないし、かりにもお世辞を言うことがあったとしたら、いまのくらいだ。おれたちが終えたとき、やつはどこかの娘っこと外で待っていた。彼とほかにふたりのエージェントがいた。おれはやつを知らなかったが、ファーンが知っていることはわかった。やつは立ち上がり、彼女が妹かなにかのようににたにた笑いかけたんだが、なんとファーンは冷たくあしらった。やつが壁から抜け出してでもきたかのように、眼中にないような見つめ方をした。まあな、にたにた笑いはたちまち消え失せた。過去のことは過去のことにしてもらえると思ったようだが、ファーンはそういう女じゃなかった。彼にはもう用はなかったんだ。ふたりのあいだになにがあったのか当然おれは知らなかったが、廊下で彼女をつかまえて、友人かと訊いてみた。彼女は石のように冷たい顔をして、まっすぐ前を見つめ、いいえと言っただけだった。ほんとにそんなところでね。ま、ミーカーという男を知らないのでそれが本当にミーカーだったのかいまでもわからないが、ミーカーはエージェントのひとりの名前で、ファーンを知ってるように振る舞ったのは彼だけなので、二と二を足して答えを出したというわけだ」

マロイはオヘアに一時間つきあい、話はなかなか終わりそうになかった。が、ようやく終わってバスに乗り込み、いざ手帳に書こうとしたとき、書き留めておくべき重要な事柄はほとんどないことに唖然とした。ミーカーは最近ファーンに会っていないと断言したが、嘘だった。そして彼女がグリーン・ルームの仕事を得たことを知っていたにちがいない。それが重要な事柄だった。それとファーンの歌と演技の教師の名前を聞き出し、オヘアのところには七ヵ月前、一九五二年十月に来たことを知った。

歌の教師からはなにも得られなかった。ファーンが無料レッスンを断った相手、ミスタ・パーリャロは生徒に個人的な関心を寄せることなどないと強く否定し、無料レッスンの申し出は彼女の才能を見込んでのことと言い張った。が、彼が嘘をついているのかどうかはたいした問題ではなかった。というのも、彼は黒い山羊ひげを生やし、大げさな身振りで話す太った小男だった。マロイがどんなに想像を働かせても、アーノルド・クラコリアンに十ドル渡して追っ払い、ファーンを自分に託させたとは思えなかった。ほかの教師たちもその見地から同様に考えられそうもなかったが、マロイは職務に忠実に全員に念入りに訊いた。

それがすむと、ファーンが働いていたレストランで半日過ごした。マネージャーの話によると、ファーンはグリーン・ルームの仕事で無期限の休暇をとった。通常そうした行為は許されなかったが、ファーンは客に人気があり、彼も気に入っていて、彼女のキャリアの邪魔はしたくなかったということだった。彼はかぶりを振りながら話し、そして言った。「わからない。本当にわからないんだ。グリーン・ルームで歌って得るのが五十ドル。ここではもっと稼げる。ざっと七十五ドル」

ウェイトレスが順番に訊かれたが、ファーンの私生活、期待と野心、願望、そして必要としているものについてなにも知らなかった。彼女たちに言えるのは、彼女はおとなしかったが受けがよく、客はほかのだれよりも彼女にチップを弾み、そして男性客の大半はデートに誘ったということだけだった。ファーンは男たちをジョークであしらったが、大目に見るのはそこまでだった。

ダン・マロイは火曜日の晩ピッツフィールドに戻り、八時半に署に帰ったことを記録した。そこでダナハーが報告を待っていることを聞き、キャスリーンとカレンが待つわが家にバスで帰ってコルビー公園の殺人鬼を何時間か忘れるのをあきらめ、ウェラン通りに出て、ダナハーが住む通りに向かった。

ダナハーはワイシャツ一枚に真っ赤なサスペンダーという恰好でキッチンから出てきて、ドアをあけた。「仕事をおっぽり出してしまったと思ったがな。そろそろやって来ていいころだった。なにをした、観光か？」

「そんな気分ですよ。バスではなく徒歩で」

「ちまちまと足で稼ぐ仕事が面倒くさいのか、なあ？」ダナハーは先立ってキッチンに進んだ。「六フィート二インチに百九十ポンドの男には、アホらしくてやってられないんだな」ボローニャーソーセージ、クラッカー、チーズ、そしてミルクが載るテーブルについた。「たるんでるぞ、マロイ」

「それを言うなら、あなたもでしょう」

「おれのどこがたるんでるんだ。おれがどうして警部になったと思う？　泣き言を並べてか。しっかり足で稼いだんだ、マロイ。足で調べ回って、図体がおれの倍もあるやつらを徹底的にやっつけた。半分の時間で倍もの人間に話を聞き、しかも課では一番のちびだった。泣き言はやめて、わかったことを話してくれ」食べ物をマロイのほうへ押しやった。「クラッカーを食え」

マロイは遠慮なくクラッカーをとり、口のなかをいっぱいにする合間に結果を報告し、最後はこうしめくくった。「土曜日はピッツフィールドにいて、妻を映画に連れていったほうがまだよかったかもしれません」

「やっぱり行ってよかったんだ。そのことを忘れるな」ダナハーは言った。「この仕事では人に話を聞き、足で調べ回ることは決して無駄にならない。おまえさんがそれからほとんどなにも学ばなくても、おれはかまわない。学ばないことも学ぶこととほとんど同じくらい大切なんだ」

「警察学校で教えられたこととは違います」

ダナハーはテーブルに両手を置いた。「マロイ、まだ子供だな。それがおまえさんの困ったところだ。感情を入れ込みすぎる。刑事の仕事に感情を入れる余地などない。きついこと言うと思ってるんだろ？　おれのことを考えろ。捜査が進展していないんで、スポルディングがけさ文句を言ってきた。コルトナーのおばさんも同じ理由できょうの午後せっついてきた。ま、いいさ、彼らと話し、ののしり、言い抜ける。それが、おまえさんが学ばなきゃならないことだ。眼鏡をかけ、顔に傷痕のある小太りの男を見つけたら、電話しているはずだ。電話がなかったとなると、おまえさんは片足を墓に突っ込んでいるんだ。感情をもちこむな。自分の仕事をし、ひとつのヤマが片づいたら、それは忘れろ」

「お言葉ですが、このことは忘れないと思います、警部。その娘、ミルドレッド・ハリスについて探り出したことはすべて、泥沼に引きずり込まれて、小突き回され、あげくに殺された心やさしい娘だったことを教えています。彼女は安っぽい娼婦ではありませんでした。人並みに人間味ある子で、そんな仕打ちを受けるいわれなどまったくなかったんですよ」

「どんな仕打ちだ？」ダナハーはどなった。「彼女がどんな娘だったか、警察にはなんの意味もないことだ。彼女が安っぽい売春婦だったとしても、おまえさんの言う人並みに人間味ある子の場合とまったく同じように犯人捜しに全力をあげる。彼女がどんな女だろうと、おれたちには関係ない」

「ぼくには関係あります」

「ぼくには関係あります、だと?」ダナハーはナイフをテーブルに置いた。「大人になれよ、マロイ。そんなに感情を入れ込むのはやめるんだ。自分がなにをしているのかわかってるのか。こんどの事件に個人的に関わりかけている。おまえさんに起こりうる最悪の事態だ。うちに帰れ。しっかり眠れ。きっとあしたにはいくらか利口になっている。なってなかったら、おまえさんをこの事件からはずす。個人的に関わってしまったら、手際よく客観的になれないし、事実を見ることもできない」

マロイは言った。「個人的に関わることはありませんし、捜査からはずされたくありません。この事件を解決したいんです。ぼくが頭を復元し、そのために進んで時間外の労働をしたんですから、解決したいんですよ」

「おまえさんは個人的に関わっている、マロイ。それは頭を復元したからではない。うちに帰って、おれをこれ以上てこずらせるな。スポルディングは市長だからおれを苦しめてもいい。コルトナーは女の母親だからそうしてもいい。が、どこかの最低デカにいらいらさせられてたまるか」

20

五月二十七日、水曜日

翌朝、署に出てきたとき、マロイは別人になっていた。気分一新し、機敏でやる気満々になって、すぐさまダナハーのオフィスに行った。が、しかし、警部のほうは前日のままで、目の前に広げた報告書から顔を上げ、うなるように言った。「なんの用だ?」

「警部、ゆうべ帰宅して、あることについて考えました」

「またひとつ推理か」

「違います、これは事実だと思います」デスクに歩み寄ったマロイは、両手をついてかがみ込んだ。「聞いてください、警部。あなたはコルトナー一家が住んでいる方角から通ってますよね?」

「ああ。それほど遠くからではない」

「エルム通りは東への一方通行ですよね?」

「どうかな。どっちが東だ?」

「あっちです」マロイは窓から手で示した。

「ああ」

「で、キングは西への一方通行」

「かりにファースト・ナショナル銀行に出向くとします。どうやって行きますか」

「そうだ」

「車で行く」

「バスで行くとします。どのバスに乗ります？」

「どのバスでもいい。どれもダウンタウンに向かう。そもそもファースト・ナショナル銀行に用はない。もっと気のきいたことが訊けないなら、質問はやめろ」

「わかりました」とマロイは言った。「質問はやめます。話を聞いてもらいます。もしバスで行くなら、銀行はエルム通りにあって、それは反対方向の一方通行なので、正面で降りることはできません。バスは緑地で曲がってキングに入り、あなたはサギノーの角で降り、エルムまで歩き、そこで到着」

「そこで到着。さっぱりわからん」

「そこまで行くには、グリーン・ルームの前を通らなければなりません」

「それで？」

「それで、ぼくが復元した頭でどうして身元が判明したかじっくり考えたことはありませんか——それとも完璧に似ていたとお考えですか」

「ばか言え。おまえさんの作った頭は殺された女より、おれんとこのティリー叔母さんに似ていた」

「なのに身元が判明しました。どうしてでしょう？」

「彼女の家族がおまえさんの下手な細工の下を見てとったからだ」

「ですが、それを認めたのは隣の若者です」

「いいさ、いっしょに大きくなったんだ。家族と同じように彼女がどんな顔をしてたか知っていただろう」

「ですがモデルはブロンドの髪で、彼らが最後に見たのは黒髪の彼女です。もしだれかが彼女だと気づくとしたら、それはグリーン・ルームにいた人物で、彼女に最近会っているはずです。彼らは会っていません」

「記憶などあやふやなものだ。幼なじみのほうがかえってよく憶えている」

「ですが、若者から写真を見せられたあとでも、母親はミルドレッドだと確信をもてませんでした。なぜ彼が？　彼女が髪を染めたことを知っていたんでなければ、どうしてミルドレッドと断言したりしたのか。彼女が町にいることを知っていたんでなければ？　彼は銀行で働いています。どのように出勤しているのかわかりませんが、もしバスで行くなら、毎日グリーン・ルームの前を通っています。店の前には歌手を宣伝する看板が出ています。彼女の写真がそこに出ていたんです。その写真を見たんだと思います」

ダナハーは顎をなでつけ、しぶしぶ言った。「ああ。かもしれんな」

「間違いないですよ、警部。ぼくが復元した頭は、ミルドレッドは黒髪でニューヨークに住んでいると思っている母親を納得させるには至りませんでした。彼女のことをもっとなにか知っていたんでなければ、カーンズを納得させることもできなかったはずです」

「もういい！　そんなに得意がるのはやめろ。やつが彼女の写真を見たとしてなんなんだ？　ずんぐりした男か。角縁眼鏡をかけてるか。十ドル札をばらまいてるか。そんなことはない！」

マロイの熱意は冷めなかった。「もちろんです。ですがカーンズの坊やがポスターを見たなら、クラブのなかに入って、本当にミルドレッドなのか確かめたでしょう。彼女と話したでしょう。ふたりのあいだに友情と呼べるものが残っていたなら、必ず彼女の最後の夜に会いにいってます。例の男があらわれた夜に。彼女が男と同席していたら、あるいは彼を知っているようだったなら、きっとカーンズはウェイターや皿洗いより彼に注意を払ってます」

ダナハーは無愛想に言った。「なんのためにそうべらべらしゃべってるんだ？　どうしてやつを引ったてにいかないんだ？　それでもデカか！」

にやりと笑い、ドアに向かいだしたマロイを、ダナハーは呼び止めた。「いいか、マロイ、ここに連れてくるんだ。事情聴取ではなく、尋問だ。やさしく手際よく扱う生ぬるいやつなんかじゃない。聞いたか」

21

水曜日、午前

　カーンズは亡霊のように青白い顔をして、身震いしながらやって来た。まるで生きたまま食われてしまうというようにダナハーを見て、一方ダナハーはいまにも食いつきそうだった。壁に押しつけられた椅子をひっつかんだ警部は、それを部屋の中央に手荒に置いた。「座れ！」と命じ、カーンズがそこに座るというより倒れこむと、デスクについた。「これは尋問だ。質問をするから、答えるんだ。おまえを有罪にしそうなことには答えなくてもいい――それは憲法で保障された権利だ――が、答えたことは証拠として、おまえに不利に使われることもある。わかったか」

　カーンズはさかんに唇を湿らせ、いまにも取り乱しそうだった。「ええと――その――ぼくがなにをしたと？」

「おれたちに嘘をついていたんじゃないかと思うんだが、すぐにはっきりする。車をもってるか」

　カーンズはごくりと唾をのみこんで、うなずいた。

ダナハーはカーンズをきっとにらみつけた。「車の種類は？」

「ええと——一九三六年型ポンティアク」

「勤務中はどこに止めておく？」

カーンズはほんのわずかにほっとしたようだった。「止めません。仕事にはバスで行きます。駐車場を見つけるのがたいへんなんです——料金が高すぎて」

「グリーン・ルームに入ったことがあるか」

「グリーン・ルーム？　いいえ」

「ミルドレッドを一度そこに連れていったと話したろ」

カーンズは目をしばたたき、口ごもった。「そうでした。忘れてました。一度そこに行きました」

「その一度だけ？」

「そうです」

ダナハーの顔が醜くゆがんだ。「だったらデートのとき、女をどこに連れていくんだ？」

カーンズはもじもじした。「めったにデートには出かけません」

「女はいない？　男——いくつなんだ？」

「二十四」

「二十四の男が？」

彼は首を横に振った。「男には必ず女がいなくてはいけないというわけではないですよね？」

「わかった。が、グリーン・ルームには入った」

「いいえ。入ってません」

「毎日ファーン・フルトンの写真の前を通りながら、幼なじみにあいさつしにいかなかったと言うのか」

「本当に入ってませんよ」泣き声になっていた。「彼女がそこにいることも知らなかったんです」

「彼女の写真が店の前に出ていた。それを見なかったとは言わせないぞ」

「ミルドレッドだとはわかりませんでした。彼女は――髪を染めていました」

「おまえは復元モデルの写真が彼女だとわかった。実物の半分も似てないのにだ」

カーンズはわなわなと身を震わせたが、なにも言わなかった。

「マロイ」ダナハーはどなった。「こいつをグリーン・ルームに引ったてていき、ウェイターたちに面通しさせろ。店にいたかどうか、それでわかる。いたとなったら、公務執行妨害でブタ箱に放り込む」

マロイはきびしい顔つきでやって来て、言った。「わかりました。カーンズ、立つんだ」

カーンズは腕をぐいと引き、打ちのめされたようだった。両手でさかんに顔をぬぐい、床を凝視した。声がくぐもり、嗚咽が漏れた。「彼女を見ました。会いました」

ダナハーは手を振ってマロイを下がらせ、しわがれ声で言った。「もっと前にどうしてそのことを話さなかったんだ?」

カーンズの顔は涙で濡れ、口元がわなないた。「不安でした。こわかったんです」

「なにがこわかったんだ？」

「わかりません」いまや声をたてて泣いていた。「彼女は殺されたんですよ。関わりになりたくなかったんです」

「なるほど、それが幼なじみを助けるやり方というわけか、はあ？　彼女になにか起きたとき、さっさと逃げて隠れる？　おまえは最低だ」

カーンズはそのことで言い訳をしようとした。「ママには話さないと約束させられたんです。ママは絶対に許さない。ママには知られたくない、と」

「わかった。泣きわめくのはやめろ。さあ、そのことを話すんだ。彼女の写真を見た。それでどうした？」

しばらく鼻をすすっていたカーンズは考えはじめた。「その——わからなかったんです。本当にミルドレッドなのかわかりませんでした。その夜そこに入りました」

「どの夜？」

「ええと。火曜日です。彼女がそこに出た最初の週の火曜日」

「どうなった？」

「やっぱり彼女でした。彼女を見て、すぐにわかりました。その、写真は似てなかったかもしれませんが、身のこなしとかは間違いなくミルドレッドでした。店に客はあまりいなくて、彼女の目をとらえようとしましたが、彼女はぼくのほうを見ませんでした。ぼくには女の子がいなくてダンスで時間をやり過ごすこともできず、そこで彼女がステージを下りると、楽屋に行ってみることにしました。が、ウェイターに止められました。楽屋には行けない、手紙を届けることしかできない、ということでした。そこでそれを届けてもらうと、彼女が出てきて、ぼくといっしょに座りました」

「彼女はおまえに会えて喜んだ？」

「もちろんです。ぼくたちは幼なじみです。ですが、いきなり、家の者には言わないでと頼んできました」

「どうして家の者に知られたくなかったんだ？」

カーンズはかぶりを振った。「わかりません。ぼくが思うに、家に連れ戻すかなにかしようとするからじゃないでしょうか」

「その先を聞かせてもらおうか。最後まで全部」

カーンズは目をぬぐった。「で、彼女がふたたび歌うまでいっしょに座り、なにをしているのか訊きました。歌う仕事を見つけ、女優としてやっていくのはとってもむずかしいということ以外、彼女はあまり話そうとしませんでした。もっぱらウェイトレスの仕事をしているとかで。彼女が会いにいった男、ミーカーのことを訊くと、彼はたいして力になってくれなかったとかで、こんどの仕事は別としてほかはほぼ全部、自分で見つけたと言ってました。そのことをもっと訊きましたが、彼女は黙り込んでしまったというか。自分が抱えている問題をすべて話すつもりはない、あなたはなにをしているか教えて、と言いました。家族はどうしてるか、弟たちは元気にしてるか、といったことを。

「仕事が終わったら彼女を外に連れ出したかったんですが、午前のリハーサルがあって少し眠っておかなければならないので行けないと言いました。でも、もっとおしゃべりをしたいからぜひまた来てね、と。車で送っていくと申し出ましたが、そうさせてくれませんでした。翌日ぼくが休みの金曜か土曜の夜ならいいかもしれない、と言って。彼女はちょっと笑ったようで、睡眠を充分とらなければ銀行でお金の勘定を間違えるわ、と言いました」

「おまえに対してどう振る舞った？　まだ愛してると？」

カーンズはぎょっとした顔をした。「そんなことありません。もともと愛してるとかいうんじゃないんです。兄と妹のようなものです。ぼくたちはいっしょに大きくなりました。実際、ボーイフレンドはいるのかと訊いたところ、いないと言いました。ウェイトレスをしながらときたまささやかな歌の仕事をして、必死に働かなければならないので、人とつきあう時間などない、と」

「いいだろ。彼女はまた来てねと言った。で、そうした？」

「はい、そうしました。毎晩行って、最初の週の金、土曜日は車で送っていきました」

「まっすぐ下宿に？」

「そうです。いや、正確にはそうではなく。つまりその、ちょっと街をひと回りしました。彼女が街をもう一度見たがったので。金曜の夜クローバー断崖に上がって、しばらく街の灯を見ていました。そのあとはまっすぐ下宿に」

「クローバー断崖だって？　街の灯を見ていただと。彼女に迫ったんだろ？」

カーンズは心からショックを受けているようだった。「絶対にそんなことしてません、警部。ぼくたちはきょうだいみたいなものでした」

「ああ、そうとも。クローバー断崖は知ってる。そこでなにが行われているかも。彼女に迫らなかったとは言わせないぞ」

カーンズはあまりに真剣で、胸が苦しくなるほどだった。「本当なんです、警部。ミルドレッドはそういった女の子ではありません。彼女に言い寄るんだったらとっくに自分の母親に言い寄ってます。かりにそうしたとしても、彼女は決してそれ以上はさせません。彼女にもぼくにも、そんなことは考えもつきませんでした」

「例のミーカーのやつに対しては考えついたようだな」

「なんとも言えません、警部。それに、ぼくは信じません。彼女はそんな女の子ではありませんでした」

「だろうよ」ダナハーは辛辣に言った。「わかった。金、土と彼女を送っていったんだな。彼女が殺された夜はどうして送っていかなかったんだ？」

「そのつもりでした。金曜日はバンドと仕事の打ち合わせがあっていっしょに帰れないけれど、土曜日はいっしょに帰れると言ったので、そうすることにしました。ところが土曜日の夜なにかが起きて、いっしょに帰れませんでした」

「ああ。正確になにが起きた？」

カーンズは身震いした。「すぐに、最初に歌った直後に、彼女はぼくのテーブルで足を止めました。時間が早く、店が込みはじめる前だったので、ぼくがどこにいるかわかったんです。パーティーがあるとかないとかで、ぼくといっしょに帰れるかはわからないと言いました。あとで知らせる、と。ところが、彼女は戻ってきませんでした。ぼくは待ちました。十二時ぐらいまで待って、それから楽屋に行ってみました。ウェイターに見られないように待ってから、ドアをノックすると、彼女はなかに入るよう言いました。鏡台に座って化粧直しをしていたミルドレッドは、ちょっと青白い顔をして、ぼくを見て中途半端に笑い、そしてぼくを座らせてから言いました。本当に申し訳ないけど、やっぱりいっしょに帰れなくなった、と。彼女はひどくナーバスになっていて、目が大きく見開かれていました。そのときはわかりませんでしたが、おびえていたんだと思います。パーティーなのと訊くと、彼女はぼくがなんのことを話しているのかわからないように、しばらくぽかんとしていました。心はずっと遠いところにあるかのように。そのうち、違うの、それにさえ出られないわ、と言いました。いっしょに座っていた男は大物プロデューサーで、ある仕事を勧められ、ここが終わったらすぐに彼といっしょにニューヨークに戻る、と」

「彼女が同席していた男というのは？」

カーンズは話した。「彼女は大勢の客と同席しました、警部。ですが、彼女が歌っていたときに起きたことのため、その男のことはとくに憶えています。丸二週間、一度も音をはずしたことのなかったミルドレッドが、そのとき突然——十一時ごろだったと思います——歌うのをやめたんです。やめて、見つめました。およそ——そう、何時間にも思えるくらい。そんなに長く感じたのは、歌詞を忘れてしまったんじゃないかと心配したからです。やがてふたたび何事もなかったように歌いだしました。ですが、彼女が見つめていた先を見ると、そこにテーブルにひとりで座っている男がいました。演奏台のすぐ脇で、いずれは彼を見なければならなかったんです。彼は、どちらかというと、背の低い黒髪の男で、頭のてっぺんは薄くなりかけ、黒の角縁眼鏡をかけていました。彼を見て歌を途中でやめたのか確かなことはわかりませんが、彼は、まあ、その、勝ち誇ったようににやにや笑っていました。その顔が好きになれませんでした。いかにも感じが悪く、彼女があんなやつを知ってるはずはないと思いました。ですが、そのあと彼をちょっと観察していると、彼女が歌い終えるや彼はウェイターにメモを託し、二、三分後に彼女が出てきて、彼のテーブルに座りました。なにを話しているのかは、もちろん、聞こえませんでしたが、彼はずっとにやにや笑っていて、そして彼女も笑みを浮かべようとしていましたが、とてもハッピーには見えませんでした。たえずうなずいていて、二回ほど腹を立て、一度は泣きそうな顔をしていました。そのうち彼女は席を立たなければならなくなり、二度と同席せず、彼を見ることもしませんでしたが、彼のほうは彼女を見ていて、じつに感じの悪い顔をしていました」

ダナハーは訊いた。「舞台裏に行ったとき、彼女はやつの名前を教えたか」

カーンズは首を横に振った。「教えてもらっていませんが、ぼくは知ってます」

「なんという？」

「フランク・シャピロ」

「フランク・シャピロ？　どうやって探り出した？」

「彼が送った名刺が鏡台に置かれ、彼女が仕事のことを話し、すぐにニューヨークに戻らなければならないと言っているときに、ぼくはそれを手にとって、名前を読み、この男なのかと訊くと、彼女はそうだと言いました」

ダナハーはデスクから大きく身を乗り出し、いまにもカーンズを丸ごと食ってしまいそうだった。「始めっから殺人犯の名前を知っていて、話さなかったというのか」

カーンズは顔を真っ青にして、ぶるぶる震えながら縮こまった。「話すつもりでした」と小声で話した。「ミルドレッドに会ったことを出さずにそれを話すことはできず、そしてミルドレッドはなにも言わないようぼくに約束させました。ですが、ぼくは話すつもりだったんです、本当に。あなた方が探り出すと思ったんですが、もし探り出さなかったら話すつもりでした」

ダナハーはその場の空気を凍らせる激しい呪いの言葉を立てつづけに発し、マロイはカーンズのようにおびえきっている人間をこれまで見たことがなかった。カーンズは死人のように青ざめ、歯をかたかた鳴らしながら激しくわなないていた。

「それが」とダナハーは不意にマロイにくるっと向いて、声を張り上げた。「世間というやつだ！　シャピロみたいな連中が人を殺してまんまと逃げおおすのも、だからなんだ。鼻をすってべそをかいているアホ野郎を見ろ」ふたたびくるっと向き直った。「おい、シャピロはどこに住んでた、最低のくず野郎？」

カーンズは座って震えていることしかできず、かろうじて否定のしるしに頭をかすかに振った。

「どういうことなんだ、知らないとは？」ダナハーはどなった。「名刺に住所はなかったのか」

カーンズはしきりに唇に湿りをくれた。「は——はい。名前だけ」

「やつをつまみ出せ」ダナハーはどなった。「おれが殺さないうちにここからつまみ出せ！」

22

五月二十八日、木曜日

フランク・シャピロの名前が翌日の新聞に躍った。それは〝ピッツフィールド市長、コルビー公園の殺人鬼の名前を明かす〟の見出しのもと、大活字で目立つように組まれていた。『クーリエ』でそれを見たダナハーが署に着いて真っ先にしたのは、スポルディングを電話口に呼び出すことだった。

「われわれがその情報を明かしたがってるといったいだれがあなたに話したというんです？」とダナハーは声を張り上げた。

スポルディングは平然としていた。たんに上司風を吹かせたにすぎなかった。「わたしの責任でそうしたまでだ。それが市民に対するわたしの責任だ」

「名前を出すことはあなたの責任ではない。われわれの手の内をさらけ出すとは、これほど愚かでばかげた行為は考えつきませんよ。これでやつは自分の身が安全でないことを知ったわけです」

「ばかなこと言うな」スポルディングはどなりつけた。「記事にもあるように、どのフランク・シャピロかはわからないんだ。この国にはおそらく五万人のフランク・シャピロがいる。名前が出たからって、びくついたりするものか」スポルディングの声はいくらかなだめ声になっていた。「実際のところ、ダナハー、名前を公表したのはこれ以上ない最善の策なんだ。いまや市民が捜査に加わっている。彼らが知っているフランク・シャピロの情報を電話で伝えてくる」

「あきれましたよ。なにも知らないんじゃないですか」

それを聞いて、スポルディングの声が険しくなった。「わたしの判断に疑問をもってるなら、ダナハー、人々の目にはわたしの責任のほうがきみのよりずっと重いってことを忘れないほうがいい。彼らが代弁者として選んだのはわたしなのだ」

「ですね、州で最少の、九百票の得票差で。こうなったら警察のことに口を出さないでもらうか、でなければわたしが辞めるかです」

「いつでも喜んで辞表を受け取る」スポルディングは口先なめらかに言った。「ゴードンはきみの能力を買いかぶっているようだが、わたしは違うぞ」

そこで電話を切ったダナハーは、そのあと午前中いっぱいオフィスでうなりながら歩き回っていた。いくらか気分をよくしたものがあったとすれば、五万人のフランク・シャピロに関する情報を提供しようと国じゅうの熱心な市民からかかってくる電話がひとつもなかったことだった。

その日の午後、ミセス・コルトナーが再々度やって来て、ダナハーをいっそう不機嫌にさせた。しかし彼は会うのを拒まなかった。そうしようとしても無駄なことをすでに学んでいたのだ。ただもう少しうなってから、なにもわからないとだけ言った。

それにもかかわらず、ミセス・コルトナーは三十分も粘り、このさきの見通しだけでなく、〝なにもわからない〟の内容を根掘り葉掘り警部から聞き出した。「あなた方は合衆国で走っているクリーム色のコンバーティブルを全部調べたわけではありませんし、フランク・シャピロについても同じです」ドアのない壁にぶちあたっているとあくまで言い張るダナハーに対して、彼女は落ち着き払って言った。「たぶん彼はコネチカットやニューヨークから来たんじゃないんでしょう」

「もし娘さんが彼を知ってたなら、周辺のどこかから来たはずです。彼女はニューヨークに住んでいました」

「捜査範囲を広げるべきだと思います」ミセス・コルトナーはこともなげに言った。

ダナハーは意地悪く説明した。それは動員可能な人員の問題であり、合衆国の全警官にいま取り組んでいる仕事を中断してコルビー公園殺人事件の解決に協力するよう要請することはできない、と。

「捜査範囲を広げてみるつもりですが、時間がかかります。手がかりがなにひとつつかめません。ミルドレッドの背景について探り出してきましたが、そこにフランク・シャピロの影も形もありません」

「そうですね」彼女は応じた。「でも、まだ埋まっていない三年間の空白があります。そこで彼が見つかるかもしれません」

「かもしれませんが、消えた足跡をたどるのは容易ではありません。彼女がどこに行ったかミーカーは知りませんし、ふたたび足跡が見つかったとき、ミンディー・オヘアやその周辺の人々は彼女がどこから来たのか知りませんでした」

「どうして広告を出さないんです？　どうして新聞で人々に情報提供を求めないんですか」

「それはまったくの無駄です」ダナハーはうなり声で言った。「世間の人たちは関わりになるのを恐れています。しっかりと押さえつけてしゃべらせるようにするしかありません。進んではなにも話しません」

「だったら、そうしてください」

ようやくミセス・コルトナーを追い払うと、ダナハーはやけになってマロイをオフィスに呼んだ。煙草を吸いながらメモ帳に絞首台の小さな絵をいくつも描き、このときばかりはかみつくような物言いではなくなっていた。

「マロイ、こんどの事件で捜査を行き詰まらせているひとつの要因は、ミーカーを離れたときからおまえさんが行ったうらぶれた下宿屋にたどり着くまでのあいだ、彼女がなにをしていたかわからないことだ。もしシャピロがこの件に関わっているなら、彼とはその期間に会ったにちがいない」

「つまり、彼女はニューヨークから出たかもしれないと？」

「間違いない。きっとフロリダかどこかに。ニューヨークは徹底的に調べ、コンバーティブルもシャピロも出てこなかった。彼女はどこかに行った。どこなのか知りたい。それがおまえさんの仕事だ。探り出せ」

マロイは片方の眉を上げた。「そういうことなら、ガルシアに回してください」かすかににやりと笑った。「警部はぼくにずいぶん信頼を置いてるようですね」

「信頼だと、ふざけるな。どうやって調べを進めていくか手順を書いてやる」

「手順はわかってます。ニューヨークの金持ち全員にあたって、ミーカーという男から逃げてきた染めたブロンドの女を援助したことがあるか訊きます」

「事実だ」ダナハーは疲れた顔で言った。「事実を見ろと何度も話さなきゃいけないのか。彼女がミーカーを捨てて金持ちの男に乗り換えたというやつの話をまだ信じてるのか」もう一本煙草に火をつけ、ふたたび鉛筆をとった。「彼女はなにをしているとカーンズに話したか、彼が言ったことを憶えてるか」

「ウェイトレス」マロイは肩をすくめた。「どこかの金持ちに援助してもらってるなどと話しますかね?」

「本当にどこかの金持ちをつかんだなら」とダナハーは言い返した。「へそくりをしっかりため込むまで男を放さない。彼女が住んでいたところを見たんだろ。リビエラやそういった場所で三年間のらくらしていたなら、そこには住んでいなかったはずだ。間違いない。おれの見たところ、彼女はウェイトレスだった」

「で、レストランを調べ回って、彼女がどこに行ったか探り出す」

「そうだ。脚が鍛えられるぞ」

マロイは言った。「ニューヨークに何軒のレストランがあるか想像がつきますか。脚を鍛えるより、だめにしてしまいます。そして調べ終えたときには、犯人は老衰で死んでます」

「頭を使えば大丈夫なんだ、マロイ。わかるだろ、事実についておれがなんと教えた？　いいか、それを見るんだ」ダナハーは親指でデスクを打ちつけた。「事実その一。ミルドレッドは女優になりたがっていた」親指の脇で人差し指を打ちつけた。「事実その二――」

「事実その一は伝聞です」マロイは言った。「あくまでカーンズがそう言っているだけです。ミーカーは、女優になりたがってはいなかったと言ってます」

「ミーカーは嘘をついている。週給七十五ドルの仕事をやめて、五十ドルでグリーン・ルームで歌ったんじゃなかったか。それもその道に進みだしてから五年後だ。彼女がなおも女優になりたがっていたことはひとつの事実だ。ミーカーと同棲した最初の一週間なぜ泣いていたのか。協力しなければ力を貸すことはできないと言われたからだ。なぜそのままいつづけたのか。力添えをしてほしかったからだ。なぜミセス・クエールは、彼女がやつと言い争い、やつが頼み込んでいるのを聞いたか。なぜミルドレッドはやつを捨てたか。力になってくれなかったからだ。

「オーケイ。事実その二。彼女はウェイトレスをしていた。事実その三。もし無一文でミーカーのような男と別れたら――無一文ではなかったなどと考えるな――チャンスが訪れるのを待ちながらどんな仕事をする？　ウェイトレスだろ」

マロイはうなずいた。「わかりました、警部。それでもニューヨークにはごまんとレストランがあります」

「頭を使ってないぞ、マロイ。女優志願の娘がウェイトレスの仕事を探すとしたら、どのあたりに行く？　劇場地区だ。俳優、舞台監督、劇場関係者が食べる場所を見つけようとする。そこが、おまえさんがあたってみる場所だ」

マロイは立ち上がった。「報告はどのくらいの頻度で入れますか」

「毎晩だ。コレクトコールでうちに電話してくれ」

「もし女性が出たら切りましょうか」

そう訊いたマロイを、ダナハーは冷たくにらみ返した。

23

五月二十九日、金曜日―三十日、土曜日

マロイにとって、それは毎度おなじみのことだった。ブロードウェイ周辺を五〇丁目から四〇丁目にかけて進んでいき、捜査範囲が広がるにつれて、手帳に描いた周辺図も拡大していった。ただ疲れるだけの、張り合いのない聞き込み捜査だった。それは刑事が感情も感動もなしで心を停止状態にしてこなしていくたぐいの仕事だった。

ファーンはまだ高校生だったときに、すでにピッツフィールドで社会保障番号を取得していたので、それを通して彼女をたどることはできなかった。組合にはグリーン・ルームの仕事を得たときに加入したばかりなので、それさえもまったく役に立たなかった。彼女の足跡を逆にたどる早道などはひとつもなく、劇場地区とその周辺のレストラン、バー、飲食店を片っ端から地道に訊いて回るしかなかった。

しかしマロイの頭は停止状態ではなかった。コルビー公園の惨殺は彼の事件だった。当然ダナハーはそう言わなかったし、〝どこかの最低のデカ〟がそれほどの大事件をとりしきるつもりはなかったが、それでもやはりマロイの事件だった。蠟細工で頭を復元したのはマロイであ

り、足で調べ回っているのも彼ひとりだった。ダナハーにはほかにも任務があった。刑事課のほかの刑事たちもほかにすることがあった。何人かは義父とハーマン・レインとアーノルド・クラコリアン——ダナハーは徹底しているのでピンキーとディッパーさえ——の背景を探っていたが、全幅の信頼を受けているのはマロイだった。そこでいつも以上に慎重に質問した。そして眉を寄せ、ためらい、ノーと言うそれぞれの顔の表情にいつも以上に注意を払った。彼にとってミルドレッド・ハリスは一四四九五号事件被害者ではなく、美貌ゆえに苦労しそのために殺された、心やさしい娘だった。

金曜と土曜で七十五軒のレストランに入り、四百人以上の人たちと話をしたが、大半は新聞に出たファーンの名前さえ憶えてなく、まして彼女を直接知るはずもなかった。そして午後四時、七十六軒目の、六番街に近い四四丁目にあるダッチェスという店に入った。なかはひんやりしていた。照明は落とされ、居心地のよい静かな雰囲気だった。鮮やかな黄色と白の制服姿のウェイトレスが静かに行き来する一方で、まばらに座る客はカクテルに口をつけ、声を落としてしゃべっていた。

マロイは壁際のクッションつき座席に腰を下ろすと、ひと休みすることにして、オールドファッションドを注文した。テーブルの下で脚をのばすと、気持ちがよかった。いくらダナハーでも勤務中の一杯に文句はつけられない。

ウェイトレスは冷たい感じで、ファーンと同じ色合いの、染めたばかりのブロンドだった。眉は描いていたが、マスカラとおしろいは顔の輪郭を和らげるよりむしろきつい顔にしていた。

彼女はオールドファッションドを慎重に彼の前に置いた。そして離れかけるウェイトレスに、マロイは月並みな質問を切り出した。「ここでどのくらい働いてるの？」

予想どおり彼女は値踏みするような視線を投げかけてきた。店と女によって反応はまちまちだが、大きく三つに分類される。丁重に答えるか、〝それがどうしたっていうの〟という態度か、お友達になりましょうと打ち解けた反応を示すか。しばらく沈黙したが、このウェイトレスは第一分類だった。六年です、と熱意もなく言い、そしてふたたび離れかけた。

「ひょっとしてファーン・フルトンを知ってる？」

彼女はその場で長いこと足を止めたままだったが、そのうちゆっくりと向き直った。「なんと言ったの？」

マロイはもっていた写真に手をのばした。「ファーン・フルトン。驚いたな、彼女を知ってた？」

「どうして？　どういうことで知りたいの？」

「新聞を読む？」

「ときどき」

マロイは上着の内側に留めつけた警察バッジを見せた。「ファーン・フルトンは殺された」

「まさか。あのファーン・フルトンが？」

マロイはカクテルのことを忘れた。立ち上がって、写真を見せた。「これがファーン・フルトン。彼女を知ってる？」

「ええ。ここで働いてました」

「いつ？」

「いつと訊かれても、憶えてません。何年か前」

「どこに住んでたかわかるかな？」

「わかりませんけど、同僚の女の子といっしょに部屋を借りてました。彼女ももういませんけど。ずっと前に、ファーンがやめて少ししてから、やめました」

「ファーンはどうしてやめたんだろ？」

ウェイトレスは首を横に振った。「彼女をよくは知らなかったし、彼女のほうもあまりしゃべらなかったので。ミリーを呼んできます。彼女なら知ってるかもしれません」

また別のウェイトレス、ミリーが沈痛な面持ちでやって来た。「はい、そのことは新聞で読みました。かわいそうなファーン」ファーンはそこで一年半働いてから、また別の仕事をするためにやめたが、どこに行ったか彼女は知らなかった。「アイリーン・トーマスがファーンのルームメイトだったので、彼女なら知ってるでしょうけど、彼女が現在どこにいるかわかりません」

「ふたりがどこに住んでいたかわかるかな？」

ミリーはかぶりを振った。

「支配人が記録をとってるのでは？」

「さあ、どうでしょうか。新しくなってますから」

「前の支配人はどうなった？」

「ミスタ・カールソン？　彼は五二丁目のビーバー・ハウスで支配人をしています」

マロイは電話でミスタ・カールソンに確かめてみたが、彼の記憶はあいまいだった。

「聞いてはいたんですが、なにぶん昔のことで、憶えていません。西七〇丁目あたりだったと思います」

「アイリーン・トーマスと部屋を借りていました」とマロイは言った。「それで思い出せませんか」

「あいにくと。彼女もやめました」

「彼女たちのどちらかがどこに行ったかわかりますか」

「ファーンはまたウェイトレスの仕事で、街から出たんだと思います。アイリーンは、たしか、ショーの仕事を手に入れたはずです。演目はわかりませんが」

マロイはふたたびウェイトレスのところに戻り、もう少し訊いた。「ファーンが街を出たなら、アイリーンは新しいルームメイトを迎えたはずだが？」

「ええ」ミリーは言った。「サリー・フッカーです。彼女はすぐにアイリーンのところに引っ越しました」

「いまどこにいるかわかるかな？」

「わかりません。この前の冬にやめて、結婚かなにかしました。ミスタ・エイバリーが教えてくれるかもしれません。彼が支配人です」

マロイはエイバリーのオフィスに行った。そこはメインダイニングルームの奥の廊下からはずれた部屋で、家具調度がよく整えられていた。彼は三十代初めの若い男で、一年半ダッチェスの支配人をしていた。

「サリー・フッカー?」バッジを見せて訊くマロイに、エイバリーは言った。「書類をとってあるので、たぶんわかるでしょう」立ち上がり、彼の後ろ、中庭を見下ろす窓のそばのキャビネットの引き出しをあけた。「フッカー、フッカー」一枚のカードを抜き取った。「最後の住所はグリニッチビレッジになっていますが、結婚したので、いまどこにいるかはわかりません」

「ビレッジの前の住所、西七〇丁目あたりのはあるのかな?」

「消したのがあります。西七一丁目。これですか」エイバリーはカードを手渡した。

「これです、捜していたのは」そう言ってマロイは、その住所を書き留めた。「だれといっしょに部屋を借りていたかわかりますか」

「さあ」

「わかりました、ありがとう」マロイは期待に胸をふくらませて、出ていった。

その住所はエレベーターのない褐色砂岩の建物で、花崗岩の階段で高い正面ポーチに上がる。ダン・マロイは六つほどの似たような建物からそれを選び、〈管理人室〉と記されたドアの内側のベルを鳴らした。だれも出てこないので、開いている正面ドアを通り抜け、階段と平行の廊下の端にある赤いドアをたたいた。赤ん坊を抱いた女が応え、肩をすくめた。「管理人?どこにいるかわからないわ。この並びの建物のどこかでしょ。全部、彼がもってるの」

「ひょっとしてここに住んでいたファーン・フルトンという娘を知ってるかな？　あるいはアイリーン・トーマスを？」

女は空いているほうの手で乱れた髪を直し、しばらく考えた。「トーマスとフルトン。以前、郵便受けにその名前があったわね。たしかに。ここに住んでいたわ」

「どの部屋に？」

「知るもんですか。上で訊いてみたら。だれかが知ってるかも」

二階では収穫がなかったが、三階の若い男が答えた。「あそこだよ」と階段のそばのドアを示しながら言った。「ずっと昔のことだったけどね」

「ふたりを知ってた？」

「あいさつをする程度だったけどね、妻もぼくも。一度どちらかの荷物を下におろすのを手伝った。フルトンの」

「彼女がどこに越したかわかるかな？」

「さあ、どこかな。まったくわからない」

「いまそこにだれかが住んでる？」

男は声をあげて笑った。「この家賃クラスで空きがあると思うかい？　住んでるとも。女の子ふたりが」

マロイはつぎにそのふたりにあたった。土曜日で助かったのは、全員が在宅していることだった。ブルネットの女がガムをかみながらドアをあけ、頭のてっぺんから爪先までマロイをじろじろ見てから言った。「ハーイ、なにか御用?」

「以前ここに住んでいた人物の身になにがあったか探り出そうとしてるんだが」

「冗談でしょ? わたしが知ってるとでも?」

「もしかしたらと期待したんだが」

「そうなの。あいにくだったわね。だれなの?」

「フルトンという娘なんだが。ファーン・フルトン」

「思い当たることはないわね」彼女は体を回して、言った。「ねっ、ハリエット。ここにいる男の人がファーン・フルトンって人を捜してるの。彼女は前にここに住んでいたんだってよ」

また別の女がどこからか出てきて、もう一方の脇からプラチナブロンドの頭を突き出した。

「ファーン・フルトン? 聞いたことないわね」

「アイリーン・トーマスまたはサリー・フッカーの名前を聞いたことは?」

「ないわね。ここに住んでたの?」

「前にね」

「以前ここに住んでいた人たちのことはなにもわからないわ。わたしたちが入るときは空き部屋だったの」

「アイリーン・トーマスね」とブルネットのほうが言った。「それが名前だったのかしら」

「なんの?」とマロイは訊いた。

「待ってよ。思い出そうとしてるんだから」彼女は唇とガムをかみ、そして言った。「一年ほど前だったと思うんだけど、どこかの女がある晩ここにやって来たわ。前にここに住んでいた人を捜してね。名前は憶えていないけど、トーマスだったかも」

「どんな感じだった？」

ブルネットはにっと笑った。「それがね、おにいさん、男ならしっかり憶えているんだけど。あなたみたいにカッコいい男なら、十年後もどんなだったか憶えているけど、女となるとね？そうねえ」

「ブロンド、それともブルネット？」

「憶えてない。ブロンド、かな」

「ともかく彼女を助けることはできなかった？」

「まあね。でも、あなたを助けることができればと思ってるのよ。昔の女のことは忘れなさいよ。どっちみち、いまではたぶん結婚してるわ」

「じつを言うと、彼女は死んでしまった。それでもありがとう」

マロイは階段を下りていき、そして彼女たちふたりは彼が見えなくなるまで、戸口に立って見ていた。

その晩八時に電話を入れたとき、線の向こうでダナハー警部はほとんど満足そうにはしゃいだ。「彼女をたどれそうだな？」少しも無愛想ではなかった。

「トーマスのほうはショーに出ていました」マロイは言った。「どのショーか突き止められるはずです。彼女を見つければ、ファーンのことを探り出せるでしょう」

「わかった。あしたは日曜。ショービジネスではなにもやってない。足を休めて、なんなら帰ってきてもいいぞ」とダナハーは言った。「が、課では休日返上だから、見直しの時間にあてるんだ」

24

六月一日、月曜日

月曜日、マロイはニューヨークに戻り、ショービジネスの角度から聞き込みをした。アイリーン・トーマスが六ヵ月上演されたミュージカルのコーラスガールとして出演していたことを知り、ほかの出演者を捜し出すためリストをもとに調べはじめた。このときばかりは最初に立ち寄った先で幸運にぶつかった。リハーサル・クラブでアイリーン・トーマスをよく知る娘を見つけた。実際、彼女は一九五一年十一月の結婚式で花嫁アイリーンに付き添った。アイリーンの本名はホワイトということで、彼女はチャールズ・ライトという銀行家の息子と結婚した。現在はパーク街のグレインズ・ハウスに住んでいる。マロイは足取りも軽く外に出た。

グレインズ・ハウスはグランドセントラル駅から北に六ブロックほど行った灰色火山岩のしゃれた建物で、角を回り込んだ正面玄関には白い文字で建物名を記した緑色の天幕が車道にのびていた。マロイは三時に絨毯を敷きつめた玄関に入っていき、葦のように痩せ細ったエレベーター係と最上階に上がった。エレベーターが停止すると彼は扉をあけ、一二Dです、と奥のほうを示しながら言った。

糊のきいた青いお仕着せを着たメイドがドアをあけ、ミセス・ライトは休んでいらっしゃいますと言った。「お名前をお聞かせください」

「名前はマロイ。マロイ刑事。ファーン・フルトン事件のことで」

「わかりました。お待ちいただけますか」

メイドはチェーンを掛けてドアをあけたまま離れていった。すぐにまた別の女があらわれた。背が高いブロンド女だった。舞台で長いこと動き方を訓練してきた者の、じつにさりげない優雅な身のこなしだった。

「ミセス・ライトですが」

マロイはバッジを見せ、自己紹介した。「ファーン・フルトン殺害事件を調べています。かつて彼女と部屋を借りていましたよね？」

女はうなずき、目をしばたたいた。チェーンをはずし、マロイをなかに入れた。「彼女はわたしの一番の親友でした」とあっさり言った。「でも、長いこと会っていませんでした。お役に立てるかしら」

マロイは広々した居間を見回しながら横切っていき、彼女が示した明るい色のカバーをかけたカウチに進んだ。彼女が座るまで待ってから、腰を下ろした。「彼女がニューヨークにいた期間になにをしていたか、たどろうとしています。彼女を殺した犯人はその期間に知り合った人物とわれわれはみています」

「なんてこと」声は静かだが、表情はきびしかった。しばらく遠くを見る目をしていたが、そのうち不意に身を乗り出した。「一杯やりたいでしょ」そこで声を張り上げた。「マリー？」

マロイは断ろうとしたが、彼女はぜひと言ってきかなかった。「ひとりで飲むなんて」と言って、マリーにハイボールを指示した。マリーが離れていくと、ミセス・ライトはホルダーに煙草を差し込み、火をつけた。「おわかりでしょ」といきなり切り出した。「あなたが来てくださって喜んでます、ミスタ・マロイ。殺人のことを聞いて以来、彼女の過去のなにかが関係しているのではないかとずっと考えていました。彼女が好きでした、本当に。あんなに心のやさしい子はいませんよ。ニュージャージーで彼女の身に起きたことがずっと引っ掛かっています。新聞はどこもセックス殺人と呼んでいますけど、ニュージャージーのことが関係しているとどうしたって考えてしまいます」

「ニュージャージー？」マロイはつとめて声をぐらつかせないようにしていた。「ニュージャージーのことというと？」

「それが引っ掛かって」とミセス・ライトは言った。「本当はよくわからないんです。彼女は仕事先でわたしにも仕事をとってあげると言っていたのに、そのうちぱったりとその話をしなくなって。彼女をおびえさせることがなにかあったんでしょう」そこで小さく笑い、マロイをわけのわからない状態に取り残した。「最初から話したほうがよさそうですね」

「そういうことです」そう言ってマロイは、より事務的に構えなおした。マリーがハイボールをもってくると、しずくが垂れるグラスをトレイからとり、足のあいだの床に置いた。

ミセス・ライトはほほ笑み、そして話しはじめた。「わたしはよくいうところの〝その他大勢〟でした。夢破れた女優。少なくとも結婚するまではね。わたしの身の上話もファーンのと似たようなものでしょう。わたしたちはスポットライトを浴びると決め込み、ほかの大勢の者たちと同じように失意のうちに終わることを運命づけられて、ニューヨークに出てきました。わたしはたぶんファーンよりほんのちょっとツイていたんです。実際に一度はショーに出ましたからね。でも、もっぱら仕事を求めて歩き回る毎日でした。で、当然、食べていかなければならないので、なんらかの定職につくことに。わたしは劇場地区のレストランでウェイトレスの仕事を見つけました。そこならどこかのディレクターがわたしを見て、だれがやるかまだ決まっていない役にぴったりと思うかもしれないでしょ。実際のところ」と話の途中で煙草の灰をはたき落とした。「チップがあるので、それで楽に生活していけました。ウェイトレスで満足できればね。

「ファーンと会ったのはそこでです。あるとき彼女が仕事を求めてやってきました。寒い冬の日で、雪が降っていて、かわいそうなマッチ売りの少女みたいでした。身なりがみすぼらしいというのではなく、目にわびしげな表情が浮かんでいたという意味で。彼女は腕を回して守ってやりたくなるようなタイプでしたけど、外見にだまされてはいけません。純情そうなかわいい顔の下で芯はしっかりして、決して人に小突き回されたりしません。

「ウェイトレスは足りていたので仕事を得るチャンスがあったわけではないんですが、わたしは彼女を支配人のところにやりました。彼が雇わないはずはないと思って。ところが彼女はウエイトレスの仕事の基本中の基本であるナイフとフォークの違いもほとんど知らなかったんです。料理を出して下げるだけでいいと思っていたようです。支配人はわたしに、彼女を駅まで送って列車に乗せるよう言いました。彼女はいかにも頼りなげで絶望的ではないかと思いましたけど、なにしろ鋼の芯の強さでしょ、なにかをしようと思ったら必ずそうします。わたし以上にウェイトレスの仕事を望んでいたわけではありませんが、本気で取り組み、そしてすぐに憶えました。たしかに、客の扱いが上手でした。初日からそこで働くほかのだれよりもチップを稼ぎました。支配人にうまく取り入ったようで、彼は必要としていないのに彼女を雇いました。彼女には人の心を引きつけるなにかがあったのね。

「わたし自身引きつけられたのでわかるんです。彼女には寝るところがなかったので、落ち着き先が見つかるまでわたしのひどく小さな部屋に泊まらせ、いざ移れるようになったときには彼女がすっかり好きになり、ルームメイトとしていっしょに引っ越すことにして、七〇丁目界隈の二寝室のアパートメントを借りました。ファーンとはうまが合いました。彼女のほうがチップをもらっていることなど、どうでもよかったんです。

しばらくするとかなり親密になりましたけど、時間はかかりました。彼女は相手かまわず悩みをぶちまけるタイプではありません。彼女がどこから来たか、なにをしていたかわかったのは、いっしょに住むようになって三ヵ月ほど経ってからじゃないかしら。それを恥じていたかなら長いこと話したくなかったのね。新聞で読みました。あなたもすでに読んだでしょ。でなかったら、あなたとこうして話したりしません。それを読んだとき、頭に血がのぼってしまったわ」

ミセス・ライトは腹立たしげに煙草を押しつけて消し、ホルダーからはずした。

「例の男、ミーカーよ。彼女はようやく彼のことを話してくれました。彼の名前は一度も出しませんでしたけど。彼は高校の劇で彼女を見て、スターにしてやるといったおなじみの甘い話を聞かせ、そして彼女は若くて充分その気になっていたので、その話に乗ってしまったんです。それに世間知らずで、大ぼら吹きを信用してしまって。まったく、なんて世間知らずだったんでしょ！

「で、ある晩、一夜にしてスターになれると思い込んでニューヨークにやって来て、彼をいきなり訪ねたんです。右も左もわからずに、まさにミーカーの思うツボに。彼女のほうから少しもためらわずに転がり込んできたと言い張っているのを読みました。最低のくず！ 彼は彼女を犯したんです。それが彼のしたことよ。彼女はなんの計画も立てていなかったんです。お金もそんなにもってなかった。どこで寝るかもわからなかったんです。そこでミーカーは自分のベッドを提供し、ひと晩かふた晩はソファーで寝て、紳士のふりをしました。でもそうする一方で、スターになるのはどんなにたいへんか、どんな犠牲をも覚悟しなければならない、スターが必ず払うそうした犠牲のひとつが処女を失うことだとたえず彼女を惑わせていたんです。それをはっきりと口にしました。協力しなければ演劇界には一歩も近づけない、と。その考えに彼女は反感をもちましたけど、すでに半ば引っ掛けられていたんです。そこで、自分に協力すればもうだれとも協力しなくてもすむようにしてやると言われたとき、そうしなければならないものならさっさとしたほうがいいと考えたんです。これから男と出会うたびにそうするよりは、と。

「ミーカーにとっては結構なことでした。彼女は安上がりで、しかも料理ができる！　本当に料理が上手でした。あの子は故郷に留まっていて、どこかのすてきな男の子と結婚すべきだったんです。そのために生まれてきたんです。それなのに！　ミーカーは言葉巧みにたぶらかし、彼女を犯し、そのうえで彼女を舞台に立たせるまでのあいだ愛人兼家政婦にしていたんです。ミーカーのやり方では、その日はいつまで経ってもきませんよ。ミーカーは自分が絶大な力をもつ大物エージェントだと彼女に思わせ、その実像はといえば、自分自身を売り込もうとしていた最低の腰巾着でしかなかったんです。ひとつ彼が売り込もうとしなかったのはファーンです。歌とダンスと芝居の勉強をするように指示することもありませんでした。彼がしたことといえば、髪を染めて名前を変えさせただけ。

「想像がつくでしょうが、彼がうちと呼ぶところの安宿で日々を過ごしていて、自分がいかにだまされているかわかるはずありません。それがわかるまで時間がかかりました。いよいよがまんしきれなくなって考えはじめ、ついに意を決してそこから出て、周りを見て、自分でその世界に乗り込んでいくことにしたんです。四、五ヵ所にあたって、歌えるか、踊れるか、芝居はできるか訊かれたとき、高校の劇に出たとしか言えず、みんながおかしな顔をするので、そこで初めて気づいたんです。そしてウォルター・ミーカーという男に腹が立ってきました。自分自身にもひどく腹が立ってきたんです。

「ある夜ミーカーのささやかな愛の巣をぶちこわし、そうするためにいかにも彼女らしく朝まで待ちませんでした。ただひと言、もういやと言ったんです。そんなふうに思ってるならいますぐ出ていっていいんだぞ、と彼は言いました。彼女にそんなことができると思っていなかったので。まさか本当に出ていくとは。彼女にはお金がなく――本当に無一文だったんです――友達もなく、着ているもの以外はほとんど服もなかったので、彼女のほうから折れてくるとミーカーは考えたんです。

「でも、そんな子じゃなかったんです、ファーンは！　小さなスーツケースをまとめ、その年のもっとも寒い夜に夕食をすますや出ていき、地下鉄に乗るお金ももってなかったのでグランドセントラル駅を歩き回ってその夜を過ごしました。彼女がそれまでに手にしたお金はミーカーからもらった分だけで、あのしみったれは必要以上のお金を渡しませんでした――食べ物の分しか。

「翌日、劇場地区まで歩いてきて、わたしを通して仕事を手に入れたんです」

ミセス・ライトはひと息つき、改めて煙草をホルダーに差し込んだ。マロイはまじめくさって顔を上げ、そして訊いた。「その時点でミーカーに対する彼女の感情はどんなものだったんでしょうか。どのくらい彼を憎んでいたんでしょうか」

ミセス・ライトはかぶりを振った。「ファーンは悪い星のもとに生まれたんです。彼女にとってはすべてが悪いほうへいくよう運命づけられていたんじゃないかと思いますけど、それをこぼしたりはしませんでした。人生の荒波をもろにかぶったとしても、だれにも打ち明けようとしませんでした。当然、ミーカーを好いてはいませんでしたけど、とうとう泣きくずれてそのことを話してくれたとき、自分を責めているなと感じました。まんまとだまされてしまったんです。実際、わたしがもういっしょに住みたがらないんじゃないかと不安だったようで、わたしには話したくなかったと打ち明けてくれました。そんなばかな！　かわいそうに、卑劣漢に犯されたのに、自分のせいだからほかの人には迷惑をかけたくないと思ってる！」

「ミーカーはふたたび彼女と接触しようとしたんでしょうか」

ミセス・ライトは首を横に振った。「わかりません。接触したかったでしょうけど、彼女の居所をはたして知ることができたかしら？　ニューヨークは広すぎます。それに、なにを言おうとどうしようと、いまさら戻るよう説得できると考えるほどまぬけでもないでしょう。もう終わりだってことは自分でもわかっていたんじゃないかしら。たぶんまた元のさもしい生活に戻ったんでしょう」

マロイはうなずいた。「ニュージャージーのことについては？」

ミセス・ライトは言った。「それです。すっかり理解しているわけではありませんが、わかっていることを話します。ファーンは、もちろん、なおも女優をめざしていました――もしなれなかったら、これまでに犠牲にしてきたことが無駄になるというかのように、なにがなんでもという感じでした。で、歌、ダンス、スピーチとなんでもレッスンを受けはじめ、時間と財布の許すかぎり打ち込みました。ファーンは自分自身を駆りたててました。鋼の芯をしていると話したのはそういうことです。本当に芯の強い人でした。わたしたちは一年以上いっしょにいましたけど、彼女は一度もデートをしたことがありません。男たちがわたしを外に連れ出そう

とやって来て、その多くは友達もいっしょにと言いました。でも、わたしはほかの人を探さな
ければならなかったわ。彼女は一度もついてきませんでした。いつも仕事があるから行けない
と言ってましたけど、ミーカーが彼女に対してしたことがいつも頭のなかにあったんじゃない
かしら。彼女は男を信用していなかったか、自分は彼らにふさわしくないと考えていたかのど
ちらかです。
「そんなある日のことです。しかるべき人が目を留めてくれるのを期待しながら劇場地区で働くことについては話しましたよね？　そう、そんなある日の午後、彼女は店から出るまで待ちきれないというように、しゃべりまくっていました。客のひとりがハドソン川上流のニュージャージーで幹線道路沿いの店をもっているらしく、仕事を勧められたとかで。フロアショーかなにかをやっていて、それが仕事なんだと思いましたけど、違いました。またしてもウェイトレスの仕事だなんて！　それ以上のなにものでもないのに、彼女はすっかり興奮していました。チャンスが転がっている場所からそんなに遠ざかってしまうなんて、わたしには理解できませんでしたけど、彼女は違う見方をしました。そこではショーが行われ、その客が彼女に話したところによると、それがその世界の大物を大勢引きつけるとか。ショーに出るタレントがたいしたことなく、そして自分がテーブルについていてスポットライトを浴びれば、その世界にうまく入り込めるかもしれない。それが彼女の考えです。実際、彼は彼女なら大丈夫とほのめかしたほどです。もしいい声をしてるならバンドつきで歌わせるのもいいかもしれないと思ったようです」

マロイは言葉をはさんだ。「店の名前はなんと?」

ミセス・ライトは煙草の煙を吸い込み、ハイボールをひとくち飲んだ。「アリゲーター・クラブ。通称ゲーター。廃線になった線路からはずれたハンリー・パークという小さな町にあり、ハドソン川の近くです」

「そこで仕事をしていたときはどこに住んでいたんですか」

「それがわからないんです。いつも店宛に手紙を書いてました。それ以外の住所は聞いてません」

「変ですね」マロイは言った。「つづけてください」

「本当に変でした。彼女は向こうに移り、そしてもし女優のチャンスがあればわたしを呼ぶと約束しました。わたしたちはよく手紙のやりとりをして、彼女はそれはもう興奮して、たくさん書いてきました。ウェイトレスの仕事は悪くなく、店が込むのは夜なので時間はきつくなく、とても充実している、と。マネージャーは——名前はたしかニックだったと思います——試しに一度歌わせ、衝撃の新人歌手として大々的に宣伝し売り込む計画を立てているので、自分はもうすぐスターよ、と。本当にすばらしい話に聞こえ、わたしにも仕事を見つけてあげると言っていたのに、そのうち手紙の内容が変わってしまって。もう以前の熱狂ぶりは影をひそめていました。それどころか、もうあまり手紙をよこさなくなりました。変です。わたしたちはそんなに離れて住んでいたわけではないのに、ほとんど会いませんでした。わたしは昼間の仕事、彼女は夜の仕事で、会うチャンスがなかったんです。彼女が部屋を出ていってからは、一度しか会っていません。あれはランチと午後をともにしたある日曜日でした。

「彼女はその日、口数が少なく、完全にしらふでした。そのときにはバンドつきで歌っていて、三ヵ月ほどになっていました。わたしはその話が聞きたかったのに、彼女は話したがらなくて。わたしにもそこでの仕事を見つけてくれることについてはなにも言いませんでした。わたしのほうはいっこうに芽が出ないのに、彼女はちゃんと歌っている――ファーンの喉はたいしたことないのにです、ミスタ・マロイ」ミセス・ライトはにっこり笑った。「それでもなんとかやっていけるということですね。

「で、わたし自身なんとか足がかりを見つけたく、彼女がスターへの道に進んでいるように思えたので、なにかあったのか探り出そうとしつこく訊きました。ファーンは上等な毛皮を着て、服も流行の最先端をいくもので、豪勢な生活をしているように見えましたが、話をしたがりませんでした。わたしは彼女をアパートメントに連れていきました。当時そこではまた別のウェイトレスと住んでいて、彼女は日曜日は仕事でした。そこでなら泣きくずれて話してくれるかもしれないと思って。すべてを打ち明けたのはそこでです。

「彼女は泣きくずれましたが、そうしたくはなかったでしょう。ミーカーの話をもう一度聞かせるようなものです。彼女はいやがっていました。どうやったら歌手になれるかわかるでしょ、と彼女は苦々しげに言いました。わからない？　わたしは彼女を見ました。ニック？

「彼女はうなずきました。わたしとなんか口もききたくないでしょ、と彼女は言いました。なんであんなことにならなきゃいけないの、と。つまり、ミーカーの言うとおりだったということとです。前に進むには男と寝なければならない。要するにそういうことです。ニックは大風呂敷を広げました。スターにするともちかけて、ファーンをすっかり舞い上がらせ、スターダムにのし上げる近道があることを徹底的にたたき込んだんです。彼女にとって思ってもいなかったことを切り出したのは、彼女をオフィスに呼んで、でかでかと貼り出すことになる偽のポスターを見やり、彼女の目が大きく見開かれたときです。彼がそうしていたのは、善意からではなかったんです。〝協力するか〟それとも〝おっぽり出されるか〟でした。ファーンは同じことを繰り返したことで自己嫌悪に陥りました。それも、こんどは目をしっかりとあけていたのに。でも、彼女が憎悪すべきはニックです。彼女の希望をさんざんふくらませておいて、答えは事実上ひとつしかなく心理的に追いつめられているときに、それを切り出したんです。ファーンはノーと言うこともできましたけど、そうしたら出発点に、無駄にミーカーに犯された娘に逆戻りです。彼女が結局そうしたように、もう一方の道を選べば、しばらくそこで歌って経験を積み、ひょっとして評判をとり、そこに通うたぐいの客とともに川を渡ってニューヨークに戻り、ブロードウェイの舞台に立つということもありえます。かわいそうにあの子は相変わらずうぶだったんです。彼女は仕事とニックをとり、そしておそらく、ニックの女としてクラブでは顔がきいたんでしょう。でも、いやでたまらなかったんです。もうこれ以上がまんできないというところまでいったと話していましたけど、どういうものかニックを恐れているという感じでした。勇気があったらとうの昔に別れたんじゃないかという気がしました。彼の店はカジノだったんです。そこで働きだしてからかなり経つまで彼女にはわからなかったというだけのことで。カジノは二階、そこではいつもカーテンが引かれていました」

ミセス・ライトはカウチに背中を預け、ハイボールにさらに口をつけた。マロイは初めて自分のグラスを手にとった。

「彼とは別れたんでしょうか」マロイは訊いた。

「わかりません」ミセス・ライトは答えた。「手紙を書くと約束したのに、それっきり音沙汰なしです。少しも彼女らしくなく、いったいどうなったんでしょう。ニックと別れてなく、それをわたしに知らせたくなかったのか、それとも彼が手紙を書かせないのか。まったくわかりません。まさにミーカーのときのように、いったん別れようと決めたら必ずそうする女の子だったのに。

「わたしのほうはといえば、ちょうどそのころミュージカルのコーラスガールのチャンスをつかみ、それが転機になりました。ほどなくしてチャールズと出会い、半年後、ショーが終わったときに結婚しました。そのことをファーンに手紙で知らせ、結婚式に招待しましたが、彼女から返事はなかったので、当時ニックとまだいっしょにいたかどうかわかりません」

ミセス・ライトはしばらく考え込んでから、言った。「かわいそうな子。彼女のセックスライフは地獄でした。あんな死に方をしたのも運命といっていいくらい」

25

月曜日、晩

マロイは六時にダナハーに報告の電話を入れた。「ニューヨークの警察といっしょにアリゲーター・クラブを調べてみました。核心に迫っている気がします。彼らはフランク・シャピロなる人物についてはなにも知りませんが、彼を見つけ出す場所はそこだと思います」

ダナハーは確信をもてなかった。「そうかな？　どうしてだ」

「ニック・アポロが町を牛耳っています。彼は人里離れたところでこのカジノをやっていて、だれも手出しすることができません。警察のハンリー・パークの警察を抱き込んでいます。警察だけでなく、市長からなにまで。そのうえ、だれも認めようとしませんが、彼の足元で殺人が二件ありました。そのうちのひとつは――殺されたのがなかなかの大物でして――一九五〇年十二月に起きてます。だれも立証することはできませんが、みな彼がやったと確信しています。で、ファーンは一九五一年二月にそのアイリーンという女性と食事をしています。アイリーンが彼女を見たのはそれが最後で、ファーンはなにかにおびえていたと彼女は言ってます。それっきり、彼女からは音沙汰なしだそうです。それから一年ほど経ったころ、だれかが――ファーンに間違いありません——アイリーンを捜して、彼女が以前に住んでいた七一丁目のアパートメントにやって来たそうです。ファーンはミーカーのところに留まりませんでした。ニックともいつまでもいるはずはないとみるのが筋です。彼は彼女をそこに引き留めていたんだと思います。事実上、彼女を監禁したんです。手紙をいっさい出させなかった。彼女宛の手紙を読ませなかった。女友達の結婚をどうやら知らなかったのは、だからとしか思えません。そういうわけで、彼女はそこで囚人となっていて、ニックは知りすぎたファーンを決して自由にさせなかった。ようやく逃げ出すまで一年間そこにいて、そして逃げ出したときに真っ先に向かったのが、アイリーンのアパートメントです。ただアイリーンは結婚していて、そこに住む女の子たちは彼女のことをなにも知りません」

ダナハーはそこでうなるように言葉をはさんだ。「マロイ、おまえさんはちっとも学んでいないな。事実だ、いいか、事実なんだ！　おまえさんは推測ばかりしてる」

「推測が事実に合います、警部」

「事実はひとつもないだろが、おい。ライトという女は、ファーンがおびえていたと思っている。それは事実ではない、見解だ。どこかの女が七二丁目にあらわれ、そこに住む女たちは彼女がどんな感じだったか、だれを訪ねてきたか憶えていない。なのにおまえさんは、ファーンが戻ってきたのは事実だと伝えようとしている。そのニック・アポロとやらに二件の殺人の容疑をかけたいま、ファーンが彼を有罪にする証拠を握っていたと言っている。もしそうなら、彼女を監禁したりするものか。さっさと始末してる。

まったくたいしたインタビュアーだ、マロイ。世渡りには長けても、刑事としてはまだまだだな。まったくだめだ。聞き込みをつづけろ」

「わかりました」マロイはごくりと唾をのみこんで、言った。「こういうことですね、やるべきことはクリーム色のキャディラックを所有するフランク・シャピロなる人物を捜してニュージャージーそしてとくにハンリー・パークを調べる。で、今夜そのクラブにまで行って、ニック・アポロに会ってみます」

「やつに話を聞くのか、はあ？　もしニューヨークが言ってるようなやつだったら、おまえさんのやり方では正面ドアから蹴り出されるだけだ。おれを待つんだ。これは単独でやる仕事じゃない。おれもそっちに行くから、いっしょに出向く。ギャングに正攻法は通用しない」

ダナハーは車を飛ばし、九時にニューヨークに着いた。ブロードウェイのひいきのレストランでサラダを注文し、半分ほど食べたころにダン・マロイが彼を見つけてやって来た。腰を下ろしたマロイはサラダを見て、顔をしかめた。

「あなたは小さな子供を食うとばかり思ってましたよ」

「血にいいんだぞ」ダナハーは頑として言い張った。

「なににいいですって？」

「おれの体にも血が流れているんだぞ。で、おつむをしっかり働かせて、結局ひとつも事実をつかんでないってことがわかったか」

マロイはかぶりを振った。「ファーンがグリーン・ルームでシャピロを見ておびえたというのは伝聞かもしれませんが、あなただってそれに食いついています」

「ああ。だからなんだ？」

「なぜ彼女は男を見ておびえたかです。たんに言い寄ってくるのがこわかったから？　ニックが雇った殺し屋だったからこわくなったんじゃないでしょうか」

ダナハーは食べ終え、煙草を一本抜き取った。「殺し屋だとしたら、これまで聞いたこともないおかしな始末をしたもんだ。意味をなさない」

「しかし彼女はおびえました。彼を見て、逃げ出しました。男に言い寄られたら、警察を呼べばすむことで、町から出るために列車に飛び乗ろうとすることはなかったんです」

「殺し屋がどうしてあんな仕事をするのか、まだ説明してないぞ」

マロイはダナハーの水を飲み、口元をぬぐった。「こういうことじゃないですかね。彼は殺し屋ではなく——つまり彼女を殺すために来たのではなく——彼女を追跡してつかまえ、ニックに報告することになっていた」

「いいか、それはふたつの理由でおかしい」ダナハーは言った。「ひとつは、ニックにまた監禁されるのを恐れていたら人前で歌ったりしないし、人前で歌うとしても、新聞に出て目に留められるかもしれない芸名を使ったりはしない。スポットライトからは絶対に遠ざかっている」

「そうしていましたよ——ウェイトレスとして一年間働いていたんです。それも劇場地区でではなく。きっと、一年経ったから、ニックは忘れてくれたと思ったんでしょう」

「ふたつに」ダナハーは煙草をマロイに突き出しながらつづけた。「シャピロがニックに代わって彼女を追跡していたなら、彼女に気づかれないようにしていただろう。店にあらわれただけでなく、同席させてまでいる。聞かせてくれ、おまえさんの説ではそれをどう説明する？」

マロイの眉が上がった。「説を聞きたいと、警部？」

「聞きたいわけではないが、それをすっかり外に出さなければ、おまえさんは使いものにならない」

「わかりました」マロイは言った。「答えましょう。ファーンは美人でした。ニックの女でした。きっとシャピロは彼女がほしくなったんです。そこで彼女を呼び寄せて、こう言ったんです。おれに協力するか、でなかったらあんたを見つけたとニックに報告するか」

「ああ」ダナハーはそっけなく言った。「だれもが彼女に協力を求める。で、彼女は逃げ出し、彼は彼女をつかまえ、彼女は協力すると言い、彼らは公園に入り、そして彼は彼女を殺した。どうしてだ？」

「たぶん彼女は協力しなかった」

「そこでレイプして、刺し殺した。で、ニックにはなんと報告する？」

「なにも話さない。バッグにしろコートにしろ身元につながるものは全部とったので、ニックに知られることはないとみた」

ダナハーはゆっくりと煙草を押しつけた。「いいか、マロイ。おまえさんは刑事なんかじゃない。フランク・シャピロが何者で、どんな人間なのかもわからないのに、事件の全体像を描き上げている。こういった事件はジグソーパズルなんだ。ピースを集めなければならない。この世界で扱うピースは事実だ。それを集めてないじゃないか」

「事実はたしかに重要です」マロイは言った。「ですが、そのジグソーはまとめ合わせて初めて真価が出てくるものです。そうするために、推理しなければなりません」

「よく言った、そのとおりだ。おれが推理する。おまえさんではなく。おまえさんが理解しなければならないのは、ピースが五つしかないのに全体像がどんなものになるか推測してはいけないってことだ。ピースが全部そろうまで待ち、それからひとつの絵にまとめる。ピースがすべてだ！　おまえさんは毎日やってきて捜査の進め方を指図するミセス・コルトナーと同じくらい質が悪い。いや、もっと悪い。彼女は警察のことを知らないから仕方ないが、おまえは知ってる」ダナハーは椅子を後ろにやり、立ち上がった。「これからその掃き溜めに行って、嗅ぎ回るが、どんな推理をも裏打ちされることを期待してはいない。おれたちは事実を捜している。事実そのものを。好き勝手にねじ曲げられ、いろいろな色をつけられたものではない事実を。しっかりと耳を傾けて、学ぶんだ」

26

月曜日、夜

アリゲーター・クラブはジョージ・ワシントン橋のニュージャージー側の北約二十マイル、曲がりくねった道路の終点で林のなかに奥まってゆったりと横に広がる現代的な建物だった。マロイはダナハーとともに前に乗り、後部座席にコンウェイという名のパトロール警官が居心地悪そうにちょこんと座った。彼はハンリー・パーク署が儀礼上つけた若い者で、まるでしぶしぶというようにクラブまでの道案内をした。

建物正面に環状の私道があり、入口を示す真っ赤な天幕の上に三段ネオンが掲げられていた。片側に裏手に回り込む車道があり、平日の夜にもかかわらず、五十台以上の車が止められ、大半は高級車だった。

ダナハーはイグニッションを切り、そして彼ら三人は正面玄関に回り込んだ。なかに入ると、そこは豪華なロビーだった。一面の壁はガラス煉瓦で、床には赤い絨毯が敷きつめられていた。奥のほう、バーの入口近くのカウンターに帽子係の女がつき、そして右手に二段下りると、そこが厳密な意味でのナイトクラブだった。照明は落とされ、空席のテーブルが目立った。片側の明るい光のなかで、白いジャケットに赤い蝶ネクタイの楽団が演奏し、そしてブロンド女が歌っていた。演奏台を囲む小さな円形フロアでは五、六組のカップルが音楽に合わせて体を揺らしていた。テーブルにいるカップルは三組以上はいなかった。

ダナハーは薄暗い店内をのぞき込み、そこを買い取ろうとしている買い手のように入念に見回した。マロイも見回したが、彼の場合はこそこそといったほうがよく、その一方で制服姿のコンウェイ巡査は場違いのパーティーに来た人物のように立っていた。帽子係のカウンターに戻ると、そばにはタキシードを着たふたりの男が身じろぎせずに立って彼らを見ていた。

ナイトクラブには客の数と同じくらいのウェイトレスがいることを確認してから、ダナハーはコンウェイに向いた。小さなサル顔はこれまでになく気むずかしそうだった。「よし、いいだろ。で、どうする？　上に行くか」

コンウェイはショックのあまり死にそうだった。「とんでもないです。上には個人専用のオフィスがあるだけです。ミスタ・アポロのほうからたぶん下りてきます」

「多くの連中がそうしたオフィスを利用しているようだな」ダナハーは言った。「ここにいる人間の三倍もの車が外にある」

「上には行けません」コンウェイは力をこめて繰り返した。「プライベートな場所です」

「そうかい？　だったら、だれかがアポロを呼んでこないとな」ダナハーはくるっと背中を向け、彫像のように立っているふたりの用心棒のほうに歩を運んだ。はっきりとわかるジェスチャーをつけて彼らにつぶやくと、彼らの物腰がものやわらかくなった。ひとりの男が用心棒とともに下りてきて、やけに丁重に言った。「クラブで待っていただければたぶん、ミスタ・アポロはまもなく下りてくるでしょう」軽くお辞儀をして、顔に笑みを張りつかせたが、彼の物腰にはぎこちなさが感じられ、礼儀正しさが自然に出たものではないことを教えていた。

ダナハーは薄暗いクラブのなかに先に立って進んでいき、ほかの客から離れ、ドアに近いテーブルについた。かつてモデルだったとしてもおかしくない垢抜けたウェイトレスがすぐにやって来て、注文をとった。ダナハーはスコッチ&ソーダを頼み、ウェイトレスが離れるや立ち上がり、言った。「便所に行ってくる」ぶらぶらと店内を横切っていき、ウェイトレスを呼び止めて、短く話し、また別のウェイトレスのところに行って、ふたたび話し、そうしてから演奏台の奥の、カーテンが引かれた出口の向こうに消えた。戻ってきたときには飲み物がテーブルに置かれ、そしてニック・アポロが間口の広い入口を通ってやって来るところだった。

ニックは三十代半ばの、りゅうとした身なりの男だった。引き締まった体をして、仕立てのよい高級そうなタキシードに身を包んでいた。一本五十セントで残りは四十セント分になっている葉巻をもち、きれいに手入れされてタコなどできていない手の小指にはダイヤの指輪がこれ見よがしにきらめいていた。顔には歓迎の笑みが浮かび、立ち居振る舞いには力――そして力に裏打ちされた自信――とともについてくる落ち着きが感じられた。彼が椅子を引き出して、あいさつすると、ジンジャーエールしか目の前に置いていないコンウェイはもぞもぞと立ち上がった。

ニックはさりげなく手で制した。「座ってくれ、コンウェイ。座って」彼自身は椅子をテーブルに引き戻した。

「こちらのおふた方があなたとお話ししたいということで」コンウェイはゆっくりと腰を下ろしながら言った。

「ああ」ニックはほとんど聞いていなかった。席を立とうともしなかったダナハーを見ていた。

「ダナハー警部とマロイ刑事、でしたね」口先なめらかだった。「あなた方がいらっしゃるとゴフ警部から聞いています」おそらくハンリー・パークでの自分の地位を知らせるためにわざわざひと言述べたのだ。「わたしにお役に立てるかどうか」

「二年前ここで歌っていた女がいたということだが。ファーン・フルトンという女が」

ニックは口を真一文字に結んで、しばらく考えた。「はい、たしかにいました」

「彼女は亡くなった。殺された」

「知ってます。そのことを新聞で読んで、ショックを受けました」

「ほほう！」ダナハーは沈黙をはさみ込み、そのあいだに煙草をとりだした。「それで」とようやく言った。「ショックを受けているということなら、そんなことをしたやつを見つけるのに協力をしてもらえるとみたが」

「もちろん」ニックの顔はのっぺりとして、無表情だった。

「彼女がいつここに来たか、ここに来た経緯、ここでなにをしていたか、ここでだれと知り合ったか、きっと話してくれるよな」

「おやおや！」ニックはやすやすと笑みを浮かべてみせた。「そんなに思い出せるかわかりません。注文が多すぎます、警部」

「それだけの大事件でね」

ニックは笑いさえした。「わかりました、警部。ここにいるコンウェイに聞けばわかりますが、わたしは喜んで警察に協力します――不意の来訪者でもね」パトロール警官をちらと見やった。制服のコンウェイは場違いに感じているらしく、実際そう見えた。「ファーンは、たしか、一九五〇年八月にここに来ました。あいにくと日にちまでは思い出せませんが」

「どんな女だった？」

「とても気立てのいい子でした。熱心で、向上心があって」

「なるほど。で、ウェイトレスとしてスタートし、歌手に出世した。才能かな？」

ニックの顔はリラックスしていたが、眼光は鋭かった。その目はダナハー警部を見定めていた。「才能はたいしたことありませんよ、警部。ルックスです！」彼は楽団のほうを手で示した。「いま演奏台に上がっているあの子、エヴィのほうがファーンよりいい声をしています――個性もあります――が、ファーンにはルックスがありました。決して悪い声ではなく、ある程度は独自の味を作り出していましたが、ルックスであそこに上がらせていたんですよ。彼女はこれまで会ったなかでもっとも見栄えのいい歌手でした」

「これまで会ったなかでもっとも器量のいい女でもあった」

ニックはゆっくりと笑いを浮かべ、なにも言わなかった。

ダナハーは無情に彼を見据えた。「で、あんたにチャンスをもらうまでどのくらいウェイトレスをしていたんだ?」

「そう、三ヵ月ほど。秋に歌いはじめました」

「どのくらい歌っていた?」

「一年あまり。一九五二年一月にここを出ていきました」

「どうして?」

「だれがマンネリを望みますか」

「ファーンは飽きられた? どういうことかな、容貌が衰えた?」

ニックはテーブルクロスの上で両手を広げた。「聴衆を魅了させられるかどうかです、警部。彼女は使いものにならなくなっただけです」

「フランク・シャピロという男は何者なんだ?」

ダナハーは注視していたが、ニックは顔色ひとつ変えなかった。

「だれです?」

「フランク・シャピロ。あんたの手下のひとり。もっとも変名を使っているかもしれないが」

「手下? 変名?」

「わかった、それは忘れてくれ。ファーンはここを出ていく直前まで歌っていたのか」

「もちろん。ここにいる理由がほかにありますか」

「彼女はあんたと同棲してた。それがほかの理由だ」

ニックの顔に不快感がよぎったが、すぐに温和な表情に戻ってしまったので、変化が起きたことはほとんどわからなかった。彼は笑った。「だれがあなたにそうした話を吹き込んでいるのかわかりませんが、それは嘘です。ファーンはいい子で、そういったことはいっさいありませんでした」

「ファーンは嘘つきだと?」

片方の眉が上がった。「ファーンがそう言ったと?」

「そう。あのいい子が」

ニックは当惑してかぶりを振った。「どうにも理解できません。彼女はそういった話を吹聴するタイプには見えなかったんですが」

「きっととうの昔にいっしょに寝るのをやめたんで、忘れてしまったんじゃないかな」

不快な表情はすぐには消えなかった。念入りに取り繕った口調の下になにかやっかいなものが暗示され、コンウェイは目に見えて縮こまった。

「もしかして、わたしが嘘をついていると?」ニックは言った。

「かもしれない」そう言ったままにして、ダナハーは煙草の灰を灰皿に落とした。「ファーンはここで幸せではなかったのかもしれない。ここにいたくなかったのかもしれない。ただ、あんたが彼女を自由にさせなかったのかもしれない。あんたの尻に火がつくことはないある殺人について彼女は知りすぎてしまったのかもしれない。もしかしたら、だれの仕業か証言できたのかもしれない」

ニックは自制心を保っていた。声をあげて笑いさえした。「あなたはコミック本を読みすぎです、警部。ゴフ警部やほかの警察関係者のだれに訊いても喜んで認めてくれるでしょうが、わたしはまっとうなナイトクラブを経営するまっとうなビジネスマン。それだけのことです」

「二階でやっている賭博場については？　それがまっとうか」

ニックはゆっくりと言った。「このクラブには賭博場などありません――二階だろうとほかのどこにだろうと」目が怒りに燃えていた。

「裏に止まっている五十台ほどの車が説明してくれると思ったんだが」

「二階には個室があります」ニックは言い、声が荒々しくなりだしていた。「内輪のパーティーを望んでいる団体に部屋を貸し出しています。ちょうどいまはマニュファクチャーズ・トラストが上でオフィスパーティーを開いています。おわかりですか」

「ニュージャージーのホワイトカラー労働者は高級車を乗り回している」

ニックはコンウェイに向いて、言った。「こういった穿鑿好きなお巡りをどこで見つけてきたんだ、コンウェイ？　自分たちの裏庭でおとなしくしているようにどうして言わなかったんだ？」

コンウェイはしどろもどろになって言った。「ゴフ警部が――」

ダナハーはかすかに冷笑を浮かべて言った。「上で行われているそのオフィスパーティーとやらを見せてもらえるか、アポロ」

ニックは体を戻し、ウェイトレスに向かって指をはじくと、彼女が走ってきた。彼はダナハーに言った。「わたしはあなた方に協力して、チャンスを与えようとしているんだが、どうやらファーンのことを調べるために来たわけではなさそうだ。わたしのことを調べるために来た。いいだろ、少しも気を悪くしてはいない。が、このつぎはテーブルに持ち札を全部出すんだな。インチキをしようとする思い上がったやつは嫌いだ」立ち上がり、ウェイトレスに言った。「代金は店につけてくれ。ただしこれ以上、注文はなしだ」背中を向け、段を上がってロビーに出て、奥に向かった。

27

月曜日、夜更け

ダナハーとマロイはハンリー・パーク警察署でコンウェイを降ろし、ふたたび車を発進させた。

「ギャングは嫌いだ」ふたりきりになると、ダナハーはしわがれ声で言った。「やつらを見ると、指がむずむずする。ぶっ殺してやりたい」ハンドルから手を離し、マロイの目の前に突き出した。「見ろ、おれの手が震えてるだろ。ああいった薄汚い連中のそばにいると、こんなふうになる。そのつぎに嫌いなのは、コンウェイのような警官だ。アポロの野郎の足元でへいこらしやがって」ハンドルに手を戻した。

「ぼくに対処させるべきでしたね」マロイは言った。

「そうかい？　どうやって対処したというんだ？　いつもの手際よさで？」

「あなたが聞き出したことぐらいは最低でも聞き出していましたよ」

ダナハーは鼻を鳴らした。「最低でも？　ばか言うな」

「あなたはなにを聞き出しました？　彼はファーンについてわれわれがすでに知っていること

を話しただけです」

「おまえさんはやつの顔を観察してなかったようだな。ファーンがおびえていたこと、そして彼女がなにか知っているかもしれないとちらつかせたとき、やつがどんな反応をしたか見てたか」

「見てましたよ。まばたきひとつしませんでした」

「そうだ。ポーカーフェイスだった。が、見事に決まっていたわけではない。おれは面の皮一枚の下を見ることができた。それがあらわれていた。それほど上手ではなかった。本当にやましいところがなかったら、もう少し反応を見せていたはずなんだ」

「どういうことです？」

「かりにおまえさんだったとしよう。女を雇い、なにもかも順風満帆にいっていたとしよう。契約期限が切れ、彼女を自由にした。もしかしたら同棲までしていて、彼女に飽き、追い出したか、それとも彼女のほうが飽きて、おまえさんをあっさり捨てたか。そんなときにおれがやって来て、本人の意思に反して彼女を拘束したと言ったとしよう。彼女がある殺人事件についてなにかを、おまえさんをしょっぴいていける材料になることをなにか知っていたから、と。おまえさんだったらどうする？　口をぽかんとあけるだろう。頭がおかしくなっちまったんじゃないかという顔でおれを見つめる。そういうことさ。アポロはそれほどの役者ではなく、そうした反応を示さなかった。本当に潔白なら見せていた反応を」

マロイは片方の眉を上げた。「つまり、彼女はアポロを恐れていて、シャピロは彼女を捜し出したというぼくの推理を認めてくれるんですね」

「どんな推理も認めてはいない。いまわかっている以上のことを探り出すまではな。ともかく、さらにいくつかの事実はつかんだ」

「ニック・アポロがあなたの話にショックを受けなかったことをひとつの事実としてみているわけですね」

「そうだ。違うか」

マロイはかぶりを振り、にやりと笑った。「そうおっしゃるのなら」

ダナハーは突然ドラッグストアで車を止め、しばらくして店から出てくると、ふたたび車を発進させた。

マロイは訊いた。「なんの用だったんです？」

「ある住所の方向を尋ねただけだ」

「だれの住所？」

「掃き溜めで働いているウェイトレスのひとり」

「その歳でウェイトレスをナンパですか」

「ナンパじゃない。話を聞きたいんだ」

「どうやって住所を聞き出したんです？」

ダナハーはうなるように言った。「おれが便所に行くと言ったとき、なにをしていたと思うんだ？　本当に便所に行ったと？」

めざす住所を見つけた。それはフォンテーヌ通りにある煉瓦造りの共同住宅だった。両翼が歩道にまで出て、正面玄関は中庭の奥に引っ込んでいた。

マロイは訊いた。「どうするんです、仕事が終わるまで待つんですか」

「このウェイトレスはきょうは休みだ。家にいてくれるといいんだが」

彼らは車から降り、中庭に進んでいった。石を敷いた六本の小道が六つのドアに向かって草の上に扇形に広がっていた。

「名前はフローレンス・ヒルだ」ダナハーは言った。「向こう端からはじめてくれ。おれはこっち側から」

マロイは右端の入口に行って、外側のドアをあけ、郵便受けを確かめた。フローレンス・ヒルとジョージア・ウィリアムズが3Aに住んでいた。タイル張りの玄関階段に出て、そっと口笛を吹いた。ダナハーが向かいの入口からあらわれ、三段の階段を下りて、体を揺らしながらに股で中庭を横切ってきた。てきぱきと反対端まで来て、玄関階段を上がると、自分の目で郵便受けを確かめた。「ここだ」と言って、内側のドアをあけようとした。鍵が掛かっていたので、名前の下のブザーを押した。施錠が解除される音はしなかったが、三十秒後、小さな声がスピーカーから聞こえてきた。「はい？　どなた？」

ダナハーは送話口にかがみ込んだ。「ピッツフィールド警察のダナハー警部だ。あなたに訊きたいことがある」

しばらく沈黙がつづいたあとで、「やめてよ、おにいさん。だれをからかってるつもり？」

ダナハーの声がきびしくなった。「だれもからかってなどいない、お嬢さん。ドアをあけるんだ。さもないと、あんたにとってやっかいなことになる」

女の声にかすかに感じられた笑いは消えた。彼女は心許なくなっているようだった。「これはなんなの、ギャグ？　ピッツフィールドってどこ？　聞いたことないわ」

「ファーン・フルトンが殺された町だ。彼女と部屋を借りていただろ、知らないとは言わせないぞ」

「ねえ、ちょうど髪を洗ったところなのよ」

「髪を洗おうが足を洗おうがどうでもいい。あけるんだ」

「なんのために？　わたしにふれることはできないわよ。ここはピッツフィールドだかどこだかじゃないんだから」

「ハンリー・パークの警官を何人か連れてきてほしいなら、そうしよう。ただそれは望まないだろ」

「わかったわ」

ブザーが鳴り、マロイはドアを押してあけた。

彼らは幅の狭い階段を上がっていった。三階まで上がると、ふたつのドアが踊り場に面していた。３Ａは階段の真正面に位置し、ドアはチェーンをかけた状態であいていた。頭にバンダナを巻いたバスローブ姿の女が隙間からのぞいて、上がってきた男たちを見定めていた。

「バッジを見せて」彼女は言った。

ダナハーはコートの前を開いて、それを見せた。彼女は入念に確認してから、チェーンをはずし、彼らをなかに入れた。

「まったくとんでもない時間に訪ねてきたもんだわ。ちょうど寝るところだったのよ」

ダナハーはなにも応えずに、居間を見回した。なかなかいい部屋で、カウチとアップライトピアノと小さなテーブルがいくつかあり、そしてたっぷり詰め物をした三脚の椅子には明るい色の更紗のカバーがかけられていた。両開きのドアの向こうはダイニングルームで、奥の隅のドアから二寝室とバスルームに通じる小さな廊下に出る。ジョージア・ウィリアムズがこれまたローブ姿で、そのドアに立っていた。彼女を見てダナハーが、きみもクラブで働いているのかと訊くと、彼女はかすかにうなずいてみせた。

「ファーン・フルトンを知ってる？」

彼女は同じ仕草を繰り返した。

「だったら、こっちに来てくれ。みんなでいっしょに話をしよう」ダナハーはカウチに腰を下ろし、ほかの者たちに手で合図した。「座ってくれ」

彼らは座った。

「よし」とダナハーは言った。「知りたいのは、ファーン・フルトンについて思い出せることをひとつ残らずだ。彼女について知っていること、さらに彼女のことをどう思っているかすべて知りたい。彼女がだれと親しかったか、だれと話していたか、だれを好いていたか、だれを嫌っていたか知りたい。だれが彼女を好いていて、だれが嫌っていたか。彼女がどんなふうに殺されたか読んだろ？　だれがやったか知りたいんだ」

　女ふたりは顔を見合わせ、互いにもう一方が話しはじめるのを待ったが、ダナハーの目はフローレンス・ヒルに留まった。「きみはルームメイトだった。きみから話してくれ」

「そんなに長くいっしょにいたわけではないのよ」フローレンスは言った。ローブ姿が気になっているようだった。「彼女のことを最初に聞いたのは、わたしが勤務につこうとしていたある夕方、ミスタ・アポロが下りてきて、新しいウェイトレスがやって来るので部屋を用意するよう言ったときよ。彼女の面倒をみてほしかったのね。彼女はつぎの日にやって来て――たしか八月、一九五〇年の八月だったと思う――スーツケースをふたつもってたわ。店が込みはじめる前の午後で、彼女は途方に暮れているといった風情だった。ウェイトレスは似合いそうもないと思った。つまり美人だったということだけど、本当ならこんなところにいるべきじゃないように見えた。わたしは彼女をひととおり観察してから、彼女自身のことについて訊き、そして言ったの。部屋はまだ見つけていないけど、しばらくわたしのところに泊まってもいい、と。で、ジョニー――ミスタ・アポロが雇っているマネージャーかなにかのひとり――に話し、彼が上に行ってミスタ・アポロに話したの」

「どうして？」ダナハーは言葉をはさんだ。「上でなにが行われていたんだ？」

「はっきりとはわからなかった。賭博だとわたしは思うけど」

「つづけて」

「で、ミスタ・アポロが彼女に会うため下りてきたわ。新しいウェイトレスが来たときに彼がわざわざ迎えることは一度もなかったのに。部下のひとりがいつも採用を担当していたけど、ファーンだけは彼が自分で雇ったの」

「そのことを彼女は知っていたのかな？」

「彼女は特別だってこと？　知らなかったんじゃないかしら。ともかく、初めのうちはね。ウエイトレスの採用方法を知らなかったんだから」フローレンスはまじめくさった顔をして考え込み、頭のなかで何度もそれを確認した。「彼女はやって来たその日の夜から働きはじめ、わたしを驚かせてくれたわ。ちゃんとしたウェイトレスだったのよ。自分がなにをすべきかよくわかっていた。実際ウェイトレスを補充する必要はなかったので、ほかのウェイトレスがふたりほどねたんだわ。週末をのぞけば下での仕事はあまりなく、余計な人をテーブルにつかせるのは自分たちのチップが減るわけだし、ミスタ・アポロに個人的に雇われたことを理由にファーンが女王然と振る舞うと思ったんじゃないかしら。でも違った。自分は特別なことを彼女が知らないと思ったのはだからで、それに彼女はほかの女の子たちによく思われようとことさら気を遣っていたわ。一度こう言ってた、人に嫌われると必ずひどく惨めな気持ちになるって。人に嫌われたくなかったのよ。少なくとも同性には好かれたかったみたい。男にも好かれたかったでしょうけど、深入りしたくはなかったようね。彼女が給仕する男たちはなんとか会話にもちこもうとするけど、彼女はにこやかに応じるだけで、焚きつけるようなことは決してしなかった。いつだってどこか冷めていたわ。ちょっと男がこわかったんじゃないかしらと思ってしまったけれど。彼女の身になにが起きたか聞くと、それなりの理由があったのかも。彼女みたいな器量よしはなにかと面倒なことを抱えてしまうみたいね。男が彼女を見るときの心のなかを読めるのかもしれない。

「わたしたちはしばらくいっしょにいたの。部屋を見つけるのはたいへんで、彼女をいさせるのは少しもかまわなかったから。彼女は年がら年じゅうおしゃべりしている多くの女の子たちとは違ってた。彼女といっしょに住むのは、ここにいるジョージアといっしょに住むのとも違ってた。つまりわたしたちは同じアパートメントを分け合っていただけで、それがほとんどすべてだった。彼女は物静かで、あまり話さず、彼女がなにを考えているのか決してわからなかった。ジョージアとわたしはときどきダブルデートをするけど、ファーンはだれともデートしようとしなかったわ。わからない。彼女はわたしとはタイプが違ってた。彼女には品格があった。といっても上流階級のそれではないけれども。なにが言いたいかわかるかしら。わたしといっしょに住んでいたとき、彼女はいつだってとても慎重で、なにをするにもわたしとはやり方が違ってた。ま、ちょっとその、客として振る舞っていたわ。彼女が人から好かれたがっていたというのは、そういうわけなの。彼女がわたしといっしょにいるのはわたしが望んだからではなく、だからこそわたしが気を悪くしないように努めた。そういう意味で、ファーンはいい子だった」

フローレンスがジョージアに向くと、彼女はうなずいて、言った。「フローレンスの言うように、わたしも彼女がクラブにやって来たことにいい顔はしなかったけど、とっても控え目だったので、だれも恨んだりはできなかったわ。彼女が歌う仕事を手に入れたとき、彼女に反感をもった人はいないんじゃないかしら。ミスタ・アポロは彼女を雇うときになにかを考えていたんでしょうから、彼女が出世したときわたしたちは驚かなかった」

ダナハーは訊いた。「そのころはミスタ・アポロとかなり仲がよかった？」

フローレンスが言った。「彼と寝たのよ。彼女を非難しているとかそういうんじゃないの。ただ、彼女が仕事を得たのはそういうわけじゃないかなと思って」

「彼女がそう話した？」

フローレンスは首を横に振った。「歌うことを初めて聞いたのは、ある夜バスで帰るときよ。ファーンが興奮した素振りを見せたのはそのときぐらいのもので。ミスタ・アポロがオーディションをしてくれて、気に入ってくれ、チャンスを与えてくれそうなのと話してたわ。彼女の様子からすべてうまくいっていると思ったけれど、実際に彼女が歌いはじめると、なにもかもが一変した。要するにミスタ・アポロはどこかほかの部屋かアパートメントに彼女を住まわせ、彼女は高価な毛皮や服やそういったものを身につけはじめたってこと。彼女はたしかに着飾っていたけど、それらはミスタ・アポロからもらう報酬で買ったんじゃない。彼と住んでいたと言うのは、そういうわけよ。それに彼女はこのあたりではいわば女王だった。ミスタ・アポロの部下でさえ彼女に対してはとても丁重だった。彼女が彼の奥さんであるみたいに。

「でも、それで彼女がお高く止まることはなかったわ。そこが不思議なところだけど。彼女は相変わらずわたしたちウェイトレスに対してとてもやさしかった。もしかしたらそれまで以上に。でも、どこか違ってた。歌えることを初めて聞いたときはあんなに興奮していたのに、仕事を得て、クラブの専属歌手以上の待遇を受けていても、ちっとも幸せそうじゃなかった。ミスタ・アポロの部下に丁重に接し、とても静かだったわ。二、三ヵ月もすると、ボディーガードがつくようになったの——ミスタ・アポロが抱えている男たちのなかでもっとも手強そうな大男のひとりだったから、たぶんそうじゃないかと。彼はどこにでも彼女についていったけど、彼女がなんのために彼を必要としているのかさっぱりわからなかったわ。だれかが彼女の命を狙っているんじゃないかとミスタ・アポロが心配していたならともかく。ほとんどしゃべらず、いつも青白い顔をしていたことを考えれば、裏できっとなにかがあったんだと思う」

「そのボディーガードはどんな外見なんだ。名前を知ってるのか?」

フローレンスはすぐにうなずいた。「名前はジョニー——ジョニー・ロンドン——で、体はとても大きく、頭はそれほど切れない。髪は黒、手はがっしりとたくましく、体重は二百ポンドを軽く超えているはずよ。彼は彼女にぴったりくっついていたわ——どういうことかって、ファーンがわたしたちウェイトレスとおしゃべりをしにやって来ると、彼はドアのそばから彼女にずっと目をやっていた。そうしなければ、わたしたちが彼女になにかするというように。ミスタ・アポロが使っているほかの男たちはみな彼女から遠ざかっていたけど、ひとりだけ例外がいたわ。ミスタ・アポロの特別な友人だったみたい。彼が何者か知らないけれど、わたしたちが開店前の準備をしている日中によくやって来たわ。彼女に話しかけた男は彼だけで、ジョニーは彼を制止しなかった。ファーンは彼を好いてはいなかった。彼女が本当に嫌っていたのは彼ぐらいじゃないかしら。いつ来てくれるんだね、と彼はいつも言ってたわ。そうしてある番号を教えるの。それはどこかの住所のように聞こえ、いつでも彼女ににやりと笑いかけた。ただファーンはそっぽを向いて、答えようとしなかったけど。彼女に会うたびに彼は、できるだけジョニーから引き離し、にやりと笑って、そういったことを彼女に言うの。二回ほど立ち聞きしたことがあって、ジョークのようなものを言っていたようだけど、実際のところはわからない。少なくとも彼はジョークと思っていたけど、ファーンはね。たしかに彼女は本気で怒ったけど、なにも言おうとしなかった」

「そいつは何者なんだ」ダナハーは訊いた。

「名前はわかりません。ミスタ・アポロの友人という以外、彼が何者かさえわからないの。ジョニーがそばにいても臆することなくファーンに話しかけていたから、かなり親しいにちがいないわ」

「どんな外見だった?」

フローレンスはしばらく考えた。「小さかったわ――男にしては。背丈は中ぐらい。小太りで、髪は黒、黒い角縁眼鏡をかけて、こめかみに三日月形の傷痕が」

28

六月二日、火曜日

その夜ダナハーとマロイはハンリー・パークに留まり、翌朝、自動車局で事件解決の突破口を大きく開いた。ニュージャージー・ナンバー9U-190のクリーム色のキャディラック・コンバーティブルが、弁護士のフランク・シャピロなる人物のものとして登録されていた。彼はハンリー・パークに隣接するかなりの大都市フォーブスの、エルムウッド通り四一二に住んでいた。

その住所に向かうため車に乗り込むと、マロイは言った。「シャピロがファーンを怒らせたとウェイトレスが言っていたその住所はどういうものなのか、わかりきっています。自宅の住所を教えて、近いうちに訪ねてくるよう勧めたんですよ」

ダナハーは認めなかった。「また結論に飛びついてるぞ、マロイ」

「今回は違います。いくつか事実をつかんでます。やつが彼女にどんなことをしたか、あなたも見たでしょ。なんらかの性的倒錯者であることは明らかです。ファーンのような娘を放っておくはずがありません。たとえニックの女だとしても」

しかしダナハーはうなるだけだった。肯定も否定もしなかった。

フォーブスに入ると、まっすぐ警察本部に向かった。到着したときには正午になっていて、署長のハーベイ・ストーンは紙袋からとりだした昼食をデスクに広げて食べていた。にこやかにふたりの刑事を迎え、食べるのを中断することなく小さなオフィスにある二脚の椅子を手で示した。ダナハーはぎこちなく腰を下ろし、部屋を見回し、そして言った。「おたくのところで殺人犯を捕まえたい」

ストーンはどちらかといえば目をしばたたいた。「そう？　で、だれを？」

「フランク・シャピロという名の男を。弁護士ということになっている」

「だれを殺したというのかね？」

「ファーン・フルトン事件については読んだ？」

「嘘だろ？　まさかあの？」ストーンはサンドウィッチを下に置いた。「そのシャピロがここに住んでる？」

「エルムウッド通り四一二」

「そこにいまも？」

「わからない。彼をびくつかせるようなことはまだなにもしていない。新聞に名前が出たが、それだけだ。どこに住んでいるかつかんでいるという話はいっさい出ていない」

「逮捕状を出してほしいのか」

ダナハーは肯定の意で頭をぐいと動かした。「どう思う？」

「わかった。秘書官に話をして、それから男たちを何人か同行させよう。何人ほどほしい？」

「やつが逃げようとする場合を考えて、周辺を充分カバーできるほど」

ストーンはうなずいた。「車二台で間に合うだろう。そのあたりは割といい地区のひとつなんだ。一台がエルムウッドのひとつ向こうの通りを進んでいって、裏手からカバーする。派手な撃ち合いになるのかな？」

「彼はナイフで女をばらした。が、ニック・アポロのために働いているからには、たぶん銃をもっている。問題はそれを使うかどうか」

ストーンはうなずいた。「その手合いは本当は臆病者なんだが、一か八か賭けることはできない。家にいると思うか、それとも仕事か」

ダナハーはかぶりを振った。「仕事についてはわからない。電話帳には仕事場の住所は出ていなかった。弁護士にしてはちょっと変だ」

ストーンがブザーを押すと、秘書が入室してきた。「エルムウッド・ロードに住む弁護士フランク・シャピロについてなにかあるか調べてくれ」ダナハーに向き直って、言った。「ニック・アポロとつながってるなら、記録があるかもしれない」

ダナハーは言った。「このままでも彼に不利な材料は充分そろっている。あとは捕まえるだけだ」シャピロの電話番号を書き留めた手帳をとりだした。「やつに電話をさせてくれ」ストーンのデスクから電話機をとり、ダイヤルを回した。

ストーンは心配そうな顔をした。「これから行くことをわざわざ知らせてやるのか」

「間違い電話にするから大丈夫だ」ダナハーは耳を傾けた。彼が動かないので、部屋は静かになった。だれもしゃべらなかった。一分ほどしてから、ダナハー警部は受話器を戻した。「だめだ」と口ごもった。「高飛びしたな」

秘書がドアをノックして、ふたたび入ってきた。かなり分厚い調査ファイルをもっていた。「彼は刑事専門の弁護士でした、署長」と彼女は言った。「現在はニック・アポロと組んでます。彼の合法的な仕事をすべてしています。ほかに依頼人はいっさいとっていません。固定給で彼の仕事だけに専念しています」

しかしストーンはもはや関心を示していなかった。「もういい、ケイティ」と言って、立ち上がった。「捜索令状を作ってくれ。早くそこに行かなければならない」

彼らは二台の車で出かけた。ダナハーとマロイは署長の車に乗った。もう一台はウィルモント・ロードまで進み、そして署長の車は建物の正面に乗りつけた。それは芝生の向こうに奥まって建つ白い一戸建て住宅で、フォーブスの中流の上クラスに属する家に取り囲まれていた。

運転手を車に残し、彼ら四人、ストーンとダナハーとマロイそしてストーンの私服の部下のひとりがその家に向かった。ドアをノックし、呼び鈴を鳴らし、窓からのぞき込んだが、人のいる気配はなかった。ドアがあくかストーンが試してみたが、しっかりと鍵が掛かっていた。

「どうしたものか」ストーンは考えあぐねた。「捜索令状は家に押し入る権利を認めていない。ちゃんとした理由でもないかぎりは」

「近所の人に話を聞こう」ダナハーは言った。「マロイ、そこのあの家からあたってくれ」左手の近くの家を手で示した。

ストーンも同意し、部下を反対側の家にやって、ダナハーと車に戻った。

五分後、私服刑事のハリスが報告を入れるため車のそばにやって来て、後ろの家に向けて頭をぐいとやった。「あそこに住む女の話では、シャピロは先週の木曜日スーツケース二個をもって、車で出かけたそうです。それから戻っていないとか」

ダナハーはうなずいた。「新聞が名前を出した日だ。出してはいけなかったんだ」

彼らは車のそばに立ち、ダナハーは腹立たしげに小さな円を描いてぐるぐる回っていた。

「くそ、やつはいまどこにいるんだ」

「アポロを通して見つけ出せるかもしれない」ストーンが言った。

「そうかな？　ファーンはアポロの女だった。シャピロは彼に雇われた殺し屋ではない、弁護士だ。おれにはシャピロがすべて自分で勝手にやったんじゃないかと思える。その場合は警察だけでなくアポロからも身を隠すだろう。われわれからそんなにあわてて逃げ出す必要はなかった。やつがどこにいるかわれわれは知らなかったんだ——が、アポロは知っていた」腹立たしげに見回した。「マロイはいったいなにをぐずぐずしてるんだ?」

そうこぼしているときに、マロイが隣の家から出てきた。一段おきに正面階段を下りて、急いで駆けつけた。

「なにしてたんだ、ついでに昼メシを食ってきたか」ダナハーは言った。

マロイはにやりと笑った。「われわれが捜している男について、ちょっと探り出してきましたよ」

「そのちょっとは二分前に探り出した。やつは木曜から留守だ」

「交友関係について探り出しましたか。ぼくは探り出しました」

「どういう交友関係だ？」

「女友達です」

「それがどうした？　当然、女はいただろ。アポロの女だったファーン・フルトンに手を出したんなら、女がいてあたりまえだ」

「そうです」マロイは言った。「ところが、いないんです。隣に住む女の話では、どんなときも女の影さえ見なかったそうです。昼だろうと夜だろうと、シャピロの部屋のなかだろうと周辺だろうと」

「だからなんだっていうんだ、おれたちを混乱させようと？」ダナハーは車のなかに戻った。「もういい。たくさんだ。あとはピッツフィールドに戻り、スポルディングにこう言ってやるだけだ。あんたがくだらない色気を出して世間受けを狙ったりしたから犯人を逃がしてしまった、と。やつはたぶんいまごろ悠然と中国行きの船に乗っている」

29

六月二日、火曜日―三日、水曜日

昼食をすますとすぐに、ダナハーはマクギニスに電話で報告を入れた。マクギニスはすっかり取り乱していた。

「なにがあった、マイク？　なにがあったんだ？　けさ、その家のことで電話をもらってからというもの、続報をじりじりしながら待っていたんだ。市長も朝からずっとわたしをせっついている。きみがわざと報告しないいんじゃないかと思っているようだ。もっと前に電話をしてるはずだ、と」

「なにも起きていない」ダナハーはかみつくように言った。「市長のアホにあんたのせいだと言ってやってくれ。署のことに口を出さないで、やり方をわかっている者たちに任せていたら、犯人を連れて帰れた。それがどうだ、やつは家にいなくて、指名手配をしなければならない始末だ」

「帰ってくるんだろ、マイク？　スポルディングが会いたがってる」

それを聞いて気が変わった。「帰らない。彼が近寄ってきたら、殺してやる」

「なあ、マイク、そんなに根にもつことはないだろ。市民は知らされて当然と市長は感じたんだ。はっきり言って、われわれはあまり知らせていない。市民にどんな権利があるのかないのか、彼は知っている」

「彼が知ってるのはポリティクス、駆け引きだ。ポリスのことじゃない」

「わかった。ともかく帰ってくるんだ。そこにいたってなにもできないだろ」

「帰らない。フォーブスの警察がこれからやつのところの家宅捜索をして、なにがあるか確かめる。そのあいだ留まって、ファイルに目を通し、スポルディングの失点を取り返せるようにその男についてできるだけ探り出す」

マクギニスはため息をついた。「わかった、マイク。スポルディングにそれを話す。ところで、ミセス・コルトナーがここにいる。きみと話したがってる」

「ばかも休み休みに。彼女のきょうの話し相手はあんただ」ダナハーは手荒に受話器を戻した。

その日の午後フォーブス警察はシャピロの家に捜索に入り、屋根裏から地下室まで隈なく調べた。結果はもう一度ピッツフィールドに電話を入れるに値するものだった。地下室に下りてみると、女もののスーツケースとバッグとポロコートが、段ボールの空箱の後ろの壁際に押し込まれ、古いシーツで覆われていた。スーツケースにはF・Fのイニシャルがあり、そのなかにほかのものに交じって、胴の部分にスパンコールがついた緑色のサテンのイブニングドレスと緑色のチュールのオーバースカートがあった。バッグにはファーンの財布とイニシャルが入ったハンカチーフ、そしてほかにも持ち主を示すさまざまなものが入っていた。

水曜日の午前、ダナハーはフランク・シャピロのファイルを前にして座り、情報をさらに掘り起こした。新たにわかったことはあまりなかったが、一点だけ確認できた。シャピロは女たらしだった。公の場でさまざまなモデル、端役女優、そのほかの美女といっしょにいるところを見られている。いくつかの名前が挙げられていた。プライベートで会っていた女もおそらくいたのだ。フォーブス警察は彼女たちに話を聞くためリストを作成しはじめていた。シャピロが行くところには必ず女がいるようだった。

女たちへの事情聴取の結果が入ってくる前に、新たな展開がみられた。その日の午後二時十五分、私服刑事のウィリアム・クーパーはメイン・ストリートのスチューベン・ガレージに入っていった。開いたドアの脇の小さなオフィスにいた経営者にバッジを見せ、そして言った。

「9U-190のクリーム色のキャディラック・コンバーティブルを捜しているんだが」

経営者はずんぐりした男で、頭ははげ、縁なし眼鏡をかけていた。「クリーム色のコンバーティブルならある。ナンバーはわからないが」

「ちょっと見せてくれ」

いっしょにフロア中央の排水溝のそばまで行くと、経営者は黒っぽい二台のセダンにはさまれていちだんと際立っているキャディラックを指差した。クーパーはさらに近寄り、やがて戻った。

「この車についてわかっていることは？」

「記録を確かめなければなにもわからない」先に立ってオフィスに引き返した経営者は、赤い表紙の台帳をとりだして、デスクに置き、ページをめくっていった。「東一丁目一二七番地のラルフ・カリーロのものになっている」

クーパーはそれを書き留めた。「やつを知ってるか」

「あいにくと。車は知ってるがね。前にここを利用している」

「どのくらいの頻度で?」

男は書類入れに歩を運び、引き出しをあけた。「これだ」二枚のカードをとりだして言った。「これはキャディの、もう一枚はその前にもっていた車のだ。いつ、何時間ぐらい駐車したかが示されている。今回が連続でもっとも長い——先週の木曜から」

クーパーはカードを見て、メモをとりはじめた。「いつもはひと晩だけなんだな、はあ?」

「たいていは」

ガレージをあとにしたクーパーは、もっとも近い電話ボックスに向かい、刑事課主任のジャック・ファーレル警部に電話を入れた。「やつを見つけました」と言って、新たに仕入れた情報を繰り返した。「現在、東一丁目から二ブロックのところにいます」としめくくった。

ファーレルは考え込んでしばらく窓の外を見つめた。やがてきっぱりとデスクに向き直った。「そこに行って、ざっと様子を見てくれ。が、高圧的な態度には出るな。怪しまれないようにするんだ。やつがそこにいるなら、裏口から逃がしてはならない。もし逃げ出したら、捕まえろ。そうでなかったら、じっくりと構えるんだ」

電話を切り、しばらく椅子に背中を預けた。立ち上がり、後ろのスチール・キャビネットに歩を運んで、リボルバーとホルスターをとりだした。ホルスターを装着しながら記録室に入っていった。そこではダナハーとマロイがファイルに目を通していた。

「おたくらが捜していた男を追いつめたようだ」とこともなげに言って、ファーレルは署長室に向かった。

ダナハーとマロイがそこに着いたとき、ストーンはちょうどニュースを聞いたところだった。両手をこすり合わせながら、すっかりご満悦の体で椅子に背中を預けていた。「安アパートにひそんでいたのか」彼は言っていた。「聞いたかね、ダナハー警部？　やつを罠にはめた」

「ですね」とダナハーは言った。本当は仕掛けが作動したあとに入り込んだだけなのだ。

「銃撃戦になる」ストーンは言った。「銃をもたずにああいった隠れ家に逃げ込んだりはしない。力ずくでもやつを捕えなければならない。ファーレル、暴動鎮圧部隊を出動させ、トミーガンを支給してもらうんだ。催涙ガスでは充分ではないかもしれない」下唇を引っ張り、窓をじっと見た。「交通規制のパトロール警官が必要だ。立入禁止のロープを張らなければならない。どうかな、家には十五人ほどで?」向き直り、ダナハーがその場所を知らないことを思い出した。「十五人だ」と言って、ファーレルに指を向けた。「行動開始」

五分もすると、本署の動きがあわただしくなり、警察担当の記者がどっと踏み込んできたも同然だった。五台の車が出てきて、煉瓦の建物の正面につぎつぎに止まると、男たちが整然と花崗岩の階段を駆け下りてきて、車のドアをあけ、乗り込んだ。彼らはマシンガン、ライフル、催涙ガス銃、そしてつねに手元にあるリボルバーといった武器を手にしていた。全員が乗り込み、ドアが閉められると、一台ずつ急発進して、縁石から離れていった。

一行はエンジン全開でけたたましくサイレンを鳴らしながら、列をなして町を通り抜けていき、その後ろではある車はターンし、ある車は縁石から急発進し、またある車は流れに突っ込んで、さまざまな車があとにつづいた。

道すがら、ダナハーとマロイとファーレルを後部座席に乗せて助手席に座るストーンは、三方向の無線で指示を出した。

「ミラーとピーブル、二丁目に入って、裏からの退路を断て。ハイエス、ロープを張るまで検問に立ってくれ。一丁目には警察車輛以外、一台も出入りさせるな。一台もだ」武装強盗が盗んだパトカーで道路封鎖を突っ切ったことがあり、同じ失態を繰り返さないようにしていた。

運転手は鋭くハンドルを切って一丁目に入り、マロイを沈着冷静なダナハーに半ば投げ出す恰好だった。サイレンを切ってブロックを進んでいき、ストーンの停止命令にすばやくブレーキを踏んだ。車は狭い通りの左手の縁石に寄って止まった。反対側は高さ六フィートの堅固な板塀になっていて、一二七の番地が記された汚れた煉瓦の、間口の狭い三階建てアパートメントに隣接していた。急停止に、なかに乗っていた者たちは前に投げ出されたが、ストーンは気に留めなかった。彼の目は標的に定められていた。すぐ後ろにもう一台黒い車が止まり、後方の通りの角からハイエスの運転する車が斜めに突っ込んできて、道の真ん中に止まった。さらに後ろにサイレンを鳴らす車が集まり、野次馬を排除しはじめた。

近くの生垣の後ろからクーパーが姿をあらわし、撃たれないように頭を下げ、小走りでストーンの車の陰に入った。窓に顔を入れ、ぎこちなく敬礼した。「あの家です、署長。カリーロの部屋は三階の正面、左手のふたつの窓です。部屋にいるはずです」

「どうしてわかる?」ストーンは運転手の前に身を乗り出して、訊いた。

「管理人が出てきたんで、訊いてみました」

ストーンはうなずき、車の車道側に出た。後ろの車に向かい、カリーロの窓に背中をさらして、窓越しに話をした。通りの角から三台目の車が入ってきて、通行止めの脚立二台とパトロール警官二名を残して近づいてきた。そしてつぎの角まで行って、さらに二台の脚立で反対側も封鎖してから、引き返して止まった。合図で全車輛から男たちが出て、広がりはじめた。ふたりは板塀をよじ登って、煉瓦の建物の脇の空き地に飛び降りた。もうひとりは塀に身を隠しながら建物に近づき、正面ポーチに近い隅で配置についた。ふたりが専用車道に消え、もうひとりは隣家に入り込んで、三階に上がった。そこからならカリーロの部屋の、カーテンが引かれた側の窓を見張ることができる。通りの角でパトロール警官が歩行者を制止し、警官の姿が見えなくなると、通りは打ち捨てられたようになった。

ファーレルとマロイとダナハーは署長の車から出て、それを弾よけとして立ち、ファーレルは銃を抜き、くるくる回した。ストーンが彼らのところにやって来て、すでに運転手が席を空けた運転席に乗り込んだ。彼はマイクをとり、拡声器のスイッチを入れ、確認のため周囲を見回してから、唇を動かしはじめた。

「警察だ、聞け、ラルフ・カリーロ。聞け、ラルフ・カリーロ。両手を上げて出てこい。五分待つ。両手を上げて出てこい」

ストーンは拡声器のスイッチを切り、周りを見た。自分のそばにいる刑事たちを別にすれば、目に入るのは塀に張りついている刑事と後方支援の車の後ろに隠れるふたりだけだった。どう思いますと訊くファーレルに、ストーンは肩をすくめてみせた。

ファーレルはひっそりとカーテンが引かれた窓を見上げ、首を横に振った。「人のいる気配がまったくない」

「たぶん部屋にはいないんだろう」とダナハーが言った。

その建物のほかの窓から顔がのぞいていた。カーテンの隙間からのぞくおびえた顔。マロイは腕時計を確かめ、もう一方の脚に体重を移した。どういうわけか笑いたい気分だった。少しも緊張を感じなかった。予行演習と同じようなものだった。銃撃戦にはならないと確信した。

カリーロはとっくに逃げ出したか、ベッドの下に隠れている。

ストーンは拡声器のスイッチを入れた。「二分」の声が近隣に響き渡った。腰に手を当て、脚を広げて立つダナハーは、骨と皮ばかりの腹を突き出し、サル顔が険悪になっていた。マロイがダナハーを差し置いて、ストーンに言った。「ぼくが引っ捕えてきましょうか」

ストーンは車の窓から顔を出して、長身の刑事を見た。「きみたちがそこに入ることはできない。ここはきみたちの管轄ではないんだ。車の陰にただ隠れているように。きみたちに怪我をさせるわけにはいかない」

ダナハーはマロイに言った。「あきれたやつだ」

マロイは肩をすくめた。「なんで彼らが危険を冒さなきゃならないんです？　彼らの事件ではないんです」

「おまえさんのでもない。これが自分のもので、特別なものと考えるのはやめろ」

ストーンは腕時計を見て、言った。「時間だ。なかに踏み込まなきゃならないようだ」ふたたびスイッチを入れ、マイクをとった。「こちらは警察だ、よく聞け。東一丁目一二七番地の住人へ。全員、外に。全員、外に。五分以内に出てくるんだ。全員、通りに出ろ。五分したら、催涙ガスを投げ入れる。全員、通りに出るんだ」

窓ではカーテンが元に戻され、ストーンはファーレルに言った。「向こうに行ってくれ。彼らが出てきたら、銃撃に巻き込まれないように塀づたいに安全な場所に連れていくんだ」

ファーレルはうなずき、車の後ろで頭を引っ込め、かがみながら通りを突っ切った。やがて人々が出てきた。がっしりした肩にひょろ長い脚の黒人の大男が戸口に進み出て、後ろを振り向き、そしてほかの者たちを集めて出てきた。赤ん坊を抱く女、南北戦争の時代から抜け出してきたような、杖をつく老人、みすぼらしい身なりの太った女、そして若い女がふたり。彼らはポーチでかたまり、黒人の大男は階段を下りるよう手で示した。塀の端まで行ったファーレルは、ちらと様子をうかがうため身をさらし、彼らに手を振って進ませた。一度、三階の窓を見やったが、カーテンは相変わらずまったく動かなかった。ふたたび、こんどは激しく手を振ると、住人たちはおずおずとポーチの階段を下りて、歩道に立ち、塀を回り込んだ。ポーチで黒人がしばらく姿を消し、小柄な老女に手を貸しながらふたたび出てくると、標的になるかもしれないのを知らないのか気にかけていないのか、彼女を気遣いながらファーレルのところまで導いた。

ファーレルはできるだけ急いで住人たちを塀の陰に集め、黒人の大男と手短に話をしてから、そこに張りついている刑事に命じて、彼らを通りの角まで誘導させた。そうしてから頭を引っ込め、ストーンの車の陰に走って戻る一方で、黒人の大男ものんきな足取りで大胆にあとについた。彼がストーンの車の窓に回り込んでくると、ファーレルは言った。「管理人のジョンソンです」

「全員、出たか」ストーンは彼に訊いた。

「いんや。十五歳の女の子がひとりまだいるんでさ。大声で呼びかけたんだが、答えないんでさ」

「カリーロはどうなんだ？」

「そうさね。彼もまだいるはずでさ。ずっと外には出ていない」

「あんなふうに通りを横切るとはどういうつもりなんだ？　カリーロに撃たれたかもしれないんだぞ」

大男はにやりと笑った。「ミスタ・カリーロに？　彼がおれを撃つだって？　だれも撃ちやしないさ。彼がなにをしたと？」

「ナイフで女を殺した、それだけだ。で、いま、十五の少女を人質としてとっている」

「まさかね」ジョンソンは笑った。「テッシーを人質にしたりするもんかね。彼女が好きなんだ」

「だろうよ」ストーンはしばらく考え込んだ顔をして、フロントガラス越しに動きの見られない窓を見た。「どのくらいここにいる？」

「二年ほど」

「この前帰ってきてからだ」

「それなら、木曜に帰ってきて、以来ずっといるんでさ。ほとんど外には出てないね。ただ外で食って、戻るだけで」

「二年間この部屋を隠れ家として使ってるというわけか、はあ？」

「違うんだな」ジョンソンは笑った。「隠れ家じゃない。わかるだろ、あんたら白人のことさ。女友達だ」

「隠れ家でもある」ストーンはファーレルに向いた。「その少女がいるんなら、やっかいなことになりそうだ」

ダナハーが言った。「もし彼女を人質にとっているなら、そのことをどうしてわれわれに教えないんだ」

「われわれが知っていることを、やつは知っている。管理人がわれわれに話したのを知っている」

「どうやって？　レーダーで？　窓から頭を突き出していない」

「あんたはどう考える、警部？」ストーンは訊いた。

「部屋にはいないか、抵抗するつもりはないか」

ファーレルは言った。「クーパーとなかに入って、捕まえてきますよ。本当に少女を人質にしているなら、われわれに知らせるでしょう。彼女を使えるあいだは彼女にはなにもしません」

ストーンは言った。「その前に催涙弾をぶち込むべきだろ」

「そのときは彼女を殺すかもしれません」

「いいだろ、やってくれ。が、もし彼女がそこにいたら、なにもするな。すぐ出てくるんだ」

ファーレルはうなずき、クーパーに手を振ると、彼がもう一台の車から頭を引っ込めながらやって来た。なにをするかファーレルは話し、そしてふたりとも銃を確かめた。通りを横切って塀まで走り、それから塀とポーチのあいだの、さえぎるもののないスペースに移った。ファーレルは十フィートを全力疾走し、ポーチに達した。通りの向こうでは男たちが見守り、変化のない三階の窓に銃を向けたままだった。クーパーも走り、彼らふたり開いた正面ドアの脇のポーチに無事に立った。数分と思える時間、慎重に周囲をうかがってから、ひとりずつ壁に背中を張りつかせながら音もなくなかにすべり込み、建物の薄暗い奥に消えた。

外でダナハーは煙草を一本とりだし、火をつけた。くわえ煙草をくゆらし、ふたたび腰に手を当て、建物にまっすぐ向き、車に半ば遮蔽されて立っていた。マロイは車に寄りかかり、鋼鉄の屋根と拡声器越しに、ふたりの刑事が消えた正面玄関とカリーロの部屋と目される二重窓を見た。ストーンはハンドルを指で打ちつけ、ときにダッシュボードを、ときに視野に入る待機中の部下を、ときに人々や車が集まっている通りの角を見た。建物からは物音ひとつしなかった。

沈黙に黒人の管理人は落ち着かなくなりだした。もう一方の脚に体重を移し、あたりを見回し、煙草を一本とりだした。「ミスタ・カリーロが人に迷惑をかけたことなど一度もないんだ」とダナハーに話したが、ダナハー警部は煙草の灰を振り落として、くわえなおしただけだった。

時間がゆっくりと過ぎていき、待機する警官はわずかにリラックスしはじめた。うちのひとりは身を隠すことに注意を払わなくなりだしていた。三階の窓でカーテンが動くことはなく、建物には打ち捨てられた雰囲気が漂っていた。

マロイが言った。「抵抗する気はなさそうだ。もしかしたら部屋にいないんでは」

「間違いなくいるよ」ジョンソンは言った。「ドアをあけっぱなしにしてるんでさ。出ていくときはちゃんと見てる」

「女を部屋に上げることは？」

ジョンソンは肩をすくめた。「あるかもな。女が来るとしたら夜だね。そのときはドアを閉めてる。勤務時間は終了なもんで。ときどき声は聞くが、見たことはない」

「ゆうべはなにか聞いたか」

「確かなことはわからないな。人が出たり入ったりだが、おおかたここの住人でさ」

不意に注意を引きつけられた。彼らは窓にさっと顔を向けた。隣の車で身をさらし出していた警官がすばやく隠れ、銃を構えた。全員、窓を見つめた。壁にはさまれた空間によってくぐもった爆発音が聞こえた——銃声だった。
ふたたび沈黙がつづき、外ではだれも動かなかった。ストーンはうなり、そして見つめた。やがて人影が三階の窓に慎重にあらわれ、手を前後に振って警告した。男たちは発砲を控えた。人影はファーレルだった。彼はカーテンを寄せ、窓をあけ、下に向かって叫んだ。「ここにいる！　死んでる。殺された」

30

六月三日、水曜日

フォーブスの検死医ドクタ・バトラーとファーガソン検視官が五時に到着した。そのときまでに死体と部屋の写真撮影は終了し、指紋が残されていそうな箇所からの採取もすんでいた。

そこは小さな部屋で、正面にふたつの窓、そして片側に日除けを下ろした窓があった。きちんと直されたベッドと三脚の椅子――うちの一脚は背にコートが掛けられていた――そしてふたつの窓のあいだにジンとトム・コリンズのボトル、水、ハイボールグラス二個が載るテーブルがあった。クロゼットにスーツケースとスーツ二着があった。ドアの近くのタンスには普段着のシャツとソックスと下着、そして新品の高価なナイロンネグリジェが念入りにたたまれて入っていた。壁には二十人かそれ以上の裸の女の写真が貼ってあった。

死体はドアの近く、ぼろ布で作った血染めの敷物に仰向けに横たわっていた。茶色のスラックスにシャツという恰好で、血だらけのシャツの前は引き裂かれ、乾いた血が胸毛にこびりつき、ナイフに切りつけられた傷が走る裸の胸がむきだしになっていた。この男がこれまでずっと捜していた男であることは疑問の余地もなかった。背が低く、小太りで、髪は黒く、頭頂が薄くなっていた。黒い角縁眼鏡はかけたままで、レンズがひび割れ、半月形の傷痕が左こめかみで際立っていた。

ざっと調べてから、バトラーは言った。「死因は刺し傷、おそらく飛び出しナイフによるものだろう」

ファーガソンが検視陪審員の招集を告げた。死体は運ばれ、警察は現場検証をつづけた。マロイとダナハーは邪魔にならないようにその場にいた。

マロイが言った。「ゆうべは女をもてなすことになっていたようですね」

ダナハーは口ごもった。「彼女はプレイしたくなかったらしい」

ストーンが黒い住所録を持って、やって来た。「とんだヤマをしょい込んでしまったもんだ。ここにはざっと五十人の女が載っているにちがいない」

ダナハーは言った。「おたくのヤマだ。お好きなように」

ストーンは肩をすくめ、ドアをばたばた動かして、ファーレルが撃ち抜いた錠を見た。「だれがやったにしても、鍵をもってった。部屋にはない」

警官が若い娘の腕をつかんで、階段を上がってきた。「あなたがお捜しの娘です、署長。クロゼットに隠れているのを見つけました」

ストーン署長は彼女を部屋のなかに入れた。床の血痕はベッドのシーツで隠され、敷物は片づけられていた。娘は椅子に座り、ひどくおびえているようだった。

ストーンは訊いた。「われわれが指示したときに、どうして建物から出てこなかった？」

「こわかったんです」

「この件についてなにを知ってるのかな？」

「なにも」彼女はストーンのベルトと靴を見た。

「どこに住んでる？」

「二階の奥の部屋で母と暮らしてます」

「カリーロがここでもてなした女を見たことがあるか」

彼女はごくりと唾をのみこみ、陰鬱にうなずいた。「ときどき」

「ゆうべ来た女は見た？」

壁の写真をこっそり見て、彼女はうなずいた。

「彼女を知ってる？」

「よくは知りません。名前はヘンリエッタ」

ストーンは手のなかにある住所録をぱらぱらとめくり、うなずいた。「聞いたことを全部話してくれ」

彼女はストーンの顔を見て、ふたたび靴に視線を落とした。「なにも聞いてません。部屋に入ろうとしていたときに、彼女が階段を下りてきて、わたしの脇を通り過ぎ、出ていきました」

「何時ごろ？」

「九時半ごろ」

「ほかにだれか見たか」

「いいえ」

「彼女はどんな様子だった？」

「さあ。脇を通って、さっさと出ていってしまいました」

「急いで？」

彼女は首を横に振った。「いいえ。ちょっと怒っているようには見えましたけど」

娘を下がらせてから、ストーンは言った。「この住所録に載っているヘンリエッタはただひとり。彼女に間違いない」腕時計を見た。「今夜は晩メシ抜きだ。ほかの住人にも話を聞かなければならない」

ダナハーは言った。「そういうことで、こっちも電話をしなければ。署長は新聞でこのことを知りたくはないだろうから。行くぞ、マロイ」

ストーンはがっかりしたようだった。見せびらかす相手がほしかったのだ。「しばらくこのままいたいんじゃないのかね？」

「なんのために？　こっちの事件は解決した」

「そうだな」ストーンはしぶしぶ認めた。「どうやら、そういうことらしい」

ダナハーのあとにつづいて廊下に出たマロイが言った。「どうです、警部？　ぼくが残ったほうがいいのでは？」

「なんのために残っていたいんだ？　おれより彼のほうがずっと優秀だってことを確認したい

のか」

「なにが明らかになるか確かめたいんですよ。最後まで見届けたい気がします」

「完全に終わった。捜していた男を見つけた。これはフォーブスの殺人であって、ピッツフィールドのじゃない」

マロイは落ち着かなげに体を左右に揺らした。廊下で警備についている警官から少し離れた。

「わかってます。が、事件の全容を知りたいじゃないですか——つまりその、シャピロになにが起きたか」

「おまえさんが言おうとしていることは、おれがつねに言ってることだ、マロイ。おまえさんは個人的に関わっている。これはおまえさんの事件じゃない。いまではわれわれの事件でさえないんだ。大人になって、コルビー公園の女は特別な存在と考えるのはやめろ。彼女はそんなんじゃなかったんだ」

マロイは言った。「二日ほど休みをとれるんですよね。いまからそれをとってもいいですか」

ダナハーは腰に手を当て、けんか腰に構えた。「おまえさんが結婚していなかったら、あの女に惚れちまったと考えていたところだ。実際、そんなことはないと確信をもてないのがいまいましい」そこで手を下ろした。「わかった。好きにしろ。おれの知ったことか。土曜までだぞ」顔をしかめた。「コルビー公園の女を頭から完全に追い出すまではなんにも手をつけられないというわけだ。ともかく追い出すんだ」

ダナハーは背中を向け、階段をさっさと下りていった。

31

六月四日、木曜日

『ピッツフィールド・クーリエ』一九五三年六月四日（木曜日）号

市長、コルビー公園事件解決を明言
犯人は下宿屋で死体で発見

六月四日――ラングリー・J・スポルディング市長は昨夜遅く、一ヵ月と一日前にコルビー公園で起きたショッキングな殺人事件がついに解決したことを明らかにした。ニュージャージー州フォーブスの警察が、スポルディング市長の勧告を受けたゴードン・マクギニス署長によって派遣された特別捜査官の応援を得て、東一丁目一二七番地の愛の巣で死んでいる凶悪犯を発見した。犠牲者になっていたかもしれない女によってナイフで刺し殺されたのは明らかだった。

「因果応報」スポルディングは昨晩、自宅で発表した声明のなかで言った。「〝蒔いた種は自分で刈らなければならない〟と聖書ではわれわれよりもうまく表現している。フランク・シャピロは女を殺したように、ナイフで殺された。ひとりの女の手によって自分の愛の巣で殺害された。これ以上ふさわしい最期の迎え方があるだろうか。彼が死んだという事実によって、われらが納税者は過大な出費を抑えることができた。かりにその男が生きていたとして、確実に彼に正義がなされるようにするための経費が惜しいわけではないが、われわれにできることは、神がふさわしいとお考えになる正義には遠く及ばない」

市長はゴードン・マクギニス署長への賛辞を声を大にして述べたてた。恐るべき殺人の詳細が伝えられるやすぐに、事件を解決に導くためあらゆる手段を尽くすよう署長に指示したという。

「とてもむずかしい事件だった。というのも、犯行現場では手がかりがひとつも発見されなかったからだ。しかしながら、署長のあっぱれな捜査指揮のもと、ピッツフィールドではこれまで見られなかったほぼ完全な殺人事件の突破口を見事に開いた」

市長は捜査の転換点について長々と論じた。それはマクギニスと部下たちによって死んだ女の顔が復元されたことだった。「マクギニスはそのことでわたしに相談をもちかけてきた」とスポルディングは言った。「彼は自分自身のアイデアにかしこまり、それでもその結果として起きるかもしれない反動を心配した。復元がうまくいくかまったく確信をもてなかったマクギニスにわたしは、全面的に支持するから進めるように言ったんだ。それで気が楽になって、彼は任務に戻り、その方面で特別な訓練を受けたひとりの刑事に復元の仕事を任せた。その瞬間から、犯人の運命は決定づけられていた」

フォーブス警察からの情報は、犯人がジキルとハイドの狂人だったことを示している。彼はフォーブス郊外で用心深く裕福な普通の生活を送る一方で、町の反対側に気分が乗らないときに行く部屋を確保しておき、そこにさまざまな評判をもつ女たちを誘い込んでいた。報告によると、五十人を超えるそうした女たちの名前が住所録に載っていたという。

ある部分はおそらく永遠に謎として残るだろう、とスポルディング市長は述べた。シャピロの死とともに、彼の餌食となる運命にあった美しい娘がグリーン・ルームで歌っているとき彼がどのようにピッツフィールドにやって来たか突き止めるチャンスは完全に失われてしまった。「推測するところ」と市長は言った。「彼女の名前が宣伝されているのを見たのだろう。明々白々、ピッツフィールドにやって来たのはミルドレッド・ハリスに関心があってのことだ」

五年間、姿を消していた地元の娘、ミルドレッドは先月五月三日コルビー公園で無惨に殺されているのを発見された。彼女はこの街のミセス・ジョセフィン・コルトナーと故エドワード・ハリスのあいだに生まれた娘だった。

その晩九時、マロイはダナハーのアパートメントへの階段を上がった。ポケットにはスポルディングが『クーリエ』に寄せた声明と同じ内容を載せた『スター』が、折りたたまれて入っていた。記事には市長が警察署長に任命した男、ゴードン・マクギニスをピッツフィールドは誇りに思って当然であるとの言葉も添えられていた。

呼び鈴を鳴らすとダナハーがドアをあけ、不機嫌そうにじろじろ見た。「土曜まで休みをとるんじゃなかったのか」

「切り上げました」マロイはなかに進み、ポケットから突き出している新聞を軽くたたいた。

「市長が事件を解決したとか」

「らしいな」とダナハーは言った。「全部、自分ひとりで」

「あなたを心から賞賛しているはずです。きっとあなたの名前を忘れてしまったんでしょう」

「名前はちゃんと出している。ただスペルを間違って、大文字の〝I〟にしただけだ」

マロイは腰を下ろし、くつろいで椅子の背に体を預けた。「今年の十一月は選挙がなくてなによりです。もしあったら、当選確実ですよ」

「どっちみち当選確実なんだ、やつは。来年、世間が忘れかけたころに選挙キャンペーンでそれをもち出し、投票所が開いたときには、頭を作ったことも含めて全部、自分がやったとみんなに思い込ませている」

マロイはかぶりを振った。上機嫌のようだった。「ま、いい市長ですよ」

「鼻持ちならないやつだ」ダナハーはマロイを見た。「それにしても、なんの用なんだ。さっさとうちに帰れ」

「あなたと事件のことを話したくて来ました」

「事件は終わった。話すことなどなにもない。女房のところに戻って、ファーン・フルトンのことは忘れるんだ、頼むぜ」

マロイは少しも動じなかった。「ちょっと考えていたんです、警部。市長に赤っ恥をかかせたくありませんか」

「そうしたくても法律がそうさせてくれない」

「そうでもないかもしれませんよ」

ダナハーはコーヒーテーブルに載る煙草に手をのばしかけたまま止めた。「なにしにわざわざ来たんだ？」

「ちょっと考えていたんですよ。シャピロは女を殺していないことを示せれば、スポルディングは引っ込みがつかなくなります」

「事件は終わったばかりだ、マロイ。だれが殺したか知らないふりをしろというのか」

マロイは首を横に振った。「また別の犯人を用意するということです」

ダナハーの顔に色が差しはじめ、慎重の上にも慎重に言葉を選んだ。「どういうことだ？でっち上げ？」

マロイは声をあげて笑った。「でっち上げじゃありません、警部。真犯人です。シャピロがやったとは思ってません」

ダナハーは歯ぎしりし、煙草を一本テーブルに振り出した。「またまたおまえさんの推理か、マロイ」

マロイはいくらか自信をなくしたようだった。「ま、そんなようなもので」

「それを裏付ける事実はつかんだのか」

「そういうわけでは。状況証拠はたくさんあります」

ダナハーはこぶしを膝に打ちつけた。「いったい何度言わなきゃならないんだ、マロイ？　事実だ！　事実、事実、事実！　それがすべてだ！」手を頭にやった。「まったく」

「それを言うなら、警部、シャピロをクロとするどんな事実があるんですか。数多くの状況証拠をのぞけばなにもありません。コンバーティブルのキャディラックが目撃されました。彼はコンバーティブルのキャディラックをもってました。ひとりの男の人相が示されていました。彼はその男に似ています。女はレイプされました。彼は女と遊ぶための部屋を借りていました。それがなにを立証するというんです？」

ダナハーはようやく煙草に火をつけ、それをマロイのほうに突き出した。「ひとつ忘れてるぞ、マロイ。あらゆる状況証拠をしっかりと結びつける議論の余地なしのひとつの事実を。やつの地下室には被害者の女のスーツケースとコートとバッグがあった。それを無視することは絶対にできない。絶対に！」

「わかりました。それは彼が彼女と公園に入ったことを立証しています。ですが彼女を殺したことを立証しているわけではありません」

「いいかげんにしてくれ」ダナハーは灰皿に煙草の灰を落とした。「その推理はどこまでいくんだ？」

マロイは脚を組み替えた。「わかりません、警部。シャピロが死体で発見されるまでは、あなたと同じように彼がやったと思っていました。ただ、どういうものかしっくりこないんです。

で、この事件では重要ではないと思われ、充分に説明がつかなかったことに考えがいってしまって」

「たとえばどんなことだ？」

「ひとつには、ミルドレッドの指輪です。オヘアが送ってくれたどの写真でも指輪はしていませんでした」

「安物の指輪を見せたくなかったんだろ」

「ですね。しかしミセス・ブラッドショーはどんな指輪も憶えていません。彼女はミルドレッドが着ていたドレスを事細かに描写できたのに、指輪は思い出せませんでした。ミセス・ブラッドショーは真っ先に左手の薬指を確かめるタイプの女性です」

「そう、で、これまでとは違う推理をしてみたか、はあ？　なんのためにここまで引き延ばして話したんだ？」

「あなたは推理が好きじゃないですから」

「そういったたぐいは好きじゃない。おまえさんのその推理ではほかになにがあるんだ？」

「ミルドレッドを殺した人物がシャピロも殺したんだと思います」

ダナハーは不細工な小さな目でマロイを透かし見た。「どうしてだ？　おつむが鈍いのか、おれにはわからない」

「ひとつには、ふたりとも刃物で殺されました」

「アホか、マロイ。刃物で殺されたのはすべて同一犯がやったというのか。刃物は同じでなくても」

「すみません。あなたが関心を示すんじゃないかと思ったもので」

「なにが思っただ。関心など示さないことはわかってたはずだぞ。心理学を使って、おれを怒らせようとしてやって来たんだろ。スポルディングに対する怒りのあまり、おまえさんのくだらない考えにも耳を傾ける気になると思って。うちに帰れ」

「だれがやったと考えてるか聞きたくもない？」

「だれが真犯人かあえて訊かない。わかった、つづけてくれ。話せ」

「隣の若造です」

ダナハーは頭を抱え込んだ。「訊いたおれがばかだった。血迷ってレインと口走るんじゃないかと思った。下手するとディブル、いやニック・アポロの名前さえ出すんじゃないかと。しかし隣の若造とは、よくもまあ！」

「隣の若造でどこがいけないんです？」

ダナハーは膝のあいだに手を落とし、うんざりして顔を上げた。「どこがいけないか知りたい？　第一に、頭部の身元を確認したのは隣の若造だ。彼がいなかったら、女の身元はわからないままだった。なにひとつわからないままだった。あの若造は愚かだとしても、いくらなんでもそこまで愚かにはなれないだろ」

マロイは身を乗り出し、いまや顔が張り詰めていた。「そうです。彼が頭の身元を確認しました。そこで教えてください、文句のつけようがないほど潔白なら、どうして待ったんです？

どうして死体が発見された翌日にコルトナー夫妻を署に連れてきて、殺された娘はミルドレッドだと言わなかったんです？」膝をたたいて、つづけた。「彼女が街にいることをカーンズは知っていました。彼女が髪を染めていたことを知っていました。指輪を知っていました。彼女が死体発見現場から百ヤードのところに住んでいることを知っていました。ミルドレッドがシャピロに気づいて、歌の途中でやめたことを知っていました。彼女がぶるぶる震えていたことを知っていました。そんなに潔白で、彼女が歌っているときは毎晩グリーン・ルームに通いつめるほど気にかけていたなら、すぐ警察に駆けつけて、彼にとっては妹のような存在の娘が死んだかどうか確かめたはずです。なにが引っ掛かっているか知りたいですか。それがそのうちのひとつです。なぜそうしなかったんでしょう、警部？」

ダナハーは返答に詰まった。確信はもてなかったが、ゆく手を阻止された気がした。マロイをにらみつけ、そして言った。「わかった。その推理とやらを最後まで聞かせてもらおうか」

「わかりました。指輪の問題をとりあげましょう。父親からもらった指輪で、それは彼女の誇りであり、喜びでした。どの写真を見ても、それをはめていません。その理由は、もっていなかったからです。きょうの午後ミーカーに電話で確かめましたが、一度も見たことがないそうです。ミセス・ライトにも確かめましたが、彼女も見ていません。ミルドレッドを最後に見た人物、ミセス・ブラッドショーを含め、だれひとりその指輪を一度も見ていません。それなのに翌朝ミルドレッドの死体が発見されたとき、指輪をしていました。どこから出てきたんでしょう？」

ダナハーは目を閉じ、表情の消えた顔でカウチに背中を預けた。「つづけてくれ」

「じゃ、カーンズのことを話しましょう。隣の若造です。彼はミルドレッドが自分に恋心を抱いていたとほのめかしていますが、彼女に対してそうしたものは感じなかったと否定しています。ですが、事実を見てください。ミルドレッドは家を出て以来、彼には一度も手紙を書いていません。ミーカーとの関係でそれは説明がつくのかもしれませんが、彼がグリーン・ルームをうろついていたとき彼女は誘ったりしていません。話はしましたが、それだけです。一方カーンズのほうは？　彼に話を聞いたときのことを憶えてますか。話題がミルドレッドのとき以外はあまり話しませんでした。彼女のこととなると、黙らせることができません。彼女のことを訊かれると、微に入り細を穿って話します。彼女の一挙手一投足を話せます。彼女がどんなに美しいか、十倍にして言います。さらには、彼女の意のままに操られています。彼女は彼の意に反して初めての酒をおごらせました。家を出ることは家族に話さないよう約束させました。帰ってきたことを話さないよう約束させました。で、彼はそうしました。彼女が町にいるときグリーン・ルームをうろつきました。が、一度も手紙をよこさなかったことで彼女を責めたか。責めたりしてません！

カーンズは女とデートすることもありません。どうしてです？　二十四の、明らかにノーマルな男が。理由は、ミルドレッドを待っていたからです。たぶん彼女は、台座に祭り上げられた理想の女性だったんでしょう。なんたって、三夜つづけて彼女がジュリエットを演じるのを見にいったんじゃなかったですか。シェークスピアが、とくに高校生のガキどもによって演じられる劇がそれほど好きだったとは思えませんよ」

「わかった、わかった」とダナハーは言った。「そう、彼は彼女に惚れていた。だから、なんだ？」

「ですから、五年前の彼らの別れを思い描いてください。彼女はビッグスターになるためニューヨークに旅立ち、そして彼はそのことを打ち明けられたただひとりの人物でした。彼女を駅まで送っていった人物です。彼女は彼と話ができました。感傷的になったでしょう。栄光を約束された娘として自分自身をみなし、たぶん世間を魅了するミルドレッド・ハリスを描いていたでしょう。ですが、どんなに金持ちで有名になったとしても、故郷にはいつもボーイフレンドが待っている。そのときはきっとそう思ったでしょう。カーンズは間違いなく。そうした雰囲気のなかで、彼女は思い出の品をあげたんじゃないでしょうか。誠意のしるしとして一番大事なものを？　指輪をあげたんじゃないでしょうか」

ダナハーはぴしゃりと言った。「その手に乗るか。指輪をあげた？　彼女がそうしたと示す証拠をひとつでもつかんだのか。確固たる証拠だ。彼女が指輪をもっていなかったという証拠ではなく、彼がそれをもっていたという証拠だ」

「あるはずないです。それを人に見せたりしませんよ。ひとりでひそかに大事にします。おそらくチェーンを通して、首にかけていたんでしょう」

「当て推量など陪審員は耳を貸さない」

「彼女が指輪をあげるとしたら、彼以外には考えられません、警部。カーンズでなければならず、指輪が結局は彼女の指に戻ったという事実は、まさしく彼がクロだと示しています」

「彼がクロだと示すものがほかにあるか」ダナハーは冷ややかに訊いた。

「あります。ミルドレッドが殺される一週間ほど前に三分署のパトロール警官が公園から追い出した不審者を憶えてますか。〝若い感じだった〟と警官は言ってます。〝若くて、すらりとしていた〟と。カーンズにぴったりです」

「それは五千万ものほかの男たちにもぴったりだ。しかも殺人の一週間ばかり前だ。それがなにを立証するんだ?」

マロイは指を突き出した。「ですが不審者はどこで目撃されてます? コルビー通りの、ブレイクとの角の近くです。ミセス・ブラッドショーの家、ミルドレッドが滞在していた家のほぼ向かいです」

「で、カーンズはそこでなにをしていたというんだ? 悪いな、あまり頭がよくないもんで。町を突っ切って自宅とは反対端のあたりで、なんのためにぶらついていたのか理解できない。彼女を送っていったならともかく」

「彼女の部屋の明かりを見ていたんです。きっと毎晩そうしていたんですよ」

「なるほど、これでいまや覗き趣味の男となったわけか。おそらくブラインドが下りている三階の窓からなにが見えるんだ?」

「なにも。ただ明かりを見ていたんです」

「ただ明かりを見ていただって、はあ? それでスポルディングに恥をかかせてやるつもりか、おい。こんな話に乗ったら、おれのほうが恥をかく」

「男の子はそうするもんなんです、警部。あなたは歳のいった独身者なので、理解できないでしょうが、そういうもんです。ぼく自身の経験からわかります」

　ダナハーはマロイをじっと見た。「おまえさんが明かりのついた窓を見つめながらぶらついた？」

　マロイは言った。「妻を意識しだしたのは高校生のときです。わかってもらえますかね？　学校からの帰り道、たんに彼女の家の前を通るために四ブロックも回り道したもんです」

「なんだってそんなことを？」

　マロイは肩をすくめた。「彼女はほんの十四で、気になる存在であることを口に出したりはできませんでした。そんなことしたら彼女は面と向かって笑い飛ばし、そしてぼくは悪ガキどもにさんざんからかわれたでしょう。ですから彼女の家の前を歩いて通り過ぎるんです。デートからの帰り、車で通り過ぎることさえありました。彼女がそこに住んでいるというだけで、そこがとても特別な家になるんです。カーンズにとっても同じようなことだったんでしょう。彼は二十四ですが、五年のあいだ、きっと彼女を慕いつづけていたんです。彼も同じことをしたんだと思います。彼女に見られないように一ブロック離れたところに車を止め、彼女が帰宅したあとあたりをぶらつき、明かりが消えるまで毎晩、窓を見ていた」

　ダナハーは言った。「どうやらおれは、そういった愚かな行動を考え出すほどの低能ではなさそうだ」

マロイは一瞬にやりと笑った。「これでそのときの絵を描いていただけましたか。警官は彼を追いかけたが、彼は立ち去らなかった。視野からはずれただけだったんです。そしてそこが、ミルドレッドの最後の夜に彼がいた場所です。邪推か恋わずらいか、その最後の夜は間違いなく彼はそこにいたはずです。たぶんまっすぐそこに駆けつけ、ミルドレッドが到着する前に位置についていたんでしょう。シャピロがタクシー運転手を丸め込み、ミルドレッドが下りてくるのを待つ一部始終を見ていたんです。彼女が下りてくると、彼は誘いかけた。なにを言っているのかカーンズにはわからなかったでしょうが、推測はつきます。〝言うとおりにしろ、さもないと〟で、ミルドレッドはすっかりおびえ、従うしかなかった。彼女はシャピロを毛嫌いしていて、彼はそれを知っていたので、やり方はひとつ、その場でやるしかなかったんです。彼女がいっしょに逃げることはないとわかっていて、ぐずぐずしていたら彼女の気が変わってしまうかもしれない。そこで歩道にあった彼女の荷物を車に放り込み、ふたりともできるだけ急いで公園のなかに進んでいった。

「いいですか。彼らがなにをしようとしているかカーンズは理解しました。それが彼をどんな気持ちにさせたと思います？　指一本ふれたことのない女の子、理想の女性、崇拝する女神。その彼女に隠れた欠点があった。こんな穢らわしい男に体をふれさせようとしている。カーンズはもともと精神的に安定しているほうではなく、頭のなかがごちゃごちゃになってしまったんです。彼らを止めることは考えなかった。ミルドレッドは腹をくくっていたんです。そこで車に駆け戻り、工具をつかみ、そして引き返して、彼らにこっそり近づいたときには、すでにコトはすんでいました。

「ここからが大事なところです。ドクタ・バトラーがシャピロの死体を調べたところ、背中に最近できたひどい打撲の痕がありました。カーンズがつけたんだと思います。ジャッキかもっていたなにかの工具を彼らに振り下ろしたんでしょう。彼がやって来る足音を聞いたときには、彼らは立ち上がるのがやっとだったんです。彼はシャピロに一撃を見舞い、頭ではなく背中を狙いました。シャピロは一方に逃げ、ミルドレッドはもう一方に逃げ出し、両方は追えないので、カーンズはミルドレッドを追った。頭を殴りつけ、きっと即死させたんでしょう。もしかしたら殴り倒しただけかもしれませんが。そのあいだにシャピロは車に急いで戻って、逃げたんです。そのまま残って女性を助けるタイプではありません。とにかく急いで逃げることで頭がいっぱいで、ミルドレッドのスーツケースのことをすっかり忘れてしまい、ニュージャージーの自宅に戻ったときにようやく気づいたんです。

「カーンズについて言えば、欲求不満とミルドレッドへの幻滅をとことんぶつけたんです。彼女を殺すだけではすみませんでした。破壊しなければならなかったんです。彼女を魅力的にしているものをすべて壊したくて、顔をめちゃくちゃに殴りつけました。もっていた唯一のナイフ、小さな折りたたみナイフをとりだし、乳房を切り落とそうとしました。それはできなかったので、ほかに考えつくことを全部したんです。何度も突き刺し、喉をかっ切り、十字に切りつけました。十字架を意味したのかもしれません。それから、過去をきれいに清算するため、いつも持ち歩いていた指輪をとりだし、彼女の指に戻したんです」

「なるほど」ダナハーは言った。「なかなかの名推理だ。が、推理を組み立てるとなったら、例のニック・アポロがやったと仕立てることもできるし、カーンズが頭の身元確認でおれたちに協力したというささやかな事実だってどうとでもとれる」

「そのことについては説明できます、警部」ダナハーが少なくとも耳を貸していることに満足して、マロイは椅子に背中を預けた。「いまカーンズはなんのために生きているか。なにもありません――偶像が堕ちたあとはなにも。といって、彼女を殺しただけで充分というわけではないでしょう。彼女を堕落させた男も殺さなければなりません。彼に残されたのはそれだけです。で、彼を捜しにかかった。殺される前の夜の九時ごろ捜し当てたんだと思います。きょうぼくが警察でぶらぶらしているときに、ストーン署長はシャピロの住所録に載っていた女たちを何人か引ったて、問いつめました。その大半はコーラスガールや、ひと晩五十ドルで男と寝ることをなんとも思わない子でした。実際、例のヘンリエッタがストーンが最初に呼んだ女で、彼女はシャピロを刺し殺していないことをストーンに納得させました。その夜七時半ごろシャピロから電話で呼び出され、九時半ごろに行ってみると、ドアに鍵が掛かっていて、だれも出てこなかったと主張しています。五分か十分ノックをつづけてから、怒って帰りました。階段でテッシーとすれ違ったのはそのときです。シャピロがドアをあけなかったのはすでに死んでいたからです――少なくとも検死医の出した死亡推定時刻が正しければ」

「それで」とダナハーは言った。「シャピロはドアをあけ、殺人犯をなかに入れたか、はあ？やつは身を隠していたんだろ」

「女だと思ったんですよ、警部。ドアをあけたのは、だからです。ドアを閉めるチャンスを与えずにカーンズは切りつけ、それから飛びかかって、さらに五、六度突き刺したんでしょう。検死医の話によれば、最初の刺し傷、シャツを貫いた傷で死んだそうです。死んだ女を刺しつづけたやつ以外に、ほかにだれが死んだ男を刺しつづけます?」

「頭の身元確認のことはまだ説明していないぞ」

「それです。カーンズは自分が追っている男についてなにを知っていたか。シャピロがグリーン・ルームでミルドレッドに送ったメモを見たので、名前はわかっていました。それだけでなく、そのメモを読んだでしょう。盗みさえしたかもしれません。で、そこになにが書かれていたか。賭けてもいい、間違いなく東一丁目一二七番地に来るようにといったことです。それが、シャピロがいつも使う手でした。そういうわけでカーンズは名前と住所を知りました。ただひとつ困ったのは、どこの東一丁目かわからなかったことです。たぶんニューヨークも確かめたんでしょう。東一丁目があればブルックリン、クイーンズ、そしてジャマイカも。東一丁目一二七番地のフランク・シャピロを捜して、考えつくところにすべて行ったんです。が、ニュージャージーのフォーブスには行かなかった。

「結局行き詰まり、打つ手がなくなりました。われわれが頭をもち出したのはそのころで、被害者の身元がわかれば、フランク・シャピロがどこに住んでいるかわれわれが突き止めるんじゃないかと考えたんです。そのときさっとわれわれを出し抜ける、と。頭の身元を確認したのは、だからだと思います」

ダナハーは顎をなでつけた。「だったら、そうした東一丁目で訊いて回り、だれか彼を憶えていないか確かめればいい。シャピロの部屋の周辺で彼の写真を見せることもできる」つづけて言った。「が、マクギニスは彼がフォーブスに住んでいることを新聞に話していない。カーンズには絶対に話していないはずだ」

「間違いなくミセス・コルトナーには話してます。で、ミセス・コルトナーが彼に！」

「そうか」ダナハーは言った。「彼女はシャピロが殺された日、署に来ていた」立ち上がった。「やつに話を聞かなければならないようだ。この五週間、夜はなにをしていたか突き止めなければならないようだな」

むっつりと笑みを浮かべながら、マロイも立ち上がった。戦いに勝ったのだ。

32

木曜日、夜

カーンズは町の中心から二マイル、ヘンリー通りの一戸建てに住み、ダナハーとマロイが玄関ポーチに上がる階段に足をかけたのは十一時十五分前だった。応対に出てきたのは女だった。きちんとした身なりの、落ち着いた中年女で、均整のとれた体をして、髪に灰色のものがほんのわずか交じっていた。ミセス・カーンズですねと訊かれ、そうですがと答える女に、ダナハーはバッジを見せ、なかに足を踏み入れた。

「おたくの坊や、リチャードはいますか」

「いますけど」彼女は当惑して言った。「キッチンにいます。でも、どうして警察が？　あの子がなにをしたんです？」

ダナハーは足を踏ん張って、居間を見回した。折りたたんだ捜索令状がコートのポケットからのぞいていた。

「訊きたいことがあります。リチャードをここに連れてきてください」ミセス・カーンズが背中を向けて離れかけたときに言った。「ひとつ。おとといの夜はなにをしていましたか」

ミセス・カーンズは足を止めた。「さあ、わかりません。事故でも起こしたんですか。面倒なことになったなんてなにも聞いてません」

「いつ家を出て、いつ戻りましたか」

「仕事から帰って、夕食前に出かけました。コルトナー夫妻に会いに、まずは隣に行きました。それから出かけました。何時に戻ったかは本当にわかりません。なんなんですか」

「なんでもありません。彼を呼んできてください」

ミセス・カーンズはダイニングルームを通って消え、そしてダナハーとマロイは同時にうなずき、不意に彼女のあとを追いはじめた。キッチンに入ってみると、彼女が中央で突っ立っていた。裏口があいていた。

ミセス・カーンズは言った。「どうして、ちょっと前までここにいたのに」

ダナハーは裏口を手で示した。「追っかけろ、マロイ。気をつけろよ。きっと例のナイフをもってる」

マロイは銃を抜きながら、裏口から飛び出していった。渡り廊下を駆け抜けて裏のポーチの暗がりに出た。後ろでミセス・カーンズが叫んだ。「やめて。撃たないで！　あの子はなにもしてない！」

ダナハーは背中を向けて離れた。家のなかを引き返して、電話を見つけた。ダイヤルを回しているときに、ミセス・カーンズが目を見開いておびえながら、やって来た。ダナハーは彼女を無視した。

「ジャクソンか。ダナハーだ。車を全部出してくれ。ミルドレッド・ハリス事件で話を聞くためリチャード・カーンズを捕まえるんだ。ウェーブのかかったブロンドの髪、痩せ形、体重約百三十五ポンド、身長六フィート」青ざめた顔をして震えている女に向いた。「服装は？」

「茶のズボン」彼女は呆然として言った。「黄色いポロシャツ」

「茶のズボンに黄色いポロシャツだ」

「ジャケットを羽織ったかもしれません」

「ジャケットを羽織ったかも。歳は二十四。徒歩で出ている。危険かもしれない。パトロール警官全員に警戒させろ。車を全部出せ。駅とバス発着所を封鎖し、町から出るルートを全部調べるんだ。ヒッチハイクで出ようとするかもしれない。五分前にヘンリーとメイプル通りが交差するあたりにいた。公園管理局に電話して、応援を求めるように言うんだ。ボールドウィン公園が一ブロック先にあるから、もしかしたらそのなかにいる」電話を切ったダナハーは、どういうことなのか教えてくださいと半狂乱になって頼み込む女を無視して、キッチンに戻った。

マロイが渡り廊下を通って戻ってきた。「どこにも見当たりません。が、そんなに遠くには行ってないはずです。車が裏にあります。鍵をとってきました」

ダナハーはポケットから紙を抜き取り、それをミセス・カーンズに渡した。「捜索令状です。息子さんの部屋を見せてもらいます」

ダナハーとマロイが捜索したところ、驚くべき結果が出てきた。リチャード・カーンズはどうやらまったく用心していなかったようだった。タンスの最上段の引き出しには、のちにフランク・シャピロの隠れ家の錠と合うことが判明する鍵が入っていた。同じ引き出しの、ハンカチーフの下に、弁護士フランク・シャピロと印刷された名刺があった。裏には万年筆でこう書かれていた。〝まだ東一丁目一二七番地に興味がわかないかな？　話をしよう〟。サインはなかった。

ネクタイピン、カフスボタン、昔のコイン、ムーンストーンの飾りボタンを入れておく小さな革の箱のなかに、小型折りたたみナイフがあった。刃はぴかぴかに磨かれていたが、大きな刃の根元のひびに、乾いた血と思われる黒っぽいものが詰まっていた。裏庭に止めた車のなかに、工具類が全部そろっていたが、バンパージャッキには草と土がこびりつき、茶色がかった疑わしげなしみも付着していた。リチャード・カーンズはそれを洗い落とそうともしなかったようだった。

当のリチャード・カーンズについて言えば、翌朝ボールドウィン墓地の管理人が、冷たく硬直し、露に濡れて地面に横たわっているのを発見した。彼は飛び出しナイフで自殺し、ミルドレッド・ハリスの墓に覆いかぶさるように身を投げ出していた。

郊外住宅地《サバービア》の内面を照射し続けた、警察捜査小説《ポリス・プロシューデラル》の確立者

川出正樹

「とても若くて、きっと美人だったわ。何をしていた子かしらね？
女優志願だったかもしれないわ」
　　　マックス・アラン・コリンズ『黒衣のダリア』三川基好訳

「要するに、住人たちが自分たちの楽園から閉め出したいものを突きつめれば、
それは、死にたいする不安や恐怖なのだ」
　　　大場正明『サバービアの憂鬱』

一

カッと見開かれた碧眼とOの字《オー》に開かれた深紅の唇。恐怖に表情を凍りつかせながらも、露わになった白い肌を隠すべく、左手でテーブルクロスをつかみ、すこしでも迫りくる魔の手を遠ざけようと言うのか、右手を体の前にかざす若きブロンド美女。そんな彼女の抵抗を嘲笑う

かのように、ひっくりかえったテーブル越しに、黒い影が覆い被さる……。

実はこれは、とあるペーパーバックの表紙絵です。その本のタイトルは、*They All Died Young*。半世紀以上前の一九四九年に、A HANDI-BOOK MYSTERY という叢書の一冊として出されたこの本は、題名――『彼女らは皆、若くして死んだ』――から想像できるように、実際の殺人事件の顚末を、淡々とした筆致で詳細に記した犯罪実話集です。しかも被害者は、全員若く美しい女性。出版社としては、セックスと殺人という扇情的なネタで、読者の購買意欲をそそろうとしたのでしょうが、その内容は、カストリ雑誌の記事の類とは一線を画します。

というのも、じつは著者のチャールズ・ボズウェルは、後にルイ・トンプソンとの共著 *The Girl with the Scarlet Brand* (1954) で、一九五五年度のMWA犯罪実話賞を受賞することになる、この道の権威なのです。この本は、十年以上にわたって犯罪記事を書いてきた彼が、その中から選りすぐった、初のアンソロジーです。

二

この本との出合いが、一人のミステリ作家のその後の人生を大きく変えてしまいます。その作家の名は、ヒラリー・ウォー。当時の彼は、ニューヨークを舞台にシェリダン・ウェスレイという金持ちの私立探偵が活躍するシリーズを、既に三作発表していました。けれどもこれは、本人曰く、Private-Eye-Cute-Young-Couple Novel、即ち類型的かつ旧弊な私立探偵小説にすぎず、たいして売れなかったようです。
そんな彼が一九四九年のある日、偶然 *They All Died Young* を入手。たちまち虜となり、一言一句貪るようにして読んだそうです。その時の心境を、後に彼は次のように語っています。曰く、

「これを読み終わったあと、私はもう以前の私ではありませんでした。そこには一つの生気があります、血も凍るような冷たい恐怖が。それは今まで読んだことのないものであり、私の小説にも決して見いだせないものでした」

ローベール・ドゥルーズ『世界ミステリー百科』小潟昭夫訳

さらに、

「そこでは現実に起きた事件が微にいり細にいり、淡々と描写されていた。こうしたタッチをフィクションに応用し、何か特別なもの、ほかの作家が読者にまだ提供していないミステリをつくりあげることはできないだろうか」

H・R・F・キーティング『海外ミステリ名作100選』長野きよみ訳

と考え、試行錯誤を重ねます。その結果生まれたのが、警察捜査小説《ポリス・プロシージャル》の里程標と言われる名作『失踪当時の服装は』(一九五二)です。
マサチューセッツ州にある名門女子大の寄宿舎から忽然と消えた娘の消息を巡って、仮説・推論・検証が繰り返されるこの小説は、ボズウェルの著作から学んだ手法――実在の都市や施設名の採用、具体的な日時の記載、事件関係者の身辺に関する詳述、周囲の人々の反応の細密

な描写、新聞による報道の挿入など——を取り入れた、従来のミステリとはまったく異なる、まさに〝ノンフィクションのようにリアルなフィクション〟です。

とは言え、それは単にリアリズムを追求しただけの、無味乾燥なドキュメント・スタイルの小説ではありません。迫真のミステリ作りに腐心する一方でウォーは、謎解きの面白さこそミステリの第一義と考え、あくまでも名探偵対犯人の知恵比べにこだわり、シンプルな謎を徹底的に推理したのちに、些細な手がかりから意外な解決を導き出すという、〝新たな時代にマッチした本格ミステリ《パズラー》〟を生みだしたのです。ウォーの名声を一気に高めたこの作品は、七年後、ジュリアン・シモンズによってThe Sunday Times 100 Best Crime Stories（いわゆる〈サンデー・タイムズ・ベスト99〉）の一冊に選ばれ、新たな古典としての地位を確立します。

同年ウォーは、舞台をコネチカット州の架空の小さな町《スモール・タウン》・ストックフォードに移し、警察署長フレッド・フェローズが活躍するシリーズを開始。『ながい眠り』（一九五九）に始まるこのシリーズは以後十年間にわたって全十一作が書かれ、作者の代名詞になると同時に、六〇年代アメリカを代表するミステリとなります。そして彼が確立した手法は、〈マルティン・ベック・シリーズ〉を始めとして、以後の警察捜査小説に多大な影響を与えていくのです。

まさに一冊の本との巡り合いが、一人の作家の運命を左右するとともに、アメリカのみならず、世界の警察捜査小説の発展の引き金となったわけで、ミステリ・ファンとしては、この幸運なる〝偶然〟に感謝するばかりなのですが、実は、この〝偶然〟、〝蓋然〟だったのではないかと思われる節があります。というのも、ウォーの第二作 *Hope to Die* (1948) のペーパーバック版は、*They All Died Young* と同じ叢書の一冊として刊行されているのです。しかも、前者の通しナンバーが〝88〟であるのに対して、後者は〝94〟。自作が収録されたミステリ叢書の、ほぼ同時に出た新刊をウォーが手に取った可能性は、極めて高かったのではないでしょうか。だとすると、シェリダン・ウェスレイ・シリーズを書いたことは、その内容はともかくとして、実に大きな意味を持っていたことになります。まさに、「事実は小説より……」です。

三

閑話休題。こうして現在に至るまで、ドキュメント・タッチの警察捜査小説の確立者として、さらに我が国においては、故瀬戸川猛資氏が指摘したように「アメリカ本格派の一支流」として、高く評価され続けているヒラリー・ウォーですが、実は、彼の功績はこの二点に留まりません。これらと同じくらい、否、見方によってはそれ以上に重要な功績を、ミステリ史上に残しているのです。それは、「郊外住宅地《サバービア》の発見」です。

〝郊外住宅地《サバービア》〟――緑の芝生とガレージを備えた一戸建て住宅が立ち並ぶ、ホワイト・カラーのための大都市近郊のベッド・タウン。第二次大戦後、深刻化する社会問題――ベビーブーム、都市の人口爆発、住宅不足、生活費高騰、犯罪の急増、人種問題など――という負の要因と、政府による低金利の住宅取得優遇政策という正の要因とが引き金となり、帰還兵士を中心とする若い世代が、続々と都市を離れ郊外へと移住し始めます。その結果、前述したような郊外住《サバー》宅地《ビア》が、全米各地に雨後の筍の如く誕生していきます。戦後新たに家庭を築こうとしていた世代が、「実現可能なアメリカン・ドリーム」として、こぞって一戸建ての保有を目指し始めたのです。

こうして、「一九五五年までには、一日平均四千戸の家族が都市を離れ郊外に移住、全国民の二十五パーセントが郊外居住者」（大場正明『サバービアの憂鬱』東京書籍より）となり、この「民族大移動」によって生まれた、「新しく、清潔で、緑にあふれたコミュニティ」に暮らす上流中産階級《アッパー・ミドル》の生活こそが、アメリカを代表する生活様式《アメリカン・ウエイ・オブ・ライフ》となっていくのです。

ウォーは、ここに目をつけました。ボズウェルの犯罪実話集に触発され、「ほかの作家が読者にまだ提供していないミステリ」を生み出すべく模索していたウォーは、リアリズムと謎解きとを両立させうる舞台として、まずはマサチューセッツ州に、ブリストルという閑静なスモール・タウンを創造します。その意図は明確です。警察の規模を小さくし、組織捜査がもたらすメリットを極力少なくすることで、犯人と探偵とをほぼ同等の立場に置こうとしたのです。

その後ウォーは、同じニューイングランド地方のコネチカット州――ウォーが生まれ育ち、現在に至るまで暮らしている土地――に、ストックフォードという人口約八五〇〇人の小さな町を設定し、六〇年代を通じて、この町を舞台にしたミステリを書き続けました。

ここは、新たに造成された新興住宅地ではなく、様々な階層の人々が地域ごとに住み分けている小さな地方都市《スモール・タウン》という設定ですが、「新しい家が雨後の筍のように建ち並び」、「尖り杭の柵がなかったらまわりの家々と区別がつかない」（『事件当夜は雨』）住宅が、散見されます。

その上、ニューヨークには電車で通勤可能という、まさに典型的な郊外住宅地《サバービア》なのです。

さてここで、一つの疑問がわいてきます。なぜ彼は、ブリストルを捨てて、その後の自作の舞台として、郊外住宅地《サバービア》を選んだのでしょうか。その謎を解く鍵は、先に引用した『サバービアの憂鬱』の中にあります。この名著の中で著者の大場正明は、「郊外住宅地の発見者」として、ジョン・チーヴァーの名前を挙げています。チーヴァーは、アメリカの主流文学《メイン・ストリーム》の大家であり、五〇年代初頭にニューヨークを出て郊外の町に移住した頃から、郊外住宅地《サバービア》を舞台とした小説を発表し始めました。

彼は、当時、『パパは何でも知っている』のような、たわいない「テレビのホーム・ドラマの舞台になるのがせいぜいで、れっきとした小説とは縁がないと思われていた」郊外の世界に、幸福そのものの外見とは裏腹に、「実は、たくさんの影があり、さまざまなドラマがあり、微妙な感情がうごめいていることを発見」した作家として、高く評価されています。

このチーヴァーが発見した郊外住宅地《サバービア》の〝影〟は、おおざっぱな言い方になりますが、五〇年代の終わりには早くも顕在化し、六〇年代に入るとコミュニティ内部で様々な亀裂を生み、やがてアメリカン・ドリームの破綻＝郊外住宅地《サバービア》の衰退を引き起こします。

ウォーは、この〝影〟に着目し、こうした共同体を形成する、〝ごく普通の人々〟の欲望や悩みが引き起こす事件を描き続けました。アメリカ中のどこにでも転がっている、ありふれているが故に、読者にとって〝リアル〟に感じられる犯罪。そんな犯罪の温床である郊外住宅地《サバービア》は、リアルな謎解きミステリの執筆を目指していたウォーの眼に、まさに理想の舞台と映ったに違いありません。そう、戦前からある名門女子大を中心とした、閑静な田舎町以上に。

ちなみに、ミステリの世界でニューイングランドの小さな田舎町といえば、真っ先に思い浮かぶのは、ライツヴィルでしょう。それまでの〈国名シリーズ〉に代表される、人工的なパズラーからの転換を模索していたエラリー・クイーンは、建国当時の香りを残す架空の小さな田舎町《ライツヴィル》にその解を見いだしました。クイーンは、『災厄の町』（一九四二）から『ダブル・ダブル』（一九五〇）までの四部作を通じて、時の移ろいとともに変容していくアメリカの原風景を背景に、変わりゆくアメリカ人が引き起こす犯罪を描いたのです。

まったく異なるタイプのミステリでデビューした二人の巨匠が、新たな謎解きミステリを目指した結果、ともに地方のスモール・タウンを舞台に選んだことは大変興味深いのですが、それはまた別の話。

さて、その後ウォーは、一九六八年の *The Con Game* を最後にストックフォードを離れ、マンハッタンを舞台にした警察小説〈フランク・セッションズ・シリーズ〉、セックスとヴァイオレンスに満ちた私立探偵小説〈サイモン・ケイ・シリーズ〉、さらには別名義でのゴシック・ロマンと、それまでとはうって変わった作風の小説を発表していきます。

けれども、郊外住宅地《サバービア》の〝影〟に対する関心は失いませんでした。故郷ニュー・ヘヴンを舞台に、殺人鬼の影に脅える高校教師の孤軍奮闘振りを描いた極限のサスペンス『待ちうける影』（一九七八）では、主人公が「同じ価値観を持つ、同じ肌の色をした、熱心な生徒たちがいる」「犯罪の急増には縁のない町」に移住したいという、かなわぬ夢を吐露しています。

さらに、『この町の誰かが』（一九九〇）では、穏やかな外見とは裏腹に硬直し疲弊しきっているクロックフォードという町――州間ハイウェイの開通によって急速に郊外住宅地化《サバービア》したという設定――が、少女の殺害事件をきっかけに崩壊していく様を、関係者の証言によるドキュメント・スタイルという構成で、淡々としつつも鬼気迫る筆致で描き、ミステリ史に遺る傑作を生みだしました。作中である人物が、町の事情通の女性を評して「(彼女は)〈ペイトン・プレイス物語〉ばりの暴露記事を書いて、町じゅうの人たちの評判をめちゃくちゃにしてしまうにちがいない」と言う台詞は、この作品の本質を突く一文として忘れがたい印象を残します。

四

こうして四十四年間に四十六作と、ほぼ年一作のペースで長篇を書いてきたウォーが、『失踪当時の服装は』の成功を受けて、一九五四年に発表したのが本書『愚か者の祈り』です。この第五長篇は、前作『失踪当時』から『ながい眠り』の間、即ち閑静な田舎町から郊外住宅地《サバービア》への過渡期に書かれた、初期を代表する傑作。好評だった前作を越えようとする作者の意気込みと試行錯誤の跡が随所に見うけられ、ウォー作品の変遷を見る上で重要な一作と言えます。

たとえば舞台。前に、フェローズもので舞台をコネチカットに移した、と書きましたが、実際には、本書が初のコネチカットものとなります。今回生みだされた町ピッツフィールドは、ウォー作品には珍しく、人口十七万人を抱える、州内で四番目に大きな都市です。郊外住宅地《サバービア》的側面は、さほど強調されていませんが、事件後、住民、特に女性が戦々兢々とし、警察に保護を求める様や、健全な発展を続け人口を増やし続けなければならない、と力説する地元紙の社説に、その原型がうかがえます。そして、後にフェローズものの諸作――『生れながらの犠牲者』『死の周辺』『失踪者』――において、事件の鍵を握る近郊の中規模都市として再三登場し、ストックフォードの郊外住宅地《サバービア》としての性格を際立たせる役割を担うことになるのです。

次に、中心となる謎とストーリー展開。どこの誰だか分からない死体の身元が、徐々に判明していくという展開は、行方不明の人物の消息を巡って推理が二転三転する展開と並んで、ウォーの十八番です。いずれの場合でも、被害者の意外な素顔が明らかになっていく過程が、実にスリリング。特に今回は、徹底的に叩きつぶされ、目鼻の区別もつかない被害者の顔を、頭蓋骨に蠟をつけて復元していくため、二重の意味で〝素顔〟を明らかにする凝った作りになっており、その分いつにも増してサスペンスフルな仕上がりと言えます。

そして探偵役。ウォーの作品は、探偵と相棒という伝統的な形式のミステリがほとんどです。その役割分担は、フェローズ署長とウィルクス部長刑事に代表されるように、部下が〝事実〟を確認し上司が〝推理〟するというものですが、今回、そこに一ひねり加えられています。

背が低く痩せ細り、猿そっくりの冷血漢と陰口をたたかれる老練な警部ダナハーと、長身で男前、若く熱意に溢れる刑事マロイ。個人的に事件に入れ込み、とかく推理を飛躍させがちなマロイを、ダナハーは、「こういった事件はジグソーパズルなんだ。ピースを集めなければならない。この世界で扱うピースは事実だ」と、諌《いさ》めます。そんな上司に対して、事実は重要だが、推理しなければ事件は解決しないと、不満をぶつけるマロイ。この〝正論〟に、ダナハーは、「おれが推理する」と一喝しますが、実際には、マロイの思い切った行動が、暗礁に乗り上げた捜査を、新局面へと導くことになります。それが、前述した被害者の〝顔〟の復元です。甦ったのは、世にも稀なる美しい〝顔〟でした。やがて、名乗り出た関係者の証言から、被害者は女優を夢見て家出した娘だったことが判明。五年間の空白を埋めるために、マロイは大都会へ向かいます。結局本書で推理し、事件を解決する栄誉を担うのは、若いマロイなのです。

最後に謎解きミステリとしての工夫。ウォー作品の最大の魅力は、なんといっても事件の全体像を明らかにする過程にあります。初めはまるで捕らえ所のなかった事件を、仮説・推論・検証を繰り返して、徐々にその輪郭を明確にしていくプロセス、本書で言えば、全体の四分の一ほど進んで被害者の身元が割れてからの刑事たちの探索行、即ち彼女の過去へと遡行する旅が、その抑制の利いたテンポとは裏腹にサスペンスフルで、思わずのめり込んでしまいます。

さらに、捜査の過程で浮き彫りにされる、五〇年代半ばの大都会と地方都市の違い——一例を挙げるなら、事件に対する関係者の反応の差——は、〝ミステリ界のジョン・チーヴァー〟の面目躍如たるものがあります。

五

さて、長々とヒラリー・ウォーの功績と魅力について語ってきましたが、最後に一つ〝妄説〟を披露させて頂き、締めたいと思います。それは*A Rag and a Bone*という本書の原題及び中心となる事件に関するものです。ウォーは、一体どこからこれらを思いついたのでしょうか。

この謎を解く鍵は、やはり*They All Died Young*にある気がします。この本に衝撃を受けたウォーは、実際の殺人事件に興味を覚えるようになったのではないでしょうか。そして、当時まだ記憶に新しかったであろう、〝ある未解決の惨殺事件〟をモデルにしたのではないでしょうか。

その事件とは、ずばり〈ブラック・ダリア事件〉。一九四七年に起きたこのあまりに有名な殺人と、一九五二年に発表された『愚か者の祈り』とは、死体の状態——顔を叩きつぶされ、右胸をえぐられ、体が切り裂かれていた——といい、彼女らの過去——ともに女優に憧れて田舎から都会に出てきた——といい、まさにそっくりです。しかも国じゅうの注目の的になり、本名がわかった後も、新聞が付けた通り名——〈ブラック・ダリア〉と〈コルビー公園の顔なし被害者〉——で記憶されることなども、実によく似ています。

つぎに、*A Rag and a Bone*という原題ですが、これはイギリスの詩人ラドヤード・キプリングのThe Vampireという詩の冒頭のフレーズから取られたものです。作中で、自室に閉じこもり、取り憑かれたかのように、朝から晩まで頭蓋骨と向き合うマロイの異常な情熱を心配した妻が、

「ひとりの愚か者がいた。そして彼は祈りを捧げる

（まさにあなたやわたしと同じように！）
ぼろと骨と一房の髪に
（わたしたちは彼女を無頓着な女と呼んだ）
しかし愚か者は彼女を美しい人と呼んだ——
（まさにあなたやわたしと同じように！）」

と、口ずさむことからも明白なように、〝愚か者〟＝マロイ、〝ぼろと骨と一房の髪〟＝被害者です（ちなみに、一九六六年に日本文芸社から本書の抄訳版が出た際の邦題は、『襤褸《ぼろ》の中の髪と骨』でした）。本書は、〈ブラック・ダリア事件〉とキプリングのThe Vampireとが、ウォーの脳内で融合し換骨奪胎されて生まれたミステリに違いありません。

ところで、ウォー以前にこの詩に触発され歴史に残る作品を生みだした人物がいます。その名はポーター・エマーソン・ブラウン。イギリスの劇作家です。くだんの舞台劇は、その後、「愚者ありき」（原題A Fool There Was）というタイトルで一九一四年に映画化されました。主演女優のセダ・バラは、男たちを破滅させる悪女を演じ、基《もと》となった詩The Vampireからは「毒婦《ヴァンプ》」という造語が生まれ、彼女は「ヴァンプ女優」の嚆矢として名を残すことになります。

果たして、本書の被害者は、〝ヴァンプ〟だったのか、それとも〝純真な娘〟だったのか。二人の刑事を悩ますこの疑問の答は、どうか皆さんがその目で確かめてみてください。

検印
廃止

訳者紹介　1950年、東京都に生まれる。埼玉大学教育学部卒。主な訳書にクーンツ「ストーカー」、カーロン「雨が降りつづく夜」、デイ「破滅への舞踏」ほか多数。

愚か者の祈り

2005年6月24日　初版
2023年9月22日　4版

著　者　ヒラリー・ウォー

訳　者　沢《さわ》　万《ま》　里《り》　子《こ》

発行所　(株)　東京創元社
代表者　渋谷健太郎

162-0814/東京都新宿区新小川町1-5
電　話　03・3268・8231-営業部
　　　　03・3268・8204-編集部
URL　http://www.tsogen.co.jp
工友会印刷・本間製本

ISBN978-4-488-15206-2　C0197